Mädchenröte

Cornelius Hartz, 1973 in Lübeck geboren, lebt seit der Schulzeit in Hamburg. Er arbeitet als freier Autor, Übersetzer und Lektor und ist nebenbei Betreuer des Literatur Labors Wolfenbüttel. Er hat zahlreiche Romane und Sachbücher veröffentlicht, von denen sich viele mit den Themen Tod und Verbrechen beschäftigen.

Dieses Buch ist ein Roman. Handlungen und Personen sind frei erfunden. Ähnlichkeiten mit lebenden oder toten Personen sind nicht gewollt und rein zufällig.

CORNELIUS HARTZ

# Mädchenröte

KRIMINALROMAN

emons:

**Bibliografische Information der Deutschen Nationalbibliothek**
Die Deutsche Nationalbibliothek verzeichnet diese Publikation in der Deutschen Nationalbibliografie; detaillierte bibliografische Daten sind im Internet über http://dnb.d-nb.de abrufbar.

MIX
Papier aus verantwortungsvollen Quellen
FSC® C083411


Umschlagmotiv: © mauritius images/Nora Frei
Umschlaggestaltung: Tobias Doetsch
Gestaltung Innenteil: César Satz & Grafik GmbH, Köln
Lektorat: Dr. Marion Heister
Druck und Bindung: CPI – Clausen & Bosse, Leck
Printed in Germany 2016
Erstausgabe 2015
ISBN 978-3-95451-684-1
Überarbeitete Neuausgabe



Dieser Roman wurde vermittelt durch die Agentur EDITIO DIALOG, Dr. Michael Wenzel, Lille, Frankreich (www.editio-dialog.com).

Für meine Angeliterin

*Had er en kærlighed, som er blevet til sit modsatte.*
Hass ist eine Liebe, die in ihr Gegenteil verkehrt ist.
Søren Kierkegaard

# 1

Endlich Urlaub. Ole Reichmann hatte auch wirklich genug vom Büro. Seit sie diesen neuen Abteilungsleiter hatten, stank ihm die Versicherung gewaltig. Seine Frau Sonja schlief auf dem Beifahrersitz, wie meistens, wenn sie lange Strecken fuhren. Ole Reichmann seufzte. Das bedeutete, dass sie gleich bei der Ankunft im Ferienhaus aufgekratzt und unternehmungslustig sein würde, während er von der fünfeinhalb Stunden langen Fahrt aus Hannover umso geschaffter wäre.

Sei's drum, er würde den Ofen mit Holz bestücken und es sich vor dem Feuer im Sessel gemütlich machen. Egal, wie warm es draußen war. Oder mussten sie das Holz erst kaufen? Soweit er sich erinnern konnte, hatte von Feuerholz nichts in der Broschüre gestanden. Sonst aber war jeder Luxus vorhanden, Flachbildfernseher, WLAN, Sauna und Whirlpool. Dieses Mal würden sie nicht auf den Pfennig schauen.

Ole Reichmann hatte zum ersten Mal ein Ferienhaus in Dänemark gebucht und war alles in allem überrascht gewesen, wie günstig es war, verglichen mit dem Urlaub auf Mallorca im Sommer. Und das, obwohl in Niedersachsen Herbstferien waren. Seit Sonja in ihren Beruf als Lehrerin zurückgekehrt war, waren sie ja wieder auf die vermaledeiten Schulferien festgelegt. Und da war für alle Reiseveranstalter Hauptsaison. Auch im Oktober.

Egal, die nächste Woche würden sie in einem hübschen reetgedeckten Haus in Henne Strand verbringen, weit weg von Stress und Kollegen. Laut Navi begann ihr Urlaub in genau fünfzehn Minuten.

»Papa, sind wir bald da?« Die vierjährige Tochter Janine saß auf der Rückbank.

»Gleich, mein Schatz.«

»Wann ist gleich?«

»In vierzehn Minuten«, murmelte Ole Reichmann.

»Papa, kann man da reiten?«

»Was? Keine Ahnung.«

»Ich will aber reiten.«

»Jaja, mein Schatz, da finden wir schon 'ne Möglichkeit.«

Sobald Ole Reichmann am Büro der Ferienhausvermittlung in Henne Strand den Motor ausschaltete, erwachte seine Frau aus ihrem Autoschlaf. Sie streckte sich. »Na, das ging ja schnell.«

»Wenn man fünf Stunden schläft, schon.« Ole Reichmann grinste.

Es dauerte ein paar Minuten, bis er mit dem Schlüssel in der Hand zurückkam. »Die mussten erst den Ersatzschlüssel suchen. Irgendwie ist der richtige weg«, erklärte er, als er wieder eingestiegen war. »Das fängt ja gut an.«

Er gab die Adresse des Ferienhauses ins Navi ein. Als sie weiterfuhren, sandte er einen kurzen Dank an den Technikgott, dass man dieses Gerät erfunden hatte. Es leitete sie sicher über ein halbes Dutzend sich immer weiter verzweigende Straßen und schließlich einen Sandweg, bis es mit schnarrender Stimme vermeldete: »Sie haben Ihr Ziel erreicht.«

Ole Reichmann stieg aus und ging zur Eingangstür. Er wollte gerade den Schlüssel ins Schloss stecken, als er merkte, dass gar nicht abgeschlossen war. Sofort trat er einen Schritt zurück, sah auf die Hausnummer und holte dann aus der Innentasche seiner Jacke die Buchungsbestätigung. Alles stimmte, sie waren am richtigen Haus.

Er steckte seinen Kopf zur Tür hinein: »Hallo?«

Keine Antwort.

Sonja Reichmann war inzwischen ausgestiegen und trat neben ihren Mann. »Hat sicher nur einer vergessen abzuschließen.«

»Trotzdem Schlamperei«, maulte Ole. »Nicht, dass inzwischen einer den Fernseher geklaut hat und wir den bezahlen sollen.«

»Wir sind daaaaa!« Janine rannte an ihnen vorbei, um das Haus zu erkunden.

»Wollen wir auch erst mal alles angucken?«, fragte Sonja.

»Klar, aber du kannst ruhig was mit reinnehmen.« Reichmann

drückte ihr den Griff eines Trolleys in die Hand und hängte ihr eine schwere Reisetasche über die Schulter.

Er selbst nahm zwei weitere Koffer.

Sie betraten das Wohnzimmer. Auf dem Couchtisch stand ein voller Aschenbecher. Dabei war dies ein Nichtraucherhaus. Ole Reichmann schüttelte den Kopf und stellte die Koffer ab. Das war ja wohl nicht die Möglichkeit! Weiter hinten, wo das Wohnzimmer in die offene Küche überging, stand schmutziges Geschirr neben der Spüle. Und da, auf dem Tresen, ein offensichtlich benutztes Weinglas, ein Rest Rotwein klebte am Boden. Er überlegte, ob er sofort bei der Ferienhausvermittlung anrufen und sich beschweren oder erst alle Beschwerdepunkte aufschreiben sollte. Da würden sie einiges an Geld zurückfordern können.

Auf einmal war Janine wieder da und zupfte an Reichmanns Hose.

»Papa, da badet einer. In Himbeerbrause!«

»Was? Nicht jetzt, mein Schatz.« Was das Kind auch immer für eine Phantasie hatte. Ole Reichmann ging nach draußen.

Er holte die letzten Sachen aus dem Wagen und hörte, wie seine Tochter drinnen nun Sonja erzählte: »Aber da badet echt einer. In Himbeerbrause. Ein ganz dicker!«

»Na gut, meine Maus«, hörte er Sonja sagen, »dann zeig mir mal, wo.«

Ole Reichmann schloss das Auto ab und ging zurück ins Ferienhaus. Er wollte gerade auf dem großen, einladenden Sofa Probe sitzen, als aus dem hinteren Teil des Hauses ein gellender Schrei erklang.

Er sprang auf und lief zur Tür, die zum Bade- und Saunabereich führte. Er stieß fast mit Sonja zusammen, die Janine an der Hand hatte. Ihr Gesicht war kreidebleich. Janine sah man an, dass sie nicht verstand, was geschah, aber ebenfalls Angst hatte, weil ihre Mutter sich so erschrocken hatte.

»Was ist denn, Sonja?«

»Da… dahinten …« Weiter kam sie nicht, denn sie musste sich übergeben, mitten auf den Teppichboden.

Hoffentlich kriegt man das raus. Oder wir sagen, das war der Vormieter – geputzt wurde hier ja ganz offensichtlich nicht, dachte Ole Reichmann irritiert, bevor er sich abwandte und weiterlief. Verdammt, was war denn da los?

Der Wellnessbereich war großzügig ausgestattet, mit einer Sauna für mindestens acht Personen und einem großen Whirlpool. Im Whirlpool war sogar Wasser eingelassen, aber das Wasser hatte eine rötliche Färbung, und darin lag ein dicker Mann. Janines Beschreibung war gar nicht so schlecht. Nur rührte das Rot nicht von Himbeerbrause her, sondern von Blut.

Das Kinn des Mannes ruhte auf seiner Brust, man hätte denken können, dass er schliefe. Doch wenn man genau hinsah, entdeckte man einen Draht, der um seinen Hals geschlungen war und der sich tief in die Haut eingeschnitten hatte.

In die Wanne da kriegen mich in den nächsten Tagen keine zehn Pferde rein, fuhr es Ole Reichmann unwillkürlich durch den Kopf. Dann erst wurde ihm klar, dass sie hier gar nicht bleiben konnten. Sie mussten die Polizei rufen. Er konnte nur hoffen, dass der Ferienhausvermieter noch ein anderes Haus frei hatte. Und hoffentlich keine Bruchbude.

Ole Reichmann hatte das seltsame Gefühl, den Mann in der Wanne schon einmal gesehen zu haben. Wo, fiel ihm nicht ein. Na, war jetzt auch egal.

Er holte sein Handy aus der Tasche. »Du, Sonja, geht's wieder? Sag mal, wie ist denn hier in Dänemark die Nummer von 110?«

# 2

Kriminalhauptkommissarin Anke Langenbrück stöhnte. Der dritte Stock war doch keine so gute Idee gewesen. Jedenfalls wenn man sich vorgenommen hatte, beim Umzug seine großen Pflanzkübel selbst in die neue Wohnung zu schleppen. Aber mit ihren Pflanzen war sie eigen, und keinen der Möbelpacker, die das Umzugsunternehmen geschickt hatte, fand sie vertrauenswürdig genug, dass sie ihm ihre schönsten Gummibäume anvertraut hätte.

Schlimm genug, dass sich alles so hingezogen hatte. Statt morgens um neun waren die Möbelpacker erst um zwölf Uhr an ihrem alten Haus angerückt, angeblich hatte es eine Panne mit dem Lkw gegeben. Na ja. Und jetzt war es schon kurz vor fünf, es würde bald dunkel werden, und sie hatten gerade erst begonnen, die Kartons hochzutragen, nachdem sie die Möbel in die Wohnung gebracht hatten. Besonders hinderlich war, dass sie den Umzugswagen immer wieder wegfahren mussten, wenn ein Auto kam, denn der Hafengang war hier eine Einbahnstraße. Zum Glück kam keine Polizeistreife vorbei, denn dieses Stück der malerischen kopfsteingepflasterten Straße war eigentlich nur bis zwei Meter Breite zugelassen.

Sie spürte, wie ihr der Schweiß den Rücken hinunterlief. Zwar war sie für Mitte fünfzig noch topfit und trieb regelmäßig Sport, doch schwere Pflanzkübel schleppen stand selten auf ihrem Trainingsprogramm. Dass es viel zu warm für Ende Oktober war, tat ein Übriges dazu.

Für Anke war der Umzug in die Innenstadt von Schleswig der Schritt in ein neues Leben, und auch wenn nicht alles glattlief, war es ein guter und richtiger Schritt. Die Scheidung von Stephan war eingereicht, und Jannik hatte in Kiel endlich einen Platz im Studentenwohnheim bekommen. Allein hätte sie es in dem großen Haus nicht mehr lange ausgehalten. Und es war ja auch eine Kostenfrage. Sie würde jetzt öfter in den Urlaub fahren können. Wenn sie denn mal Zeit dazu hatte; vom letzten Jahr hatte sie zehn Urlaubstage verfallen lassen müssen. Und mit wem sie wegfahren sollte, wusste sie auch nicht so recht.

Anke musste zwischen dem zweiten und dritten Stock kurz haltmachen und den schweren Blumenkübel auf der Fensterbank abstützen. Nur noch ein Dutzend Stufen, dann hatte sie es geschafft.

Vielleicht hätte sie Stephan doch bitten sollen, ihr beim Umzug zu helfen. Er hatte es sogar angeboten, aber Anke hatte abgelehnt – es war der Start in ihr neues selbstbestimmtes Leben, und den wollte sie allein gehen. Zumindest ohne Stephan.

Sie war mit ihm nicht im Streit auseinandergegangen, alles war ganz sachlich gewesen. Dennoch vermied sie es, sich mit ihm zu treffen, schon um Stephans neuer Freundin Oleksandra nicht zu begegnen, die mit ihren siebenundzwanzig Jahren genau halb so alt war wie Anke. Und der Grund dafür, dass sie sich getrennt hatten. Obendrein war Oleksandra daran schuld, dass ihr Sohn Jannik den Kontakt zu seinem Vater mehr oder weniger abgebrochen hatte. Er, Jannik, war es ja selbst gewesen, der Oleksandra bei ihnen zu Hause angeschleppt hatte. Kennengelernt hatte er das Mädchen in Kiel an der Uni, wo sie an seinem Institut promovierte. Sie waren nur kurze Zeit ein Paar, nicht viel länger als bis zu ihrem ersten Besuch bei ihnen daheim.

Anke konnte sich noch genau daran erinnern. Sie hatte neben Jannik am Abendbrottisch gesessen und die ganze Zeit über Stephan, der ihr gegenübersaß, angelächelt. Zuerst hatte Anke das für übertriebene Freundlichkeit den Eltern des neuen Freundes gegenüber gehalten. Oder eine ukrainische Gepflogenheit. Aber sie hatte bereits hier ein schlechtes Gefühl gehabt, und alle ihre Ahnungen hatten sich nicht viel später bestätigt.

Dennoch, dass Oleksandra sich an den Vater des Jungen herangemacht hatte, der sie so verehrte, würde Anke nie verstehen. Ein fast sechzig Jahre alter Mann mit grauem Haar, dickrandiger Brille und Bauchansatz – da musste es für so ein junges Ding doch ganz andere Möglichkeiten geben. Nur mit Stephans Stellung als Filialleiter einer Sparkasse konnte man das nicht erklären.

Vielleicht erinnerte er sie an ihren Vater, dachte Anke. Ziemlich wahrscheinlich sogar.

Als Stephan ihr die Geschichte mit Oleksandra gebeichtet hatte, da hatte er sofort erklärt, dass es sich nicht um einen Ausrutscher oder eine kurze Affäre handelte. »Ich liebe sie«, hatte er gesagt, und Anke hatte sofort die Konsequenzen gezogen und ihm klargemacht, dass er noch am selben Abend ihr gemeinsames Haus mit Sack und Pack zu verlassen hatte.

Gleichzeitig aber war ihr selbst klar geworden, dass das Band zwischen ihnen längst nicht mehr so stark war, wie sie es sich gewünscht hätte. Manchmal war sie sogar richtig froh, ihn los zu sein. Dann gab es aber auch wieder Tage, wo sie ins Grübeln kam und an viele schöne Momente dachte, die sie gemeinsam erlebt hatten. Viele davon jedoch, bevor sie Kommissarin geworden war und er Filialleiter. Sie hatten zum ersten Mal mehr Geld verdient, als sie zusammen ausgeben konnten, aber was hatten sie mit dem Geld gemacht? Was hatte es ihnen genutzt? Sie konnten kaum mal zusammen in Urlaub fahren. Und die Weltreise mit einem VW-Bus, von der sie beide geträumt hatten, bevor Jannik auf der Welt war, die war irgendwann nichts weiter als eine blasse Erinnerung.

Solche Gedanken machten sie an manchen Tagen geradezu wehmütig. Zum Beispiel an dem Tag, als sie in einer verschlossenen Wohnung unten an der Schlei drei grausam zugerichtete Leichen fanden, die offenbar schon länger dort gelegen hatten. Ein Nachbar hatte die Polizei gerufen, nicht etwa weil er den Gestank bemerkt hatte. Der war ihm zwar, wie er berichtete, auch nicht entgangen, aber zuerst hatte er in der Wohnung unzählige Fliegen summen hören. Das musste man sich einmal vorstellen. Tagelang hatte sie danach den Geruch in der Nase und die Bilder vor Augen gehabt, und früher hatte es geholfen, Stephan abends im Bett davon zu erzählen. Sie tat es am Telefon, und ein wenig half es auch, doch es war nicht dasselbe. Zumal sie Oleksandra im Hintergrund hörte, »die Schlampe«, wie Jannik sie seither meistens nannte.

Ein paar letzte Treppenstufen und drin war sie in ihrem neuen

Reich. Sie ging vorsichtig in die Knie, um den schweren Pflanzkübel abzusetzen, als hinter ihr schon einer der Möbelpacker die Wohnung betrat. Er trug ihre Schreibtischplatte und hätte sie beinahe über den Haufen gerannt.

Als sie sich aufrichtete und ihren Rücken durchstreckte, klingelte ihr Handy. War das die Möbelfirma? Die hätten eigentlich schon längst da sein sollen mit ihrer neuen Couch. *Zwischen neun und elf*, von wegen!

Das alte Sofa aus dem gemeinsamen Haus hatte sie Jannik vermacht. Dabei hätte sie sich jetzt so gern hingesetzt und ausgeruht.

Sie sah auf das Display und erkannte, dass Lena Klatt anrief, Kriminalkommissarin und Ankes rechte Hand. Die beiden Frauen verstanden sich auch privat gut. Sicherlich wollte sie wissen, ob Anke beim Umzug noch Hilfe brauchte.

Wie lieb von ihr.

Anke drückte auf den grünen Knopf. »Das ist aber nett, Lena.«

»Nix nett«, hörte sie am anderen Ende, »es gibt Arbeit. Mach dich auf die Socken.«

»Hey, ich stecke gerade mitten im Umzug. Deshalb hab ich heute frei. Eingereicht und alles.«

»Egal, das hier ist wichtiger.«

Anke seufzte. »Ich würde aber ungern die Möbelpacker hier mit meinen Sachen alleine lassen. Wenigstens die letzten Pflanzen muss ich noch hochtragen.«

»Das wirst du gleich anders sehen, wenn du hörst, was passiert ist.«

»Na, rück schon raus mit der Sprache.«

»Wir fahren nach Dänemark.«

»Wie bitte?«

»Siggendiek ist tot.«

»Doch nicht etwa –«

»Doch, genau der. Hans-Werner Siggendiek. Ermordet.«

»Sag das noch einmal.«

# 3

Ankes dänischer Kollege, Kriminalkommissær Torkild Kjeld Møllersen von der Polizei in Varde, erwartete sie vor dem Ferienhaus. Er war ein kleiner, rundlicher Mann mit freundlichem Gesicht, kurzem grauem Vollbart und runder Brille, der vom Alter her wohl schon stark Richtung Pension tendierte. Sie zeigten einander ihre Dienstausweise. Anke hatte Lena Klatt im Schlepptau, um Møllersen scharte sich ein halbes Dutzend uniformierte Polizisten.

»Tja, ist das nun ein Fall für euch oder für uns?«, fragte Torkild Møllersen Anke, und sie musste zugeben, dass das bislang noch ziemlich offen war.

»Wir werden sehen. Der Tote ist … ich meine, *war* auf jeden Fall in meinem Zuständigkeitsbereich zu Hause.«

»Ja, aber umgebracht hat man ihn in meinem.«

Anke war froh, dass Torkild Møllersen gut Deutsch sprach und sie nicht auf ihr holperiges Schulenglisch angewiesen war. Das war der Vorteil von Jütland oder zumindest den touristischen Gebieten an der Küste, hier sprach so gut wie jeder Deutsch. Der dänische Kommissar berichtete, wie Familie Reichmann aus Hannover den Toten entdeckt hatte. Das sei kurz nach fünfzehn Uhr gewesen, er sei seit siebzehn Uhr mit seinen Kollegen und der Spurensicherung vor Ort.

»Bist du schon einmal hier gewesen?«, wollte er von Anke wissen.

»Ja, Herr Møllersen, ich –«

»*Torkild*. Bitte sag doch Torkild.«

Anke wusste, dass die Dänen ihre Landsleute duzten und mit Vornamen anredeten. Außer ihrer Königin. Eigentlich eine ganz schöne Sitte. Sie selbst duzte sich auch mit den Kollegen. Nun ja, zumindest mit den meisten.

»Gerne, Torkild. Ja, ich war sogar schon öfter hier, zum letzten Mal vorigen Herbst. Da war ich hier für eine Woche mit meinem Mann.«

»Aber nicht in diesem Haus.« Torkild grinste.

Anke schüttelte den Kopf. Sie sah sich um. Das Ferienhaus lag in einer Senke zwischen Dünen, oben auf der nächsten Düne sah man einen Teil eines weiteren Hauses, ansonsten war man hier komplett ungestört. Henne Strand bestand aus Hunderten solcher Ferienhäuser und wurde zu jeder Jahreszeit von Tausenden Urlaubern aus allen Teilen Dänemarks und vor allem Deutschlands bevölkert.

Man konnte das Meer bereits ganz deutlich hören, riechen und schmecken. Auch hier waren es, wie in Schleswig, über zwanzig Grad. Die ungewöhnliche Hitzewelle, die seit Wochen die Medien beschäftigte, machte auch vor der dänischen Nordseeküste nicht halt. Von der See her wehte ein kräftiger Wind, und man hörte gedämpft, wie die Wellen an den Strand schlugen. Anke war froh, dass sie ihr langes kastanienbraunes Haar hochgesteckt und unter einer Mütze verborgen hatte.

Hier wirkt alles so harmlos, dachte sie. Aber der Schein trog, wie sie wusste.

Mehrere dänische Polizeiwagen standen vor dem Haus, und am Sandweg, der von der Straße herführte, war eine Absperrung errichtet worden, hinter der sich ein paar Schaulustige eingefunden hatten, obwohl es schon dunkel war.

Sicher Deutsche. Katastrophentourismus gab es eben auch im Urlaub.

Die Kriminalbeamten gingen zusammen ins Haus, um den Tatort zu begutachten. Anke erkundigte sich nach Schutzanzügen, aber Torkild winkte ab.

»Unsere Leute sind schon fertig mit der DNA. Es reicht, wenn ihr euch Handschuhe anzieht.«

Sie betraten den großen Raum, in dem noch immer der Tote in der Wanne lag. Anke trat an den Whirlpool heran. Das Wasser war größtenteils abgelassen worden, nur den Boden des Beckens bedeckte noch eine spiegelglatte rötliche Pfütze.

Sieht aus wie *Mädchenröte*, fuhr es Anke durch den Kopf.

Ihre Großmutter hatte früher immer diesen traditionellen Angeliter Nachtisch gemacht, aus Johannisbeersaft und Eischnee.

Eine flache Schüssel, bis zum Rand gefüllt, ein glatter rötlicher Spiegel, viel zu schade, um ihn mit einer Kelle zu ruinieren.

Anke stutzte. Eigentlich seltsam, dass sie das an Mädchenröte erinnern konnte. Wasser mit Blut war normalerweise doch eher transparent. Das hier sah fast milchig aus. Rötlich milchig, eben wie mit Saft vermengter Eischnee. Na, die Technik würde ihnen schon mehr dazu verraten können.

Der Anblick der Leiche war indes alles andere als appetitlich. Und das Blut des Toten war nicht nur ins Wasser gelaufen, sondern auch über den Rand des Whirlpools; hinter dem Becken hatte es sich auf dem Fußboden gesammelt, in einer mittlerweile dunkelbraunen Lache.

Der nackte Tote saß auf einer breiten Plastikstufe, die mit Noppen versehen war und so verhinderte, dass der Leichnam weiter hinunterrutschte. Ein großer weißer Berg Mensch. Irritiert stellte Anke fest, wie unverhältnismäßig klein das Genital des Mannes wirkte, gemessen an seiner Körpergröße und seinem Umfang.

Anke hatte Hans-Werner Siggendiek oft genug im Regionalfernsehen gesehen. Sie musste daran denken, wie er immer alle Anwesenden um einen Kopf überragt hatte. Von seinem Körperumfang ganz zu schweigen. Wie viel mochte er auf die Waage bringen? Hundertfünfzig, hundertsechzig? Die armen Kollegen, die den Leichnam später abtransportieren mussten. Sie versuchte sich daran zu erinnern, ob Siggendiek zu Lebzeiten ebenso bleich gewesen war wie jetzt in der Wanne oder ob das am Blutverlust lag.

Am Körper waren keine blauen Flecken zu sehen; das einzig Ungewöhnliche war die Verletzung am Hals. Anke kannte einige Einzelheiten schon aus dem Fax, das die Kollegen aus Varde ihnen geschickt hatten. Beispielsweise das Mordwerkzeug: ein Draht, der mittlerweile entfernt worden war. Man sah am Hals des Toten noch deutlich den tiefen Einschnitt, den er hinterlassen hatte. Der Mann war erdrosselt worden, aber dabei nicht etwa erstickt – der Draht hatte ihm buchstäblich die Kehle durchgeschnitten.

»Ja, kein schöner Anblick«, räumte Torkild ein. »Tut mir leid.«
»Na ja, da kannst du ja nix für«, sagte Anke. »Wo ist das Mordwerkzeug?«
Torkild rief einem seiner Kollegen etwas auf Dänisch zu, der brachte eine durchsichtige Plastiktüte. Darin lag ein aufgerollter, dünner, rötlich glänzender Draht, der an den Enden um zwei Stück Holz gewickelt war.
»Sieht nicht gerade wie ein Zufallsfund aus«, sagte Lena, die ihre große schwarzrandige Brille zurechtrückte und das Fundstück in der Tüte genau betrachtete.
Torkild schaute interessiert. »Was meinst du damit?«
»Ich meine, etwas, das zufällig hier im Bad herumlag.«
»Und das für eine Tat im Affekt spräche«, ergänzte Anke.
»Moment.« Es schien, als käme der dänische Kommissar nicht mehr ganz mit. »Also du meinst, oder ihr meint, das da« – er wies auf den Draht in der Tüte – »ist extra gebaut worden, damit man jemanden umbringt.«
»Na ja, sicher ist das nicht«, gab Anke zu, »da müssen wir einen Spezialisten fragen. Aber es sieht zumindest nicht wie etwas aus, das man zufällig neben dem Whirlpool findet.«
Anke war sich sicher, dass sie genau so einen Draht schon einmal gesehen hatte. Ein glatter, glänzender Draht, an den Enden um zwei Stückchen Holz gewickelt. Und sie hatte das starke Gefühl, dass es ebenfalls mit ihrer Großmutter zu tun hatte. Hatte sie so etwas in ihrer Küche gehabt? Oder kam sie jetzt nur darauf, weil sie vorhin die Assoziation mit der Mädchenröte gehabt hatte?
Sie ließ ihren Blick schweifen. Neben dem Whirlpool stand ein Tisch und darauf eine halb volle Flasche Bier. Kleidung war nirgends zu sehen, nicht einmal ein Bademantel.
Ihr Handy klingelte. Sie holte es aus der Jackentasche. Es war Jannik. Das konnte warten. Sie drückte auf die »Aus«-Taste.
»Habt ihr hier sonst noch etwas entfernt oder verändert, außer dem Draht und dass ihr das Wasser abgelassen habt?«
Torkild schüttelte den Kopf. »Wir haben viele Fingerabdrücke gefunden. Meine Kollegin ist gerade bei der Ferienhausver-

mittlung, um eine Liste der letzten Mieter zu bekommen. Die werden wir wohl brauchen.«

»Gut. Da sollten wir dann auch bald mal vorbeischauen. Wissen wir schon, wie der Täter ins Haus gekommen ist?«

»Hier.« Torkild wies auf eine Glastür, die vom Badebereich ins Freie führte. »Wir sind ziemlich sicher. Und wir haben draußen ein paar Abdrücke gefunden. Schuhabdrücke. Ist alles schon aufgenommen.«

»Aha. Aber eingebrochen wurde nicht.«

»Nein, die Tür war nicht verriegelt.«

»Was ist mit dem Todeszeitpunkt?«

»Freitag, ich meine gestern Nachmittag«, sagte Torkild, »das ist aber nur vorläufig. Auf jeden Fall nicht später.«

»Wer hat den Toten eigentlich entdeckt?«, wollte Lena wissen.

»Ein kleines Mädchen. Die Tochter von den Leuten, die das Haus ab heute gemietet haben. Also eigentlich, meine ich. Die können ja schlecht hier einziehen.«

»Das heißt, Siggendiek hatte das Haus bis heute gemietet?«

Torkild zuckte die Schultern. »Scheint so.«

»Aber wird denn so ein Haus nicht kontrolliert, wenn der eine Mieter auszieht und der andere einzieht?«

»Ich glaube schon. Das müssen wir dann wohl nachher mal überprüfen. Aber sagt mal«, Torkild sah die zwei Frauen fragend an, »wer ist denn der Tote eigentlich? Ihr kennt den ja gut, wie es scheint. Seid ihr – pardon, wart ihr befreundet mit ihm?«

Lena entfuhr ein kurzes, helles »Ha!«. Sie hielt sich die Hand vor den Mund.

»Hans-Werner Siggendiek war in letzter Zeit viel in den Schlagzeilen«, erklärte Anke. »Er hat eine Firma gegründet, die in Windkraftanlagen investiert, die Njördwind. Und vor Kurzem ist diese Firma mit Pauken und Trompeten pleitegegangen.«

»Viele Leute haben dabei ihr Geld verloren«, ergänzte Lena, »die Njördwind wurde nämlich größtenteils durch private Anleger finanziert.«

»Verstehe«, sagte Torkild. »Das heißt: Es gibt eine ganze Menge Leute, die auf Sig… äh …«

»Siggendiek«, half Lena nach.

»… Siggendiek wütend waren.«

»Das mit Sicherheit.«

Torkild nahm seine Brille ab und putzte sie mit einem Zipfel seines Hemds. »Das riecht nach Arbeit!«

# 4

Das Büro der Ferienhausvermittlung Poulsen hatte schon geschlossen, aber drinnen brannte Licht. Torkild Møllersen hatte erwartet, seine Kollegin hier zu finden, aber wie sie von einer jungen hellblonden Frau erfuhren, die ihnen die Tür öffnete, war sie vor fünf Minuten gegangen.

»Wahrscheinlich sind wir gerade aneinander vorbeigefahren«, sagte Torkild gleichmütig.

Das Büro war hell, freundlich und modern eingerichtet. Die junge Dame, die sich als Emma vorstellte, geleitete das Trio durch eine Tür in den hinteren Teil und versicherte in fast akzentfreiem Deutsch, wie erschüttert sie von dem Vorfall sei. Die drei Kriminalbeamten folgten ihr in eine Art Konferenzraum, wo bereits ein rotbärtiger Mann um die vierzig auf sie zu warten schien. Auf dem Tisch vor ihm lagen mehrere aufgeschlagene Ordner.

Der Bärtige hieß Søren, und auch er beeilte sich, ihnen mitzuteilen, wie erschüttert er war. Sein Akzent war ziemlich stark, und Anke überlegte, dass die Blonde ihm das Wort »erschüttert« sicherlich gerade erst beigebracht hatte.

Sie stellte sich und Lena Klatt kurz vor und kam dann ohne Umschweife zur Sache. »Hat die Kollegin von Herrn Møllersen –«

»Torkild«, beeilte sich dieser einzuwerfen. Er grinste breit, nickte der blonden Emma zu und machte eine Handbewegung, die wohl heißen sollte: Mehr wollte ich nicht sagen, mach schon weiter.

Anke verzog den Mund und fing noch einmal an. »Hat die Kollegin von Torkild die Liste mit den letzten Mietern bekommen?«

Sie sah Søren an, doch der erwiderte ihren Blick nicht, sondern hatte offenbar nur Augen für Lena. Sicher, so klein sie war, Lena war nicht gerade jemand, den man ignorierte. Man würde sie mit ihrer Stupsnase und den großen Augen wohl nicht im landläufigen Sinne als hübsch bezeichnen, sondern eher als niedlich, aber gerade das schien viele Männer besonders anzuziehen – zumal sie mit ihren fünfunddreißig Jahren glatt für fünfundzwanzig durchging. Anke war schon mehrfach Zeuge geworden, wie Lena diese Wirkung auf Männer im Rahmen von Ermittlungen zu ihrem Vorteil hatte nutzen können. Denn so unschuldig sie manchmal wirkte oder sich gab, so *tough* konnte sie sein.

Immerhin schien Søren Anke gehört zu haben, denn endlich konnte er sich von Lenas Anblick losreißen und beantwortete die Frage. »Normalerweise können wir solche Informationen nicht einfach herausgeben.« Er sah Torkild und Anke nacheinander eindringlich an, bevor sein Blick wieder zu Lena wanderte. »Aber in diesem Fall … das ist etwas anderes, da helfen wir natürlich gerne.«

*»Mange tak!«*, sagte Torkild, sprach dann aber auf Deutsch weiter. »Haben Sie meiner Kollegin die Namen ausgedruckt?«

Nun ergriff Emma das Wort. »Ja, wir haben ihr eine Liste mit allen Gästen dieses Jahr gegeben, chronologisch. Oder brauchen Sie die noch weiter zurück?«

»Nein«, sagte Anke, »das wird schon reichen. Ist eigentlich bekannt, ob Siggendiek allein im Haus gewohnt hat? Soweit ich weiß, ist er verheiratet, und Kinder hat er, glaube ich, auch.«

Emma zuckte die Achseln. »Das weiß ich nicht. Wir kontrollieren das ja auch nicht. Aber ich war ein paarmal da, wenn er den Schlüssel geholt hat, und da kam er immer allein ins Büro.« Sie wechselte mit ihrem Kollegen ein paar Worte und ergänzte dann: »Das war auch dieses Mal so, er war allein, als er kam.«

»Was mich interessieren würde«, begann Lena, »die Familie Reichmann ist am Ferienhaus angekommen, und die Tür ist nicht abgeschlossen. Herr Siggendiek liegt tot im Whirlpool, die Familie entdeckt die Leiche –«

Anke beobachtete, wie sich Søren unter Lenas – zugegebenermaßen nicht ganz feinfühligen – Worten zu winden schien.

Sicherlich hätte er aus ihrem Mund lieber andere Worte gehört. Sie musste sich ein Schmunzeln verkneifen.

»… ich frage mich«, fuhr Lena in unschuldigem Tonfall fort, »wie das möglich war. Wird denn ein Haus nicht kontrolliert, bevor jemand Neues anreist? Wird da nicht sauber gemacht oder so?«

Lena hatte einen wunden Punkt getroffen, und das mochte auch der eigentliche Grund sein, warum Søren das Gesicht verzog.

Anke nickte anerkennend. Daran hatte sie vorhin schon gedacht, aber dann war es ihr wieder entfallen.

Sie musste sich eingestehen, dass sie, seit sie zu Hause losgefahren war, nicht ganz bei der Sache war und hin und wieder mit ihren Gedanken zu den Möbelpackern abschweifte, die allein ihr Hab und Gut durch die Gegend schleppten. Sie hatte sich ja nicht einmal etwas Vernünftiges anziehen können, nur einen Pullover, den sie, statt ihn in einem der Umzugskartons zu verstauen, in ihre Reisetasche gestopft hatte, zusammen mit einer Grundausstattung an Kleidung für den Sonntag und ihrer Kulturtasche.

Anke ergänzte: »Zumindest wird der Vormieter ja wohl den Schlüssel abgeben müssen und die Stromrechnung begleichen, oder?«

Søren sah hilfesuchend zu seiner Kollegin Emma.

Hatte er nicht alles verstanden? Wer war eigentlich wessen Vorgesetzter hier? Beziehungsweise Vorgesetzte?

Wie Anke erwartet hatte, antwortete Emma. »Das sind gute Fragen. Es ist so: Herr Siggendiek ist ein … Entschuldigung: war ein Stammgast von uns, er kam alle zwei, drei Monate hierher und wohnte immer im selben Haus. Also immer, wenn es frei war. Ich glaube, manchmal hat er auch seinen Besuch so geplant, dass er erst dann kam, *wenn* das Haus frei war. Und wir haben einen Pauschalpreis für den Strom gemacht. Er musste also nicht extra den Stromzähler ablesen.«

Anke nickte und schrieb ein paar Stichworte in ihr kleines Notizbuch. »Und was ist mit der Reinigung und dem Schlüssel?«

»Was den Schlüssel betrifft, so hat Herr Siggendiek den immer bei uns in den Briefkasten geworfen.«

»Aber heute nicht.«

»Nein, das konnte er ja schlecht.«

»Ist das denn niemandem aufgefallen?«

Emma zuckte die Achseln. »Wohl nicht. Erst als Familie Reichmann kam und den Schlüssel abholen wollte, da war der Schlüssel nicht da, und wir mussten einen Ersatzschlüssel holen. Ich dachte, Mikkel hätte ihn und hat ihn nicht zurückgebracht.«

»Moment mal, wer ist denn Mikkel?«

»Mikkel ist unser ›Mädchen für alles‹. Er sieht nach dem Rechten bei Häusern, wo die Mieter die Endreinigung übernehmen. Man kann die Endreinigung entweder buchen oder selbst machen. Viele machen selbst sauber, bevor sie fahren. Und da guckt man dann noch einmal nach, ob alles okay ist.«

»Und das macht dieser Mikkel?«

»Ja, zumindest bei den Häusern unterhalb vom großen Apartmenthaus in Richtung Dünen. Wir haben das aufgeteilt.«

»Na ja«, warf Lena ein, »wir können ja wohl ziemlich sicher davon ausgehen, dass er zumindest Siggendieks Haus heute vergessen hat.«

»Trotzdem sollten wir mit ihm sprechen«, sagte Anke.

Søren nickte und holte ein Handy aus der Tasche, tippte ein paarmal darauf und schien zu warten, dass jemand ranging. Währenddessen wandte sich Emma an Anke. »Wir rufen eben Mikkel an. Er kann nicht weit sein. Dann wissen wir vielleicht mehr.«

Doch der ging offenbar nicht ans Telefon.

»Das heißt aber doch«, meldete sich Lena wieder zu Wort, »dass Siggendiek keine Endreinigung bestellt hat, oder?«

»Moment.« Die Blonde zog sich einen der geöffneten Ordner heran und blätterte darin. »Das ist komisch!«, sagte sie nach einer Weile. Sie schob den Ordner zu Anke hinüber und zeigte auf eine Stelle, wo jemand handschriftlich etwas in den Computerausdruck eingetragen hatte. »Hier war erst Endreinigung gebucht, und dann wurde sie abbestellt. Per Telefon, steht hier.«

»Von Siggendiek persönlich?«

»Das steht da nicht. Und ich habe die Notiz nicht gemacht.«

»Das war ich«, schaltete sich Søren sein. »Nein, das war er nicht selbst am Telefon. Das war eine Frau.«

»Aha. Und wann war das?«

Er hob entschuldigend die Arme. »Ich weiß nicht, der Tag vor gestern, glaube ich.«

»Vorgestern?«, half Lena.

»Ja, *Torsdag*, äh, Donnerstag. Ich weiß jetzt, ich musste ja der Putzfrau sagen, dass sie nicht in das eine Haus muss. Ja, Donnerstag.«

»Und wie hat sich die Frau gemeldet?«, wollte Anke wissen. »Mit ›Siggendiek‹?«

»Ich weiß nicht. Ich glaube, sie hat nur gesagt, dass wir im Haus Timianvej Nummer 70 nicht die Endreinigung machen müssen.«

»War es denn eine alte oder eine junge Frau?«

»Jung, sie klang jung. Zwanzig, dreißig. Eine helle Stimme. Aber ist das denn wichtig?«

»In einem Mordfall ist alles wichtig.«

»Wie bitte?«, schaltete sich jetzt Emma ein. »Mord?« Sie starrte Anke fassungslos an.

»Ja sicher, Mord. Das wussten Sie nicht?«

Søren schüttelte den Kopf, und Emma erklärte: »Torkilds Kollegin hat nur gesagt, dass der Mann tot im Whirlpool lag. Er ist wirklich ermordet worden?« Zum ersten Mal war ihr Lächeln verschwunden.

»Was glauben Sie denn, warum wir hier sind? Und warum wir die Liste mit den Mietern des Hauses brauchen?«

»Das habe ich mich auch gefragt. Aber man kennt das ja aus dem Fernsehen, wenn jemand stirbt, dann kommt die Polizei.«

»Aber doch nicht die Kripo«, sagte Anke.

Emma beugte sich zu Søren hinüber und wechselte einige Sätze auf Dänisch mit ihm.

Anke blickte zu Torkild, doch der starrte Löcher in die Luft. Etwas Wichtiges oder Brisantes schienen die Ferienhausvermittler nicht zu besprechen. Falls Torkild den beiden überhaupt zuhörte und nicht mit offenen Augen schlief. Sie sah Lena an, dann wieder Torkild. »Ich glaube, das wär's erst mal?«

Torkild regte sich nicht, aber Lena nickte.

»Geben Sie mir bitte Bescheid, wenn Mikkel auftaucht«, wandte sich Anke an Emma. »Und wenn sonst noch etwas ist. Hier ...« – sie kramte eine Visitenkarte aus ihrer Umhängetasche und schob sie über den Tisch – »... rufen Sie mich an.«

Sie bedankten sich, standen auf, und Emma ging voraus in Richtung Tür.

Da fiel Anke noch etwas ein. Wo hatte sie nur ihren Kopf? »Ach, sagen Sie, wo können wir Familie Reichmann denn jetzt antreffen? Oder sind die wieder abgereist?«

»Nein, die sind hier, wir hatten zum Glück noch ein Haus frei. Leider nicht in derselben Kategorie. Aber immerhin. Ich schreibe Ihnen die Adresse auf. Das ist ganz in der Nähe von dem anderen Haus.«

Als sie vor das Büro traten, machte Torkild auf dem Absatz kehrt und ging wieder hinein. »Ich komme gleich«, rief er.

Auch wenn die Sonne nicht mehr schien, war es nicht kalt. Anke war es fast ein wenig zu warm in ihrem Mantel. Emma war mit hinausgekommen und zündete sich eine Zigarette an. Als sie Ankes Blick sah, hielt sie ihr die offene Schachtel hin. Anke schüttelte den Kopf. Dafür langte Lena zu und ließ sich Feuer geben.

»Seit wann rauchst du denn wieder?«, fragte Anke.

Lena winkte ab. »Och, nur so ... Eigentlich gar nicht.«

»Darf ich was fragen?«, wandte sich Emma an Lena. »Wozu braucht ihr die Liste mit den Mietern? Sind das Verdächtige?«

»Na ja, wir wissen ja nicht, ob –«

»Nein, nein«, unterbrach Anke sie. »Es geht vor allem darum, festzustellen, ob es Fingerabdrücke oder DNA-Spuren gibt, die wir ausschließen können. Von Leuten, die vorher dort gewohnt haben.«

Nun erschien Torkild wieder. Er wischte sich die feuchten Hände an den Hosenbeinen ab. Offenbar hatte er die Toilette benutzt.

Sie verabschiedeten sich noch einmal und gingen zu Torkilds Passat.

»Sag mal, Torkild«, sagte Anke, »du warst so still da drinnen. Hast du dich schon damit abgefunden, dass es unser Fall ist und nicht eurer?«

Aber Torkild schien ihr gar nicht zuzuhören. Stattdessen holte er sein Handy aus der Jackentasche und wedelte damit in der Luft herum. »Entschuldigt, ich muss kurz mit Varde telefonieren. Das geht ja so nicht.«

Anke sah ihn irritiert an. »Was meinst du?«

Torkild tippte auf seinem Handy herum. »Die Firma Poulsen darf eine solche Liste mit Mietern nicht einfach so herausgeben. Das sind vertrauliche Informationen.«

»Wie meinst du das?«

»Wir haben einen sehr strengen Datenschutz in Dänemark.«

»Aber es war doch sehr wichtig, dass ... Ich meine, du hast doch deine Kollegin extra hingeschickt, so eine Liste zu besorgen.«

Torkild hielt sich das Gerät ans Ohr und nickte. »Sicher, und diese Liste wird uns sehr helfen. Aber das ändert ja nichts daran, dass das Büro Poulsen gegen geltende Gesetze verstößt.«

Am anderen Ende der Leitung hatte sich anscheinend jemand gemeldet, denn Torkild drehte sich weg und begann viel und schnell auf Dänisch ins Handy zu sprechen.

Anke sah zu ihrer Kollegin. »Sag mal, Lena, wer informiert eigentlich die Hinterbliebenen?«

»Das macht Mark, habe ich ihm noch aufgetragen, bevor wir gefahren sind.«

»Wie, heute Nachmittag schon?«

Lena zuckte die Schultern. »Klar. Varde hatte ja schon die Fotos und einen Scan vom Perso rübergemailt. Zweifel daran, dass es Siggendiek war, gab es eigentlich keine.«

»Ah, okay.«

»Aber der Torkild ist ja wohl 'ne Nummer, oder?« Sie grinste.

Torkild war mit Telefonieren fertig und lächelte Anke und Lena wieder an.

Anke runzelte die Stirn. »Geht ihr so mit allen euren Zeugen um?«

Torkild hob die Hände und machte eine entschuldigende Geste. »Gibt es nicht dieses schöne Sprichwort bei euch: ›Gesetz ist Gesetz‹?« Er zwinkerte Anke munter zu. »Und ich dachte, die Deutschen sind immer so korrekt.«

# 5

Das Haus der Siggendieks im kleinen Ort Böklund in Südangeln, etwa auf halbem Weg zwischen Flensburg und Eckernförde, war ein weiß getünchter Bungalow. Aus den Siebzigern, wie Kriminalobermeister Mark Roth schätzte. Flachdach, großes Grundstück, sicherlich zweitausend Quadratmeter, Bäume mit gelbem Laub. Eine hohe Hecke zur Straße hin. Hier wollte man unter sich sein.

Mark sah auf die Uhr. Es war schon nach neun, und eigentlich hätte er um sieben Feierabend gehabt. So ein Mist.

Er klingelte, und sofort begann ein Hund zu kläffen. Dem Bellen nach ein sehr kleiner Hund. Mark hatte nicht viel übrig für Hunde, aber wenn es schon ein Hund sein musste, dann wenigstens einer, der seine Abstammung vom Wolf nicht allzu stark verleugnete. Das, was zum Vorschein kam, als die Tür geöffnet wurde, war das genaue Gegenteil. Ein kaum mehr als fünfundzwanzig Zentimeter langes Haarbüschel begann um seine Beine herumzuwuseln. Mark war professionell genug, um dem Drang zu widerstehen, das Tier mit einem gezielten Tritt über die Hecke zu befördern.

Die Frau, die in der Tür stand, war nach Marks Einschätzung Anfang dreißig. Vielleicht sein eigener Jahrgang, 1980. Kurze blondierte Haare, zu große Ohrringe und zu viel Schminke. Sie trug ein kurzes schwarzes Kleid mit tiefem Ausschnitt. Und irgendwie kam ihm ihr Gesicht bekannt vor. Wahrscheinlich war sie mal zusammen mit ihrem Mann in der Klatschpresse abgebildet gewesen. In der Gala, die seine Freundin immer auf dem Klo rumliegen hatte.

»Was ist denn?«, begrüßte ihn die Frau. Der Minihund rannte noch immer um ihn herum und kläffte. »Wenn Sie was verkaufen wollen …«

»Würden Sie den Hund bitte wegnehmen?«

»Ist ja schon gut.« Sie wedelte mit der Hand in Richtung des

Hundes, der endlich von Marks Beinen abließ und im Haus verschwand.

War die Frau betrunken? Sie wirkte fahrig.

»Ich muss gleich weg, was ist denn nun?«

»Mein Name ist Mark Roth, Kriminalpolizei Schleswig.« Er zeigte seinen Dienstausweis. »Tanja Siggendiek?«

»Kollberg.«

»Oh, ich dachte …«

»Siggendiek-Kollberg heiße ich! Klar?«

»Ja, Frau Siggendiek-Kollberg. Entschuldigung. Darf ich vielleicht kurz reinkommen?«

Frau Siggendiek-Kollberg sah ihn skeptisch von oben bis unten an. »Und wenn ich Nein sage?«

»Dann muss ich später wiederkommen. Aber es ist leider sehr dringend. Und wichtig.«

Die Frau seufzte. »Na denn, in Gottes Namen …« Sie machte auf dem Absatz kehrt und stolzierte voraus ins hell erleuchtete Wohnzimmer.

Mark betrachtete die Einrichtung. Designermöbel, viel Schwarz und Glas und Chrom. Alles andere als gemütlich. Kein Bücherregal, nur ein paar Frauenzeitschriften auf dem Couchtisch vor dem schwarzen Ledersofa. An einer Wand hing ein gerahmtes Bild mit einer Art Mondlandschaft, das aussah wie mit Airbrush gemalt, an einer anderen der größte Fernseher, den Mark je gesehen hatte.

Vor der Couch drehte die Frau sich zu ihm um, machte aber weder Anstalten, sich zu setzen, noch, ihm einen Platz anzubieten. »Was gibt es denn jetzt so Wichtiges?«

Der schnippische Tonfall wird dir gleich vergehen, dachte Mark. Zicke. »Würden Sie sich bitte setzen?«

»Ich steh ganz gut hier.«

»Es geht um Ihren Mann.«

»Hansi? Was ist denn mit ihm?«

»Nun …« Mark wurde bewusst, dass er sich gar keine Formulierung zurechtgelegt hatte. *Es ist etwas Furchtbares passiert – ich habe leider schlechte Nachrichten für Sie – Sie müssen jetzt sehr stark sein* – das waren so Fernseh-Formulierungen, die ihm viel zu abgegriffen waren. Als er ins Auto gestiegen war, hatte er noch daran gedacht, dass er sich etwas ausdenken musste, aber dann war ihm der Gedanke wieder abhandengekommen.

»Ich … ich habe leider schlechte Nachrichten für Sie«, setzte Mark dann an. »Es ist etwas ganz Furchtbares passiert.«

Tanja Siggendiek-Kollberg schien nicht zu begreifen, was er ihr sagen wollte. Wie war das möglich? Das war doch nun wirklich komplett unmissverständlich formuliert. »Ihr Mann ist leider tot, Frau Siggendiek.«

Die Frau sank in die Knie, tastete nach der Kante des Sofas und setzte sich. »Kollberg«, flüsterte sie. Ihr Blick ging an Mark vorbei ins Leere.

»Es tut mir leid«, sagte Mark und setzte sich neben sie.

Doch sofort, als er Platz genommen hatte, sprang die Frau auf und rannte aus dem Zimmer. Mark wusste nicht so recht, was er tun sollte. Er stand auf und lauschte. Schließlich ging er langsam in Richtung der Tür, durch die die Frau verschwunden war und durch die man weiter ins Innere des Hauses gelangte. Hinter einer der Türen hörte er ein leises Schluchzen. Er klopfte.

»Kann ich etwas für Sie tun? Soll ich jemanden verständigen?«

Dann hörte man die Spülung der Toilette, die Tür ging auf, und Tanja Siggendiek-Kollberg stürmte an Mark vorbei, zurück in Richtung Wohnzimmer, ohne ihn eines Blickes zu würdigen. Er folgte ihr, und als er das Wohnzimmer betrat, stand sie vor der großen gläsernen Terrassentür. Draußen war es schon stockfinster, und ihr Gesicht spiegelte sich in der Scheibe. Mark bemerkte, dass ihr die schwarze Schminke der Augen über die Wangen lief.

»Wissen Sie schon, wer es war?«, fragte sie tonlos.

Mark sah sie überrascht an. »Woher wissen Sie denn, dass es kein normaler Tod war?«

Weiter kam er nicht, denn die Frau fuhr herum. In ihren Augen lagen Hass und unverhohlene Wut, als sie ihn anzischte: »Das war Mord, ist doch klar.«

Mark wich unwillkürlich ein paar Zentimeter zurück. Er bemühte sich, ruhig zu bleiben. »Wieso ist das klar?«

»Na, wegen der Briefe! Kommen Sie mit!« Mit großen Schritten verließ sie das Zimmer, und Mark folgte ihr wieder in den Flur und in einen anderen Raum, offenbar ein Arbeitszimmer.

Er staunte nicht schlecht, als er den Raum betrat. Neben der Tür an der Wand begrüßte ihn ein mannshoher Pappaufsteller von James Bond mit gezückter Waffe. Mark überlegte kurz, welcher der Bond-Darsteller es war, aber ihm fiel der Name nicht ein. Jedenfalls keiner der ganz bekannten.

Die Frau trat hinter einen viel zu großen und wuchtigen Schreibtisch aus edlem Holz, riss mehrere Schubladen auf, nahm bündelweise Briefumschläge heraus und warf sie auf die Schreibtischplatte.

»Hier! Da!«

Es wurden immer mehr Briefe, einige flatterten vom Tisch hinunter auf den dunkelgrauen Teppichboden.

»Und was sind das für Briefe?«, fragte Mark vorsichtig.

»Was sind das für Briefe?«, blaffte Siggendieks Witwe ihn an. »Drohbriefe! Morddrohungen! Ohne Ende! Wegen der ganzen Njördwind-Scheiße!« Sie griff sich nacheinander mehrere Briefe und zerknüllte sie. »Wie ist es denn überhaupt passiert? Hat ihn jemand erschossen?«

»Das … äh … das darf ich Ihnen …«, stammelte Mark, »also, das ist noch nicht –«

Auf einmal schienen Tanja Siggendiek-Kollberg die Kräfte zu verlassen. Sie setzte sich in den Schreibtischstuhl, verschränkte ihre Arme auf dem Tisch, ließ ihr Gesicht darin versinken und wimmerte leise.

»Soll ich nicht doch jemanden anrufen, der sich um Sie kümmern kann?«

Sie hob den Kopf und rieb sich die Augen. Dann sah sie ihn an. »Nein, es geht schon.«

»Ich muss Sie leider bitten, die Briefe nicht noch einmal anzufassen«, sagte Mark, »das sind ab jetzt Beweisstücke.«

Sie sah ihn überrascht an. Dann nickte sie.

Er brachte sie zurück ins Wohnzimmer, und sie nahm wieder auf der Couch Platz. Mark telefonierte mit der Dienststelle, damit jemand vom Erkennungsdienst käme, der sich um die Drohbriefe kümmerte. Leider war niemand verfügbar, und am Ende musste Mark sich auch noch anmeckern lassen, ein paar Briefe in eine Tüte stecken und mitnehmen, das könne er ja wohl selbst.

Und so bat er die Hausherrin um eine Plastiktüte, und mit Gummihandschuhen aus der Siggendiek'schen Küche steckte er die Briefe in eine ausgebeulte REWE-Tüte.

Als er zurück ins Wohnzimmer kam, telefonierte die Frau, und es klang, als würde sie mit jemandem verabreden, dass sie oder er gleich vorbeikäme. War wohl auch besser so.

Er brachte die Plastiktüte ins Auto, kam zurück und setzte sich mit einigem Abstand neben die Frau, die immer noch das Telefon am Ohr hatte, auf die Couch. Er überlegte, wo er sie schon einmal gesehen hatte.

»Was ist denn mit Dennis?«, fragte die Frau, als sie aufgelegt hatte. »Haben Sie den schon verständigt?«

»Wer ist denn Dennis?«

»Unser Sohn. Beziehungsweise Hansis Sohn. Also, ich bin nicht seine Mutter.«

»Nein, ich glaube nicht. Wohnt Dennis nicht hier?«

»Der ist schon lange ausgezogen. Dennis ist doch schon fünfundzwanzig, so ungefähr.«

Kaum jünger als du, dachte Mark. »Haben Sie – ich meine, hat Herr Siggendiek noch mehr Kinder?«

»Also mit mir nicht«, sagte sie schnippisch.

Sieh mal an, fuhr es Mark durch den Kopf, jetzt wirkt sie gar nicht mehr so verstört. Nun ja, vielleicht hatte sie kurzzeitig verdrängt, was geschehen war.

»Aber vor Ihnen«, sagte Mark. »Also ich meine, aus erster Ehe?«

»Sie wissen ja nicht gerade gut über ihn Bescheid, oder?«

»Wie meinen Sie das?«

»Toni. Seine Tochter. Also eigentlich Antonia. Sie ist im Frühjahr gestorben.«

»Oh, das tut mir leid. Bei einem Unfall?«

»Nein, sie wollte nicht mehr … also, sie hat sich umgebracht. In der Psychiatrie. Sie saß da ein halbes Jahr, in der Geschlossenen.« Jetzt kehrte die Traurigkeit in Frau Siggendiek-Kollbergs Augen zurück.

»Wo wohnt Dennis denn?«

»Der studiert in Flensburg.«

»Wollen Sie ihn unterrichten, oder sollen wir das tun?«

Sie schüttelte den Kopf und sah Mark direkt an. »Das mache ich schon selbst.«

»Gut.« Mark erhob sich. »Wenn es Ihnen recht ist, würde ich mich jetzt auch verabschieden.«

Frau Siggendiek-Kollberg brachte Mark zur Tür und versicherte ihm noch einmal, dass sie zurechtkäme. Außerdem käme gleich jemand, um ihr Gesellschaft zu leisten.

»Aber sagen Sie mal, müssten Sie nicht eigentlich zu zweit sein? Im Fernsehen sind Sie immer zu zweit. Also bei so was hier.«

»Ja, das Fernsehen …«, sagte Mark mit einem Seufzer. »Doch, Sie haben schon recht, aber wir sind gerade ziemlich unterbesetzt, und dann ist auch noch Samstagabend … Na ja.«

»Aber die Leiche muss ich doch bestimmt identifizieren?« Ihr eigener Gedanke schien sie, gleich als sie ihn ausgesprochen hatte, zu schockieren. Sie schlug die Hand vor den Mund.

»Ja, aber das hat Zeit. Er ist ja noch immer in Dänemark.«

»In Dänemark?« Sie sah ihn ungläubig an. »Was zur Hölle macht er denn in Dänemark?«

Mark zuckte die Achseln. »Keine Ahnung. Urlaub? Tut mir leid, ich dachte, Sie wüssten –«

»Ich dachte, er wäre auf Dienstreise in London. Wegen irgendwelcher Konten.«

»Wissen Sie da Genaueres?«

»Nein, davon habe ich leider gar keine Ahnung.«

Sie verabschiedeten sich.

Als Mark wieder im Auto saß, machte er sich ein paar Notizen. London, Konten, das klang interessant. War nicht erst neulich bei Siggendiek Haussuchung gewesen, im Zuge der Pleite der Windradfirma? Soweit Mark wusste, waren mehrere Millionen Euro veruntreut worden. Aber Siggendiek wurde momentan, wie es schien, nicht belastet, sondern der untergetauchte Geschäftsführer. Vielleicht hatte er den in London getroffen? Aber Unsinn, Siggendiek war ja gar nicht nach London gefahren, sondern nach Dänemark. Wieso hatte man eigentlich nicht schon bei der Haussuchung die ganzen Drohbriefe sichergestellt? Und wieso hatte Siggendiek nicht um Schutz gebeten?

Fragen über Fragen. Aber jetzt war erst mal Feierabend. Zumindest fast. Erst musste er noch die Briefe zur Technik bringen. Und noch einmal überlegen, wo zum Teufel er diese Frau schon einmal gesehen hatte.

# 6

Sie standen an Torkilds Wagen, aber er machte keine Anstalten, aufzuschließen.

»Und jetzt?«, fragte Lena. »Zurück zum Haus?«

Torkild grinste. »Oder ich lade euch auf ein Bier ein.«

»Wir sind im Dienst«, sagte Anke säuerlich. Immerhin hatte er »euch« gesagt und nicht »dich« und damit nur Lena gemeint. Durchaus wünschenswert, dass Torkild nicht auch noch damit begann, ihre junge Kollegin anzuflirten.

»Eben«, fuhr Torkild fort, »wir sind im Dienst. Und ein trockener Hals ermittelt nicht gern, wie man so schön sagt. Oder so ähnlich.« Kurzerhand lief er über die Straße.

Den Frauen blieb nichts anderes übrig, als es ihm gleichzutun.

Anke sah ihre Kollegin genervt an.

Die schien eher amüsiert. »Komm, Anke, etwas *øl* tanken kann nicht schaden.«

Sie folgten Torkild ins Café Happy, eine Art Café-Kneipe, keine zwanzig Meter weiter die Straße hinunter. Ausgerechnet, dachte Anke. Mordbesprechung im Café Happy.

Als sie und Lena eintraten, war Torkild bereits dabei, eine mittelalte rothaarige Frau mit rundem Gesicht zu begrüßen, die mit einem jungen Mann an einem Tisch saß. Beide hatten ein halb leeres Bierglas vor sich auf dem Tisch. Der Junge sah aus wie Anfang zwanzig. Er trug eine Baseballmütze und starrte die Frauen wortlos an.

Zwei Stühle waren am Tisch noch frei, und Torkild bedeutete Anke und Lena, sich dazuzusetzen. Er selbst angelte sich einen Stuhl vom Nachbartisch. »Darf ich vorstellen? Meine Kollegin Benedikte Bendiksen. Und das ist …?« Er deutete auf den jungen Mann.

»Mikkel«, stellte Benedikte ihn vor. »Er arbeitet bei Poulsen, die die Ferienhäuser vermieten.« Ihr Akzent war stärker als der von Torkild, und als Anke sie reden hörte, musste sie sofort an die Sängerin Gitte denken.

»Und wir dachten, wir hätten dich gerade verpasst und du wärst zum Haus zurückgefahren.«

»Wäre ich auch beinahe, aber dann lief mir Mikkel über den Weg.«

Torkild stand wieder auf, ging zum Tresen und bestellte drei Bier.

So viel Dänisch verstand Anke gerade noch.

»Kennt ihr euch?«, fragte Lena.

»Ja, ich bin hier in der Gegend aufgewachsen, und mein Vater ist mit dem alten Herrn Poulsen befreundet. Mikkel ist so eine Art … Ziehsohn von der Familie Poulsen.«

»Und er arbeitet bei Poulsen als so eine Art Mädchen für alles?«

»Genau.«

»Aber Deutsch spricht er wohl nicht?«

Benedikte schüttelte den Kopf. »Er ist nicht die … wie soll ich sagen? … nicht die hellste Kerze auf dem Kuchen. Aber ein lieber Kerl.« Sie strahlte Mikkel an.

Fehlt nur noch, dass sie seine Hand hält, dachte Anke. Sie hatte spontan das starke Gefühl, dass zwischen den beiden mehr war, als die Polizistin zeigen wollte. Na ja, letztlich ging sie das nichts an. Zumindest noch nicht. Sie nahm sich aber vor, es im Hinterkopf zu behalten.

»Was hat er denn heute Mittag gemacht?«, wollte Anke von Benedikte wissen.

Die sah sie nur mit großen Augen an. »Wie, was meinst du?«

»Mikkel sollte doch das Ferienhaus überprüfen, in dem der Tote lag. Ob alles in Ordnung war, wegen der Endreinigung.«

»Und das hat er nicht? Das glaube ich nicht.«

Anke verzog verärgert das Gesicht. »Natürlich hat er nicht, sonst hätte er ja wohl die Leiche gefunden.«

»Ach so. Ja, du hast recht.«

Anke schien es langsam, als hätte auch Benedikte den tiefen Teller nicht erfunden.

»Also hat er seinen Job nicht gemacht.«

»Und wenn er seinen Job gemacht hätte«, ergänzte Lena, »hätte nicht ein kleines Mädchen die Leiche finden müssen.«

Benedikte sah von Lena zu Anke mit einem Gesichtsausdruck, aus dem die pure Missbilligung sprach. Dann wandte sie sich an den jungen Mann, der neben ihr saß. »Stimmt das, Mikkel? *Er det sandt?*«

Natürlich hatte Mikkel nicht verstanden, was sie geredet hatten, sodass sie ihm das Ganze noch einmal auf Dänisch erzählen musste. Man konnte geradezu sehen, wie das Lächeln und die Freundlichkeit aus Mikkels Gesicht verschwanden und einer Mischung aus Verzweiflung und Verärgerung Platz machten.

Es sah so aus, als erführe er jetzt erst, dass man eine Leiche entdeckt hatte.

Torkild dolmetschte für Anke und Lena, während Mikkel zögernd gestand, was passiert war. Anscheinend war er, statt in den Ferienhäusern, aus denen jemand auszog, nach dem Rechten zu sehen, zu einem Freund gefahren, der ein neues Playstation-Spiel hatte. Er hatte nur kurz vorbeischauen wollen, dann aber die Zeit vergessen, und schon war es Abend gewesen.

Eine gelangweilt blickende junge Frau kam mit einem Tablett, auf dem drei große Gläser Bier standen, stellte diese wortlos auf den Tisch und ging wieder. Torkild nahm einen gewaltigen Schluck und stieß einen wohligen Laut aus.

Fehlt nur noch, dass er rülpst, dachte Anke.

Sie nahmen ebenfalls ihre Gläser auf und stießen an.

Das Bier war tatsächlich eine Wohltat. Der Tag war lang gewesen, körperlich und geistig anstrengend. Anke unterdrückte ein Gähnen.

»Was ich noch wissen wollte«, sagte Lena an ihre dänische Kollegin gewandt, »macht Mikkel auch die Endreinigung?«

»Nein, er sieht nur bei den Häusern nach, wo die Leute selbst geputzt haben.« Sie sah Lena missbilligend an. »Er ist doch keine Putzfrau!«

»Apropos: Wir müssen herausfinden, wer angerufen hat, um die Endreinigung abzubestellen«, sagte Anke.

Torkild nickte. »Du hast recht. Zumal es nicht Siggendiek selbst war, das wissen wir.«

»Ach?« Benedikte sah ihn erstaunt an und sagte etwas auf Dänisch, was wahrscheinlich so viel hieß wie: *Davon weiß ich ja noch gar nichts, erzähl doch mal*, denn genau das tat Torkild.

»Aber warum sollte der Täter das tun?«, fragte Benedikte schließlich auf Deutsch in die Runde. »Dass der Tote gefunden wird, war doch ...« Sie fand das Wort nicht, aber das war auch nicht nötig.

Anke nickte. »Das stimmt. Natürlich wissen wir nicht, ob es der Täter war, der angerufen hat. Aber da es eine Frau war, kann es Siggendiek nicht gewesen sein. Dessen Stimme kann man wirklich nicht für eine weibliche halten.«

Lena nickte zustimmend.

Benedikte merkte auf. »Kanntet ihr den Toten denn, den *Siggedick*?«

»Sigg*en*di*e*k«, verbesserte Lena.

»Wie man's nimmt«, sagte Anke. »Er war eine ziemlich bekannte Persönlichkeit bei uns – also nicht bei uns in Deutschland, aber zumindest in Schleswig-Holstein.«

»Ist er ein Schauspieler?«

Anke stutzte. Wobei, so ganz falsch lag Benedikte nicht; wie man so hörte, war es ihm gelungen, den Investoren gegenüber noch auf Gutwetter zu machen, als ihr Geld längst verloren war.

»Er war Inhaber der Njördwind GmbH, die hat in Windkraftanlagen investiert, irgendwie so etwas. Genau weiß ich das leider gar nicht, damit müssen wir uns noch beschäftigen. Auf jeden Fall wurde das Ganze vorwiegend durch private Anleger finanziert.«

»Das klingt doch nach einer guten Sache.«

»Das schon, aber als die Bundesregierung im vergangenen Jahr beschloss, bei der Umlage für Ökostromproduzenten drastisch zu kürzen –«

»Moment mal«, unterbrach sie Torkild. »Was heißt das?«

»Im Grunde, dass erneuerbare Energien nicht mehr so stark gefördert werden sollen.«

Torkild und Benedikte sahen Anke ungläubig an und begannen auf Dänisch miteinander zu tuscheln.

»Ist ja auch egal«, fuhr Anke fort. »Auf jeden Fall sind da schon einige Investoren abgesprungen.«

»Und dann ist die Firma pleitegegangen?«, wollte Torkild wissen.

Anke sah zu Lena, die sofort verstand und weiterredete, während sie selbst einen Schluck Bier nahm. »Nein, das nicht, auch wenn es erst so aussah. Aber vor ein paar Monaten kam heraus, dass der Geschäftsführer der Firma Geld veruntreut hatte. Willy Damm hieß der Mann. Rund sieben Millionen Euro. Es war keine große Firma, und das fehlende Geld führte dazu, dass sie Insolvenz anmelden musste.«

»Sieben Millionen? Das klingt nicht nach so viel.«

Anke zuckte die Schultern. »Das Unternehmen war wohl noch im Aufbau begriffen. Da hat das wohl gereicht.«

»Und was ist mit dem Geschäftsführer passiert?«, fragte Torkild weiter.

»Er ist verschwunden.«

»Verschwunden?« Torkild hob die Augenbrauen. Er setzte sein Glas zum zweiten Mal an und trank den Rest Bier in einem Zug. »Hat er sich mit dem Geld abgesetzt?«

»Zumindest ist er bis heute nicht wieder aufgetaucht«, erklärte Anke. »Ich muss Lena aber korrigieren: Dass er die Millionen hat, ist nicht sicher.«

»Na ja, auf jeden Fall hat er das Geld ins Ausland transferiert«, warf Lena ein. »Und gleichzeitig ist er untergetaucht. Natürlich wird nach ihm gefahndet, Europol, Interpol, das komplette Programm.«

»Wir sollten aber noch einmal auf den Anruf zurückkommen, auf die abbestellte Reinigung«, sagte Anke. »Also, selbst angerufen hat Siggendiek nicht. Die Vermieter haben gesagt, er sei alleine gewesen, als er den Schlüssel holte, wie ja offenbar auch sonst immer, wenn er nach Henne Strand kam. Also hat ihn die Anruferin dort besucht und dann eventuell auch mehrere Tage mit ihm im Haus gewohnt – nur für einen Nachmittag kommt ja selten jemand aus Deutschland hierhergefahren. In dem Fall wird sie sich sicherlich melden, wenn sie erfährt, dass er tot ist. Vielleicht war es ja tatsächlich seine Frau.«

»Ich beantrage eine Auflistung der telefonischen Verbindungen«, sagte Torkild.

»Gut, das tu bitte.«

Als sie eine Runde Bier später wieder auf der Straße waren, beschloss Anke, erst am nächsten Tag mit der Familie zu sprechen, die die Leiche gefunden hatte. Es war fast zehn, und sie war todmüde.

In ihrer Jackentasche klingelte ihr Handy, und im selben Moment fiel ihr ein, dass sie ihren Sohn noch gar nicht zurückgerufen hatte. Sie holte das Gerät heraus, und tatsächlich stand auf dem Display »Jannik«.

»Hallo Mama, bist du immer noch *busy* beim Umzug? Ist nicht alles längst fertig?«

»Ich hoffe schon, aber ich bin gar nicht zu Hause. Ich bin in Henne Strand.«

»Hä? Was machst du da denn?«

»Ein neuer Fall. Erzähl ich dir ein andermal.«

»Na toll, ich hätte mich beinahe in die Bahn gesetzt, ich dachte, wir stoßen auf die neue Wohnung an.«

»Ja, schade. Hast du nur deshalb angerufen?«

»Nee – ich wollte eigentlich mit dir reden. Ich glaube, Papa dreht gerade komplett durch.«

»Inwiefern?«

Jannik machte eine Pause.

»Das erzähl ich dir lieber, wenn du etwas mehr Ruhe hast. Wann bist du denn wieder da?«

»Ich hoffe, morgen Abend. Ich ruf dich an, okay?«

»Okay.«

Stephan und die Ukrainerin. War ja klar, dass es da Ärger geben würde. Anke musste sich eingestehen, dass sich ein leichtes Gefühl des Triumphs in ihrer Brust breitmachte. Viel erstaunlicher fand sie aber eigentlich, dass Jannik und ihr Mann überhaupt Kontakt hatten. Nun, einmal mussten sich die Wogen ja mal glätten. Hatte Oleksandra Stephan verlassen? Bei ihr musste er nicht angekrochen kommen, um sich auszuheulen.

Auf jeden Fall war sie gespannt, was Jannik erzählen würde.

# 7

Die beiden Kripobeamtinnen übernachteten im kleinen Städtchen Varde. Torkild Møllersen hatte dort in weiser Voraussicht zwei Zimmer in einem Hotel gebucht. Für die Rückfahrt war es zu spät gewesen, und heute, am Sonntag, mussten sie ohnehin wieder nach Henne Strand, um sich mit der Familie zu unterhalten, die die Leiche von Siggendiek entdeckt hatte, und sich noch einmal in Ruhe den Tatort anzusehen.

Anke hatte eine unruhige Nacht gehabt. Sie hatte lange gebraucht, um einzuschlafen. Nicht nur das Bild des toten Siggendiek ging ihr nicht aus dem Kopf, sondern auch Janniks Worte am Telefon. Dann hatte sie wirres Zeug geträumt, von Oleksandra. In einem Traum hatte Oleksandra Stephan verlassen, und Anke war mit ihm im Bett gelandet. Kurz bevor es ernst wurde, war sie aufgewacht, mit ausgedörrter Kehle, die viel zu dicke Bettdecke hatte sie im Schlaf auf den Boden gestrampelt. Dann war sie wieder eingeschlafen, und als sie um fünf Uhr morgens erneut aufwachte, hatten Stephan und Oleksandra geheiratet. Danach hatte sie gar nicht mehr schlafen können, bis es Zeit zum Aufstehen gewesen war.

Nach dem Frühstück holte Torkild sie und Lena ab, und sie fuhren ihm nach Henne Strand hinterher. Über Nacht war es ein wenig kühler geworden, der Himmel war bewölkt. Dennoch war es nach wie vor zu warm für Oktober.

Torkild dirigierte sie zu dem Ferienhaus, in dem Familie Reichmann untergekommen war, und fuhr dann wieder zum Tatort, wo er sich mit seiner Kollegin und dem Chef seiner kriminaltechnischen Abteilung treffen wollte.

Der Familienvater, Ole Reichmann, machte keinen Hehl daraus, dass er mit der neuen Bleibe alles andere als zufrieden war. Vor allem verfügte sie über keinen Whirlpool.

Als Lena fragte, ob er nach dem Leichenfund tatsächlich noch die Nerven habe, in den kommenden Tagen im Whirlpool zu liegen, erntete sie nur Unverständnis. Er habe dafür bezahlt, jetzt wolle er auch einen haben, und davon lasse er sich nicht abbringen, nur weil jemand beschlossen habe, sich in einem umbringen zu lassen. Ohnehin habe seine Frau ihm schon dieselbe Frage gestellt, und Frauen seien da wohl ein wenig zu zartbesaitet.

Am liebsten hätte Anke ihm möglichst plastisch ausgemalt, wie ihre Kollegin neulich in dieser Wohnung an der Schlei, ohne mit der Wimper zu zucken, durch die verrottenden Überreste dreier verstümmelter Mordopfer gewatet war. Aber wenn sie eines im Leben sicher wusste, dann, dass man einen Mann dieser Preisklasse, noch dazu über vierzig, nicht belehren konnte.

Wenigstens schien die vierjährige Tochter der Familie keinen bleibenden Schaden davongetragen zu haben; während sich die Polizistinnen und Torkild mit Herrn und Frau Reichmann unterhielten, saß das Mädchen fröhlich im Nebenzimmer auf dem Fußboden und baute etwas mit Duplo-Steinen.

»Sie hat zum Glück gar nicht gemerkt, was mit dem Mann los war«, erklärte Frau Reichmann. »Ich habe ihr gesagt, dass er schläft und wir in ein anderes Haus müssen, weil hier ja jemand anderes wohnt.«

»Na, gottlob.« Mit einem Seitenblick auf die Tochter, die zwar ins Spielen versunken schien, aber dennoch in Hörweite war, beschloss Anke, nicht die Worte »Toter« oder »Leiche« zu benutzen.

Ole Reichmann hatte solche Skrupel offensichtlich nicht. »Sagen Sie mal«, hob er an, bevor Anke überhaupt etwas fragen konnte, »der Tote – ich hatte das Gefühl, den kenne ich. Also nicht persönlich, aber ich hab den bestimmt schon mal irgendwo gesehen. So ein Riesenkerl mit Meckifrisur ist ja doch – also, ich meine, den vergisst man nicht so leicht.«

Anke überlegte. War es von Vorteil, dass Reichmann Siggendiek nicht erkannt hatte? Keine Frage, dass er ihn schon einmal gesehen hatte, im Regionalfernsehen, NDR, Schleswig-Holstein-Magazin oder so. Die Njördwind-Pleite hatte ziemliche

Wellen geschlagen. Aber sie wollte sich das Zepter nicht so schnell aus der Hand nehmen lassen, wenn es darum ging, die Medien zu informieren. Wer wusste denn, wie pressegeil dieser Reichmann war? Oder ob er nicht einen Schwager bei der BILD-Zeitung hatte?

»Das ist Hans-Werner Siggendiek«, sagte Lena unbefangen. »Der von der Njördwind.«

Na toll, so viel zum Zepter.

»Sagt mir nichts«, erwiderte Reichmann.

Bevor Lena weiterreden konnte, bremste Anke sie mit einer kurzen Handbewegung. Ihr war etwas eingefallen, das sie nachher noch mit der dänischen Spurensicherung besprechen wollte, zu dem ein Kommentar der Reichmanns aber auch nicht schaden konnte.

»Ich habe noch eine Frage. Bitte erinnern Sie sich an den Moment, als Sie das Badezimmer betreten haben.«

»Das Badezimmer habe ich überhaupt nicht betreten«, belehrte sie Reichmann schnell.

Anke machte große Augen. »Moment mal. Aber Sie haben doch angegeben, dass Sie den Mann in der Wanne –«

»Also erst einmal«, unterbrach Reichmann sie, »lag er nicht in der Wanne, sondern im Whirlpool. Und zweitens war das im Wellnessbereich, nicht im Badezimmer. Das Badezimmer ist in dem Haus separat. Und dort gibt es übrigens auch eine Wanne.«

Korinthenkacker. Anke schloss kurz die Augen. Dein Charakter zeigt ja immer schönere Facetten, du Versicherungsfuzzi.

»Also, als Sie den Mann da sahen, das geht jetzt auch an Sie, Frau Reichmann – erinnern Sie sich noch daran, ob Wasser auf dem Fußboden war? Zum Beispiel Wasser, das aus dem Whirlpool geschwappt war?«

»Sicher«, sagte Reichmann. »Also, viel war es nicht, aber der Boden war nass. Jedoch nicht so nass, dass das Wasser bis an die Tür oder in den Flur gelaufen wäre, das wäre mir sicherlich aufgefallen.«

»Verändert haben Sie da aber nichts?«

»Wo denken Sie hin?« Reichmann sah sie entrüstet an.

»War das auch Ihr Eindruck, Frau Reichmann?«

Anke erwartete beinahe, dass Frau Reichmann ihren Mann ansehen würde, um von ihm ein Zeichen zu erhalten, ob sie reden dürfte.

Aber sie schüttelte nur den Kopf. »Tut mir leid, ich –«

»Meine Frau hat der Anblick sehr mitgenommen, und ich glaube nicht, dass sie sich gerne daran erinnern möchte.«

Die weitere Befragung brachte keine neuen Erkenntnisse, es war genau das, was Torkild schon zu Protokoll genommen hatte.

Als sie sich verabschiedeten, wollte Reichmann noch wissen, warum eigentlich die deutsche Polizei zuständig war, wo sie doch in Dänemark seien.

»Also, zuständig an sich sind wir momentan noch nicht«, gab Anke Auskunft, »aber der Mann war deutscher Staatsbürger und in unserem Zuständigkeitsbezirk wohnhaft. Deshalb assistieren wir der hiesigen Polizei zunächst einmal. Ein völlig normales Vorgehen.«

»Immerhin ist es ziemlich wahrscheinlich, dass der Täter aus dem privaten Umfeld des Opfers kommt«, ergänzte Lena, »sodass wir schließlich doch wieder bei uns zu Hause ermitteln werden.«

»Jaja.« Reichmann nickte wissend. »So ist das bei Gewaltverbrechen ja oft. Das private Umfeld.«

»Sie kennen sich aber aus, was?«, fragte Lena munter.

»Sicher, ich komme ja auch aus der Stadt mit der höchsten Mordrate in ganz Deutschland.«

»Ich dachte, Sie kommen aus Hannover?«

»Eben, Frau Klatt. Hannover.«

Endlich saßen sie wieder im Auto.

»Sag mal, Anke«, begann Lena, »die Frage nach dem Wasser, das aus dem Whirlpool geschwappt ist – das weiß die Spusi doch sicher besser, oder? Und hat Fotos davon gemacht?«

»Sicher, aber jede Beobachtung kann wichtig sein. Außerdem: Dem hätte ich glatt zugetraut, dass er erst mal mit 'nem Aufnehmer durchs Badezimmer ist, bevor er die Polizei gerufen hat.«

»*Wellnessbereich*, Anke. Nicht Badezimmer.« Lena Klatt grinste. »Ein Erbsenzähler vor dem Herrn, oder?«

»Ja, aber das sind nun mal leider oft die besten Zeugen.«

Torkild Møllersen stand vor dem Ferienhaus mit Zigarette im Mund und Handy am Ohr, als Anke und Lena eintrafen. Auf dem Sandweg befand sich noch immer ein Polizeiwagen neben der Absperrleine. Schaulustige waren jetzt keine mehr vor Ort.

Torkild lachte laut und verabschiedete sich offenbar, als sich die Frauen ihm näherten, denn gleich darauf steckte er das Telefon in die Tasche. »Hallo, die Damen! Willkommen zurück!« Er lachte noch einmal.

Allzu große Fröhlichkeit im Verlaufe von Ermittlungen bei Gewaltverbrechen stieß Anke immer ein wenig sauer auf, so auch jetzt. Aber sie ließ sich nichts anmerken.

Auch Torkilds Kollegin Benedikte war da, und zusammen betraten sie den Tatort im hinteren Teil des Hauses. Ein Mann, den Torkild als Leiter der Kriminaltechnik vorstellte, begleitete sie.

»Unser Kollege in Schleswig hat mich kontaktiert«, berichtete Anke, »er hat inzwischen die Hinterbliebenen verständigt. Beziehungsweise Siggendieks Frau. Und dabei eine interessante Entdeckung gemacht: haufenweise Drohbriefe, wohl von wütenden Investoren, wegen der Pleite. Gut möglich, dass uns das auf die richtige Spur führt.« Sie holte ihr kleines schwarzes Büchlein aus der Tasche. »Ansonsten habe ich mir ein paar Notizen gemacht, Details, die mir ein wenig seltsam vorkommen. Wissen wir schon, was es mit der Flüssigkeit im Whirlpool auf sich hatte? Die sah seltsam aus, so milchig.«

Torkild fragte seine Kollegen auf Dänisch, und der Leiter der Kriminaltechnik schien tatsächlich Auskunft geben zu können. Auch wenn er offenbar kein Deutsch sprach oder sprechen wollte.

»Im Wasser war Buttermilch«, dolmetschte Torkild schließlich. »Das passt auch, im Mülleimer haben wir vier leere Buttermilchkartons gefunden. Oh, und eine leere Flasche Scotch-Whisky.«

»Wieso tut denn jemand Buttermilch ins Badewasser?«, fragte Lena verdutzt.

»Aus kosmetischen Gründen, denke ich mal«, erklärte Anke. »Soll ja schöne Haut machen.«

»Siggendiek und Kosmetik? Das passt für mich überhaupt nicht zusammen.«

Anke nickte zustimmend. Hans-Werner Siggendiek war in der Tat jemand, für den das Adjektiv »grobschlächtig« geradezu geschaffen schien. Sie machte sich eine Notiz. »Als Nächstes habe ich hier ›Siggendieks Auto‹ stehen. Ich nehme mal an, er ist mit dem Auto gekommen. Aber vorm Haus oder am Haus stand keines, wenn ich das richtig mitbekommen habe.«

Torkild nickte. »Stimmt. Bei Poulsen hieß es, er ist mit einem großen schwarzen BMW gekommen. Aber der ist weg.«

»Und die Schlüssel?«

»Die sind auch weg, wir haben im Haus keine gefunden. Nur ein Schlüsselbund mit Hausschlüsseln – und auch einen Fahrzeugschein, ausgestellt auf einen BMW. Ein paar Reifenspuren passen ebenfalls dazu.«

»Das hieße ja, dass jemand anderes mit dem Auto weggefahren ist.«

»Klar, der Täter«, warf Lena ein.

Anke schüttelte den Kopf. »Nicht so fix. Kann ja auch sein, dass danach jemand im Haus war und das Auto geklaut hat. Oder dass Siggendiek doch nicht alleine hier war und seine Begleitung vor ihm abgereist ist.«

»Und ihn ohne Auto hiergelassen hat?« Lena blickte ihre Vorgesetzte skeptisch an.

Die zuckte die Achseln. »Möglich ist das.«

»Und wie wäre er wieder von hier weggekommen?«

»Mit der Bahn«, schlug Torkild vor. »Über Henne Stationsby.«

»Was für Gepäck hatte er denn?«

Dieses Mal musste Torkild in seine Unterlagen schauen, und da er offenbar nichts fand, fragte er Benedikte Bendiksen, die erklärte, Siggendiek habe zwei große Trolleys mitgehabt.

»Also, dass Siggendiek alleine mit zwei Rollkoffern bis Henne Stationsby läuft, können wir, glaube ich, ausschließen«, beschloss Anke. »Das ist nämlich eine ganze Ecke.«

»Knapp neun Kilometer«, ergänzte Torkild.

»Er hätte ja auch ein Taxi rufen können«, sagte Lena.

»Na gut, ich glaube, so kommen wir nicht weiter. Aber wir müssen auf jeden Fall herausfinden, wo das Auto steckt.« Anke sah wieder in ihr Notizbuch. »Das bringt mich zum nächsten Punkt. Das Tatwerkzeug. Der Draht. Den hatte das Opfer ja noch um den Hals.«

»Ja, der war noch da«, bestätigte Torkild.

»Das ist schon ungewöhnlich, oder?«, sagte Lena. »Die Erfahrung lehrt doch, dass ein Mörder das Tatwerkzeug um jeden Preis verschwinden lässt.«

»Es sei denn, er wird gestört«, sagte Anke, »oder es handelt sich um eine Tat im Affekt. In dem Fall gibt es in der Regel Finger- oder DNA-Spuren. Aber dieser komische Draht – so etwas liegt ja nicht einfach so herum.«

»Das nicht. Aber immerhin, Fingerabdrücke und DNA gibt es reichlich«, gab Torkild an, »wir müssen es nur alles noch auswerten.«

»Es könnte natürlich ebenso gut sein, dass der Täter genau diesen Eindruck erwecken will: dass es keine geplante Tat war. Gibt es denn auf dem Draht Fingerabdrücke?«

Torkild gab die Frage auf Dänisch an den Techniker weiter, der gleich eine Antwort parat hatte.

»Offenbar nicht«, übersetzte Torkild.

»Okay. Nächster Punkt: Nachbarn. Sind alle umliegenden Häuser befragt worden, hat jemand was gesehen?«

»Das Problem ist«, meinte Torkild, »dass bei den meisten Häusern am Sonnabendmittag Wechsel ist, also dass neue Gäste kommen. Und die, die schon Freitag da waren und jetzt immer noch da sind, konnten nichts angeben. Das sind zum Beispiel die oben im Haus hinter der Düne direkt nebenan. Wir sind dabei, die Adressen von anderen, die schon abgereist sind, zu ermitteln. Wer möchte einen Kaffee?«

Anke kam nicht dazu, sich über die unvermittelte Frage zu wundern, denn auf einmal waren von draußen laute Stimmen zu hören. Sie gingen schnell durchs Haus und hatten gerade das Wohnzimmer erreicht, als die Tür aufgerissen wurde und eine Frau hereinstürmte, der ein uniformierter Beamter folgte.

Anke musterte die Frau. Sie schien um die dreißig zu sein, hatte kurze blonde Haare, trug Jeans und Pullover, und ihr Make-up war verschmiert, als hätte sie geweint.

Im Wohnzimmer holte der Polizist sie ein, hielt sie am Arm fest und rief etwas auf Dänisch.

»Wo ist er?«, stieß die Frau mit schmerzverzerrtem Gesicht hervor.

Anke trat heran. »Wer sind Sie denn?«

»Tanja Siggendiek-Kollberg.«

Die Ermittler tauschten einen verblüfften Blick aus. »Sind Sie die Frau von …«

»Ja. Au, verdammt, lassen Sie mich doch los!«

Anke bedeutete dem Polizisten, die Frau loszulassen. Der sah Torkild an, und als jener nickte, lockerte er seinen Griff.

Einen Moment lang stand die Witwe des Opfers da und sah sich verloren um. Dann ließ sie sich aufs Sofa fallen, vergrub das Gesicht in den Händen und schluchzte laut. »Was ist denn bloß passiert?«, presste sie zwischen den Fingern hindurch. »Wo ist mein Hansi?«

Anke setzte sich neben sie und signalisierte den Kollegen, sie mit der Frau allein zu lassen.

Lena und Torkild verschwanden nach nebenan, und der Polizist postierte sich im Flur vor der Wohnzimmertür.

Dann wartete sie, bis Siggendieks Witwe sich ein wenig beruhigt hatte, bevor sie ihr mit knappen Worten umriss, was sich zugetragen hatte.

Tanja Siggendiek-Kollberg starrte mit leerem Blick vor sich hin und nickte nur hin und wieder. Als Anke fertig war, war sie noch einen Moment still. Schließlich wandte sie den Kopf und sah Anke an. »Wer tut denn so was?«

»Wir werden es herausfinden, Frau Siggendiek.«

Die junge Frau blickte wieder geradeaus ins Nichts und nickte stumm.

Ob Anke es jetzt wagen konnte, ihr ein paar Fragen zu stellen? »Sagen Sie, Frau Siggendiek, wir –«

Weiter kam sie nicht, denn die Frau begann auf einmal zu zittern. Erst war es nur ein Zucken der Augenlider gewesen, doch nun schüttelte sich ihr ganzer Kopf, so als ob jemand an ihren Schultern rüttelte, und schließlich bebte auch ihr Oberkörper. Und dann stieß Tanja Siggendiek-Kollberg ein Stöhnen aus, das so gespenstisch klang, dass es Anke kalt den Rücken hinunterlief.

Als das Stöhnen lauter wurde und sich in einen Schrei verwandelte, waren bereits alle Ermittler wieder im Raum. Tanja Siggendiek-Kollberg drohte vornüber vom Sofa zu kippen, doch Anke hielt sie fest und legte ihren Arm um sie. Die Frau verstummte, als Anke ihr die Hand auf die Stirn legte, aber der starre Blick und das Zittern blieben.

»Jetzt ruft doch endlich einen Krankenwagen«, zischte Anke ihren Kollegen zu. »Macht schon, die Frau hat einen Anfall!«

Torkild holte sein Handy hervor und telefonierte.

Als der Krankenwagen mit Siggendieks Witwe fort war, sahen sich alle ratlos an.

»Das war ja ein kurzer Auftritt«, meinte Torkild.

»Versteh ich ja immer nicht so richtig«, bemerkte Lena lakonisch, »wenn jemand so die Fassung verliert.«

Anke sah sie streng an. »Was meinst du damit? Darf sie etwa keine Gefühle zeigen? Wenn ihr Mann brutal ermordet wurde?«

»Ach, komm schon. Klar darf sie das. Aber muss man gleich so ausflippen? Ändern kann sie daran ja eh nix. Außerdem: Mark hatte ihr doch zu Hause schon erzählt, was Sache ist. Und ich frage mich auch, wie sie es geschafft hat, unfallfrei bis hierher zu fahren. So aufgelöst, wie die war.«

Anke zuckte mit den Schultern. »Kann schon sein, dass sie

ihre Gefühle verdrängen konnte, bis sie im Haus war. Und dann, so direkt am Tatort, brach schließlich alles aus ihr heraus. So was hab ich schon öfter erlebt.«

Lena nahm ihre große Brille ab, putzte die Gläser mit ihrem T-Shirt und schüttelte den Kopf. »Tut mir leid, kann ich echt nicht nachvollziehen.«

Torkild grinste nur.

# 8

Die letzte Amtshandlung, bevor sie nach Schleswig zurückkehrten, war ein Besuch der Rechtsmedizin in Esbjerg. Torkild hatte, nicht ohne Stolz, verkündet, dass man bereits vorläufige Ergebnisse hatte. Und das am Sonntag – Anke war beeindruckt.

Der Forensiker der dänischen Kriminalpolizei war ein junger Mann mit feuerroten Haaren und einem fast ebenso roten runden Gesicht. Am Hals unter seinem weißen Kittel sah man die Ausläufer mehrerer Tattoos. Der Rechtsmediziner sah kaum älter aus als Mitte zwanzig. Vielleicht nur ein Assistent?

Torkild stellte ihn vor, doch Anke verstand ihn nicht. Immerhin registrierte sie das dem Namen vorangestellte »Doktor«. Doch der dann folgende Name schien nur aus Vokalen zu bestehen.

Das verdammte Dänisch war aber auch kompliziert, vor allem die Aussprache. Leider trug der Mann kein Namensschild. Was hatte sie in der Schule statt Dänisch auch unbedingt Französisch lernen müssen? So ein Quatsch. Sie hatte damals das Gefühl gehabt, sich der Welt öffnen zu müssen. Und nun war sie vierundfünfzig und schon ein Dutzend Mal in Kopenhagen gewesen, aber in Paris noch nie. Noch dazu hatte sie sich mit Stephan einen Mann angelacht, dessen Familie ein Sommerhaus auf Fünen besaß. Und ihre Hochzeitsreise hatte sie nach Skagen geführt, an die Nordspitze Dänemarks.

Torkild fing an, sich mit dem Mann im Kittel laut auf Dänisch zu unterhalten, und Anke sah die Gelegenheit, noch einmal nachzufragen, wie der Knabe denn nun hieß, immer mehr schwinden.

Sie neigte ihren Kopf zu Lena Klatt hinunter und flüsterte: »Sag mal, Lena, hast du verstanden, wie der Doktor heißt?«

»Nö. Kann ich Dänisch oder was?«

Anke sah ihre Kollegin erstaunt an. »Ja, dachte ich bis jetzt zumindest.«

»Na gut, kann ich ja auch.« Sie grinste. »Wenigstens ein bisschen. Aber verstanden hab ich's trotzdem nicht. Torkild nuschelt so.«

Anke zuckte die Achseln. Dann eben nicht.

Sie gingen zusammen in einen Raum, der größtenteils so aussah wie die Rechtsmedizin in Kiel, die Anke gut kannte. Vielleicht ein wenig moderner. Der tote Siggendiek lag auf einem Metalltisch, den er fast komplett ausfüllte. Stramme hundertachtundfünfzig Kilo, wie sie von Dr. Rotschopf erfuhren.

Die Unterhaltung mit dem Forensiker führten sie auf Englisch, und es ging relativ schnell. Große Erkenntnisse gab es keine. Todeszeitpunkt war Freitag zwischen vierzehn und siebzehn Uhr. Genauer konnte man es offenbar nicht eingrenzen, da das warme Wasser des Whirlpools die Körpertemperatur nicht so schnell hatte sinken lassen, wie es normalerweise der Fall gewesen wäre. Der Arzt hatte sein Bestes getan, dies einzuberechnen. Durch das warme Wasser hatte die Totenstarre relativ früh eingesetzt und inzwischen auch schon wieder nachgelassen. Außerdem stützte er sich bei seiner Einschätzung des Todeszeitpunkts darauf, dass am Oberkörper des Leichnams bereits verschiedene Fliegenarten ihre Eier abgelegt hatten. Aber auch der Insektenbefall hatte sich durch die feuchtwarme Umgebung beschleunigt.

Der Arzt wollte den beiden Frauen unbedingt ein paar der Maden vorführen, die er aus dem Körper geholt hatte. Lena war erwartungsgemäß sofort Feuer und Flamme, doch Anke winkte ab, genau wie Torkild. Damit mussten sie sich nicht beschäftigen, der Todeszeitpunkt reichte.

Was den Tod selbst betraf, so hatte der Draht Siggendiek die *Arteria carotis* durchtrennt, die Halsschlagader. Siggendiek war verblutet. Zum Zeitpunkt seines Todes hatte er eins Komma zwei Promille Alkohol im Blut gehabt. Bei einem Mann seiner Statur war das ganz ordentlich, mit ein paar Bier schaffte man das nicht.

Das Einzige, was dem Mediziner an dem Toten sonst noch aufgefallen war, war eine leichte Trommelfellruptur. Lena musste erst im Internet den englischen Begriff suchen, bevor sie verstanden, was der Mann meinte. Es war ein leichter einseitiger Riss im Trommelfell, der vielerlei Ursachen haben konnte – vom mangelhaften Druckausgleich beim Fliegen bis hin zu einer Ohrfeige.

Nach dem Besuch in der Rechtsmedizin fuhren sie noch in Torkilds Dienststelle in Varde vorbei, um das weitere Vorgehen abzustimmen.

Sie vereinbarten, einander auf dem Laufenden zu halten. Da die Drohbriefe gegen Siggendiek eine ernst zu nehmende Spur waren – und momentan die einzige –, deutete zumindest einiges darauf hin, dass der Täter ein Deutscher war.

Nachdem Torkild sich so herzlich von ihnen verabschiedet hatte, als seien sie seine zwei besten Freundinnen, die für immer in die USA auswanderten, fuhren sie los.

Lena machte einen nachdenklichen Eindruck.

»Ist was?«, wollte Anke wissen. »Du guckst so komisch.«

»Ich muss die ganze Zeit an die Sache mit dem Whirlpool und dem Todeszeitpunkt denken. Bei ›Columbo‹ gab es mal so einen Fall. Da geht der Mörder mit dem Toten in die Sauna. Also, als der Tote noch lebt, natürlich. Damit die Körpertemperatur künstlich steigt, bevor er den Typ umbringt. Dann hat er ein Alibi für die angebliche Tatzeit, denn die Polizei denkt ja, dass der Typ später gestorben ist. Weil die ursprüngliche Körpertemperatur doch höher war.«

»Ich glaube kaum, dass das hier eine Rolle spielt. Er war ja auch nicht in der Sauna, sondern im Whirlpool. Und Dr. Dingsbums meinte, er hat es einrechnen können. In den Achtzigern waren die Methoden ja auch noch nicht so weit.«

»Tja«, sagte Lena, »wahrscheinlich hast du recht.«

Kurz vor der dänisch-deutschen Grenze überließ Anke ihrer Kollegin das Steuer. Der fehlende Schlaf der vergangenen Nacht machte sich nun doch mit aller Macht bemerkbar. Sie schloss die Augen.

Anke hatte schon ein paar Minuten gedöst, als Lena so laut

»Ich hab's!« rief, dass sie auf dem Beifahrersitz vor Schreck einen Satz machte.

»Meine Güte, was ist denn?« Verwirrt sah sie ihre junge Kollegin an.

»Ich weiß jetzt, wo ich die Witwe Siggendiek schon mal gesehen hab«, rief Lena aufgeregt. »Im Fernsehen!«

»Im Fernsehen? Mit ihrem Mann beim Empfang auf der Kieler Woche, oder was?«

»Quatsch. In dieser einen Soap!«

»In einer Soap? Also in so einer Serie?«

»Ja, wie heißt die noch, im Vorabendprogramm. Ganz schlecht. Aber ich hab das manchmal geguckt, weil ich da eine ganz gut fand … Na ja, ist ja auch egal. Auf jeden Fall bin ich mir hun-dert-pro-zen-tig sicher. Das war sie.«

»Das heißt, Frau Siggendiek-Kollberg ist Schauspielerin. Sozusagen.«

Lena zuckte die Achseln. »Oder *war* Schauspielerin. Ist zumindest schon ein paar Jahre her, dass ich das gesehen hab.«

»Na, dann wissen wir jetzt wenigstens, was sie früher mal gemacht hat, bevor sie Frau Siggendiek wurde und im Geld schwamm.«

»Wobei, damit dürfte jetzt bald Schluss sein, oder?«

Es war schon dunkel, als Anke Langenbrück endlich ihre neue Wohnung betreten konnte. Im Hausflur suchte sie zunächst am Schlüsselbund nach dem Briefkastenschlüssel. Die Möbelpacker hatten abschließen und ihren Ersatzschlüssel hineinwerfen wollen. Nur gut, dass sie den so schnell gefunden hatte, bevor sie losmusste. Was weniger gut war: Sie hatte noch gar nicht daran gedacht, ihr Namensschild am Briefkasten zu befestigen, und wie es aussah, musste das jeder Mieter selbst tun. Einheitliche Schilder zumindest gab es nicht. Und welches war überhaupt ihrer? Na toll.

Glücklicherweise waren die Möbelleute schlauer gewesen, als sie gedacht hatte, denn sie hatten nicht nur ihren Briefkasten identifiziert, sondern auch gleich markiert, mit einem Stück

Tesa-Krepp, auf das sie in dicken Lettern »LANGENBRÜCK« geschrieben hatten.

Im Kasten lag ein Pizzadienst-Prospekt, obwohl ein »Keine Werbung«-Aufkleber darauf prangte, der noch von ihrem Vormieter stammte. Außerdem tatsächlich, wie versprochen, ihr Ersatzschlüssel und eine Karte vom Möbelhaus: *Wir haben Sie leider nicht angetroffen.*

Na prima, ihr Idioten, wenn ihr zur versprochenen Zeit gekommen wärt, hättet ihr mich sehr wohl angetroffen.

Jetzt sollte sie auch noch dort anrufen, um einen neuen Termin für die Lieferung der Couch zu vereinbaren, als hätte sie nicht genug Sorgen.

Anke konnte kaum die Wohnungstür öffnen. Wie hatten die Möbelpacker es nur geschafft, ihre Kartons auf diese Weise hinter der Tür aufzustapeln und dennoch die Wohnung zu verlassen?

Des Rätsels Lösung war ganz einfach: Offenbar hatten fünf Kartons übereinandergestanden, und der Turm war gegen die Tür gekippt. Überhaupt hatten die Möbelpacker fast alle ihre Kartons in den Flur gestellt. Dabei hatte sie auf jedem einzelnen angekreuzt, in welchen Raum er sollte. Klar, sie hätte dabei sein sollen, dann hätte sie den Männern Anweisungen geben können.

Sie setzte sich in die Küche. Endlich hatte sie Zeit, Jannik zurückzurufen.

Was ihr Sohn erzählte, war ziemlich starker Tobak. Sein Vater, der Jannik monatlich siebenhundertfünfzig Euro überwies, damit der Junge in Ruhe studieren konnte, hatte beschlossen, ihm den Geldhahn zuzudrehen. Er hatte ihm per Telefon mitgeteilt, mit seinen einundzwanzig Jahren sei er alt genug, um selbst für sein Geld zu arbeiten. Stephan hatte auch gar nicht diskutieren wollen.

Doch das war noch nicht alles: Am Samstagvormittag hatte Jannik Oleksandra gesehen, in der Kieler Innenstadt beim Shoppen, und dabei hatte er sofort bemerkt, wofür sein Vater sein Geld offenbar lieber ausgab als für den eigenen Sohn: Oleksandras Oberweite war wie durch Zauberhand mindestens auf das

Dreifache angewachsen. Das hatte der Chirurg sicher nicht für lau gemacht.

Anke war genauso sauer wie ihr Sohn. Stephan war wirklich nur noch eine Lachnummer. Irgendwann wäre Oleksandra sowieso über alle Berge, wahrscheinlich hielt sie gerade noch durch, bis sie verheiratet waren, dann wäre sie endgültig versorgt.

Sie selbst konnte den Gedanken nur schwer ertragen, dass ihr Sohn und sein Vater so zerstritten waren. Es musste doch eine Möglichkeit geben, dass sie sich alle wieder verständigen konnten.

Als sie aufgelegt hatten, suchte sie in den Kontakten auf ihrem Handy Stephans Nummer. Sie war kurz davor, ihn anzurufen und zur Rede zu stellen, doch sie überlegte es sich anders. Stattdessen suchte sie in den Kartons mit den Küchenutensilien nach Alkohol, und tatsächlich fand sie darin eine Flasche Rum. Eigentlich benutzte sie den nur zum Backen, aber heute hatte sie sich mal einen Schluck verdient.

Das Zeug schmeckte scheußlich. Sie schüttelte sich.

Musik hätte sie gern gehört, aber sie hatte keine Ahnung, wo sie nach ihrer Stereoanlage suchen sollte.

Nach dem zweiten Glas spürte sie, wie sie ruhiger wurde. Sie schloss die Augen. Keine zwei Sekunden später klingelte es an der Haustür. Das Sofa? Aber doch nicht um diese Zeit.

Sie seufzte und erhob sich. Als sie gerade den Knopf der Gegensprechanlage drücken wollte, klopfte es an die Wohnungstür. Eine weißhaarige ältere Dame stand davor, in einem altmodischen Hauskittel. Sie musterte Anke von oben bis unten und sagte: »Moin.«

»Moin«, gab Anke zurück. Sie streckte die Hand aus. »Langenbrück, ich bin gerade eingezogen.«

»Das ist mir nicht verborgen geblieben. Herzlich willkommen. Schmitt, Erdgeschoss.« Die alte Dame hatte einen festen Händedruck. Ihre Finger fühlten sich kalt und kantig an. Während sie noch Ankes Hand hielt, beugte sie sich zu ihr vor und sagte, etwas leiser als zuvor: »Gestern, da hab ich was beobachtet.«

Anke sah sie irritiert an. »Ach ja?«

Die Frau nickte. »Da stand jemand auf der Straße, vor dem Haus. Abends um halb zehn.«

»Aha.«

»Ja, bestimmt zwanzig Minuten lang, auf der anderen Straßenseite. Ich wollte es Ihnen nur gesagt haben.«

»Und wieso erzählen Sie das gerade mir?«

Die Dame sah sie überrascht an. »Na, der hat die ganze Zeit zu Ihrem Fenster hochgestarrt.«

Anke stutzte. »Wie haben Sie *das* denn sehen können?«

»Durchs Wohnzimmerfenster.«

»Nein, ich meine, wie konnten Sie erkennen, dass der zum dritten Stock hochguckt?«

Frau Schmitt zuckte die Achseln. »Wen sollte der denn sonst ausspionieren? Sie sind doch neu hier, und den Mann hab ich noch nie zuvor gesehen.«

»Wie sah er denn aus?«

»Keine Ahnung, es war ja dunkel.«

Natürlich, dachte Anke. Also alles falscher Alarm. Obwohl sie das Ganze schon ein wenig beunruhigte. »Dann haben Sie mal vielen Dank, Frau Schmitt. Ich werde aufpassen.«

»Gern geschehen. Übrigens –«

Anke war gerade dabei gewesen, die Tür zu schließen. Sie seufzte in sich hinein und öffnete sie wieder. »Was denn?«

»Sie haben eine ganz schöne Fahne, Fräulein.«

# 9

Am Montagmorgen starrte Ulrich Kappen wie hypnotisiert auf den Bildschirm seines Smartphones. »H.-W. Siggendiek ermordet« stand da als Schlagzeile der App des Schleswig-Holstein-Kuriers. Der Bericht darunter vermeldete:

*Energieunternehmer Hans-Werner Siggendiek (59), Gründer und Vorstandsvorsitzender der Njördwind GmbH & Co. KG, wurde am Samstagabend tot aufgefunden. Wie aus gut unterrichteten Kreisen verlautet, starb er eines gewaltsamen Todes. Die Kriminalpolizei Schleswig untersucht den Fall. Für Montagnachmittag ist eine Pressekonferenz anberaumt. Die Njördwind GmbH kam vor Kurzem in die Schlagzeilen, als sie Insolvenz anmeldete. Die Grundlage der Finanzierung einer geplanten Offshore-Windanlage in der Nordsee, für den die Landesregierung in Kiel erst im August grünes Licht gab, waren zum großen Teil Einlagen von privaten Kleinanlegern. Nach dem Geschäftsführer der Firma, Willy Damm, der 7 Millionen Euro veruntreut haben soll, wird nach wie vor gefahndet. Ob es einen Zusammenhang zwischen der Veruntreuung und dem Mord an Siggendiek gibt, ist bislang unklar.*

In Ulrich Kappens Kopf jagten die Gedanken hin und her.

*… dem Mord an Siggendiek …*

*… Mord an Siggendiek …*

M-O-R-D.

Je länger er das Wort ansah, desto mehr schnürte es ihm den Magen zu.

Hätte er sich jetzt nicht freuen sollen? Es war doch letztlich alles so gelaufen, wie …

»Noch Kaffee, Schatz?«, fragte Kappens Frau Silke.

Er schreckte hoch. »Was guckst du dir denn da an? Du bist ja kreidebleich. Hat dir jemand 'ne SMS geschickt?«

»Nein, nein.« Er schaltete das Gerät aus und legte es auf den Esstisch. »Schon gut. Hat Zeit.« Jetzt nur nicht die Nerven verlieren. »Ach, gib mir doch noch 'nen Kaffee.«

Silke nickte und goss ein.

Ulrich Kappen fasste den Henkel der Porzellantasse, aber er hob die Tasse nicht an, denn er hatte auf einmal Angst, dass seine Hand zittern würde, wenn die Tasse die Untertasse verließ.

»Mal kurz auf Klo«, murmelte er, stand auf und kam so unglücklich an den Stuhl, dass dieser mit einem lauten Knall hintenüber aufs Parkett fiel. Er riss den Stuhl hoch, stellte ihn wieder hin und verließ, so schnell er konnte, das Wohnzimmer.

Bis zum Badezimmer oben würde er es nicht mehr schaffen. Er entschied sich für die Gästetoilette.

Silke Kappen blieb am Tisch sitzen und griff nach dem Smartphone ihres Mannes. Er mochte es nicht, wenn sie ihm nachspionierte, aber nun war er ja weg.

Gerade als sie den Bildschirm entriegeln wollte, hörte sie das gedämpfte Würgen aus dem Flur. Sie legte das Telefon hin, lief in Richtung des Geräusches und klopfte an die Tür. »Alles in Ordnung, Schatz? Hast du Magen-Darm? Soll ich anrufen, dass du krank bist?«

Drinnen keuchte ihr Mann: »Nein, nein. Ich hab was Schlechtes gegessen, glaub ich. Ist gleich wieder gut. Stell mir schon mal meine Tasche hin, ich muss los.« Dann musste er noch einmal würgen.

Silke Kappen nahm die Aktentasche, legte das Smartphone hinein und stellte sie griffbereit unter den Kleiderständer im Flur.

Aus dem Gästeklo war die Spülung zu hören, dann kurz der Wasserhahn.

Als Ulrich Kappen herauskam, stand ihm kalter Schweiß auf der Stirn.

Sein Gehirn hatte nicht aufgehört zu rattern, während er sich erbrochen hatte. Und er hatte einen Entschluss gefasst. Er wusste, was er jetzt zu tun hatte.

»Ich glaub, das war der Dosenfisch«, sagte er. »Tu den man weg. Ich muss nu auch los.«

»Willst du dir –« Silke Kappen biss sich auf die Zunge. Beinahe hätte sie ihm geraten, noch kurz die Zähne zu putzen. Dem sauren Geruch nach zu urteilen, der ihrem Mann in den Flur gefolgt war, tat dies dringend not.

Aber sie wusste, wie es enden würde, wenn sie versuchte, ihrem Mann Vorschriften zu machen – wenn auch nur aus Versehen, durch eine unbedachte Formulierung. Mehr als einmal hatte sie blaue Flecken gehabt, die erst nach Wochen verschwanden und derentwegen sie nicht zum Schwimmen gehen konnte.

Sie versuchte, nicht durch die Nase zu atmen, als Ulrich ihr einen Abschiedskuss auf die Lippen drückte, und hoffte, dass er es nicht merkte. Aber er schien mit den Gedanken woanders. Beinahe vergaß er sogar seine Aktentasche.

Hoffentlich hat er in der Schule eine Zahnbürste, dachte sie. Oder wenigstens Kaugummi. Seine armen Schüler.

Als er fort war, setzte sie sich wieder an den Tisch und betrachtete nachdenklich die Dose mit Hering in Tomate, die auf dem Frühstücktisch stand.

Ulrich hatte sie gar nicht geöffnet.

# 10

Die Schleswiger Außenstelle der Flensburger Bezirkskriminalinspektion befand sich in der Friedrich-Ebert-Straße, einer der weniger malerischen Ecken der Stadt. Von ihrem Fenster im zweiten Stock aus blickte Anke auf die im Frühling und Sommer notdürftig von ein paar Bäumen verdeckte trostlose Betonfassade der Kinder- und Jugendpsychiatrie. Besser gesagt: hatte sie geblickt, denn vor acht Wochen hatte man vor der Westfassade ihres Gebäudes ein Gerüst errichtet, und seither blickte man aus ihrem Fenster auf eine weiße Plane. Und hin und wieder sah man auch einen Handwerker. Sie war aus ihrem einwöchigen Jahresurlaub zurückgekommen, da hatte das Gerüst auf einmal dort gestanden, und keiner konnte ihr genau erklären, warum es da war. Ihre Hoffnung, dass die seltsam orangerote Fassade eine neue Farbe erhalten würde, hatte sich bislang zumindest nicht bewahrheitet.

Am Anfang war noch Sommer gewesen, da hatte ihr der unfreiwillige Schatten ganz gut gefallen, aber allmählich nervte es nur noch. Jetzt war es fast November, und wie es aussah, würden sie auch den Winter hindurch eingerüstet sein. Nicht nur dass die Kollegen, die auf der anderen Seite des Gebäudes ihre Büros hatten, ins Grüne blickten – sie hatten auch kein Gerüst vor der Nase. Wobei es für sie natürlich noch ärgerlicher gewesen wäre, auf den Blick aus ihrem Fenster verzichten zu müssen.

Irgendwie passte die fehlende Klarsicht jedoch zu ihrer momentanen Gemütsverfassung. Bis letzte Woche hatten sie es mit einer Einbruchsserie und mit Rauschgiftschmugglern zu tun gehabt, und daran hatte sich nun nahtlos eine Mordermittlung angeschlossen. Und sie hatten immer noch keine Spur im Siggendiek-Mord, und die Binsenweisheit, dass es schwierig würde, wenn man einen Mord nicht binnen achtundvierzig Stunden aufklärte, war wenig geeignet, ihre Laune zu verbessern – denn diese achtundvierzig Stunden waren bereits am Vortag abgelaufen.

Anke war früh aufgestanden, und jetzt saß sie in ihrem Büro vor dem ersten Kaffee und hatte einen Entschluss gefasst: Sie würde sich mit ihrem Anwalt treffen; schließlich hatte sie mit Stephan verabredet, dass er sich um Janniks Unterhalt zu kümmern hatte. Das hatten sie sogar schon irgendwo schriftlich. Und wenn dem so war, würde sie Klage gegen ihn einreichen. Oder Jannik. Einfach so davonkommen würde Stephan damit nicht. Es gab immerhin eine Unterhaltspflicht. Zuallererst richtete sie aber einen Dauerauftrag für Jannik ein, damit er nicht auf dem Trockenen saß. Ein wenig Dispo hatte sie noch.

Lena betrat ihr gemeinsames Büro. Ihr Haar stand zu allen Seiten ab, und sie sah aus, als käme sie direkt aus dem Bett. Sie bemerkte den Blick ihrer Vorgesetzten und verdrehte theatralisch die Augen. »Jaja, ich weiß schon. Aber das trägt man jetzt so.«

Anke lächelte, sagte aber nichts. Sie nahm einen Schluck Kaffee.

»Anstatt da rumzufeixen, guck dir lieber das hier an!« Lena knallte ihr den Schleswig-Holstein-Kurier auf den Schreibtisch. Die Schlagzeile lautete: »Hans-Werner Siggendiek ermordet«.

»Mist«, stellte Anke fest. »Wieso steht das denn schon in der Zeitung?«

»Wahrscheinlich hat Tanja Siggendiek geplaudert. Eine undichte Stelle ist es sicher nicht, denn im Artikel wird nichts erwähnt, was Insiderwissen wäre. Nur dass Siggendiek ermordet wurde und wo. Und mehr dürfte sie momentan auch nicht wissen. Das war jedenfalls die Order, die Mark bekommen hat.«

Anke nickte. »Wäre gut, wenn er mal vorbeikommt und noch mal etwas detaillierter von seinem Besuch erzählt.«

Lena rief in der Zentrale an und bat darum, Mark vorbeizuschicken, während sich Anke zu ihrem Vorgesetzten, Kriminaloberrat Janssen, aufmachte, um ihn vom Stand der Dinge zu unterrichten.

Als sie in ihr gemeinsames Büro zurückkam, legte Lena gerade den Hörer auf die Gabel.

»Das war Harms. Von der Mordkommission in Flensburg.«

»Und, was wollte er? Uns den Fall wegnehmen?«

Lena nickte. »Unrecht hätte er ja nicht. Die wären schon zuständig. Aber da der Tote hier im Umkreis ansässig war und bisher nichts auf einen überregionalen Täter hindeutet. Also … Flensburg meinte, sie könnten übernehmen, wenn wir wollen.«

»Und, was hast du gesagt?«

Lena grinste. »Ich hab Harms gesagt, er soll sich zum Teufel scheren … Nein, keine Angst, war nur Spaß. Die haben gerade selbst einen komplizierten Fall, und es ist ihnen ganz recht, wenn wir erst mal weitermachen. Wobei – bei den drei, vier Tötungsdelikten, die die im Jahr aufzuklären haben … Na egal, uns soll's recht sein.«

Anke sah das eigentlich ganz anders. Es war nicht so, dass sie Arbeit an sich scheute, aber Mordermittlungen stellten nun einmal ganz besondere Anforderungen an die Beamten. Und momentan hatte sie mit dem Umzug, mit Jannik und mit der Scheidung so viel um die Ohren, dass sie lieber ein paar einfache Einbrüche aufgeklärt hätte.

Aber sie kannte ihre junge Kollegin und wusste, dass sie sich von nichts und niemandem die Butter vom Brot nehmen ließ. Lieber machte sie vier Wochen lang Überstunden.

Es klopfte schon wieder, und Mark stand in der Tür. »Hallo, die Damen.«

Der stämmige Kriminalobermeister betrat den Raum, und Anke gab ihm und Lena ein Zeichen, sich an den runden Tisch zu setzen, der vor dem Fenster ihres Büros stand.

Mark setzte sich, reckte die Hände über dem Kopf, atmete tief ein und seufzte lautstark.

»Erzähl mal«, sagte Anke, »wie war's mit Frau Siggendiek?«

Er erzählte in kurzen Sätzen vom Besuch bei Tanja Siggendiek-Kollberg.

Anke hörte zu und machte sich ein paar Notizen. Ohne vom Blatt aufzublicken, fragte sie: »Was hat Tanja Siggendiek denn für ein Alibi?«

»Alibi?« Mark sah seine Vorgesetzte mit großen Augen an.

»Ja. Ist die Frage zu kompliziert? Was hat Tanja Siggendiek für ein Alibi?«

»Keine Ahnung.«

»Du hast sie also nicht gefragt, wo sie zur Tatzeit war.«

»Nö. Ich dachte, das macht ihr, wenn ihr wieder da seid.«

»Mensch, Mark«, sagte Lena, »so etwas musst du sie doch gleich fragen, bevor sie irgendwas austüfteln kann.«

»Tut mir leid, die Frau war fix und fertig. Da komme ich doch nicht mit: ›Wo waren Sie am Freitag zwischen eins und zwei?‹.«

»Hättest du aber tun sollen. Du weißt doch genau, dass die Täter bei so was meistens aus dem direkten Umfeld kommen.«

»Ja, aber die doch nicht. Und überhaupt, als ich am Samstag bei der war, da habt ihr ja selbst noch nicht gewusst, wann der Todeszeitpunkt war.«

»Hast du denn die Drohbriefe schon weitergegeben?«, fragte Anke.

»Ja, das wollte ich noch sagen. Die wollte ich Samstagabend noch bei der KTU abladen. Aber die haben mich quasi wieder rausgeworfen. Haben gesagt, wir sollen doch bitte erst mal gucken, welche davon es wert sind, untersucht zu werden. Also sind sie noch hier, in der Tüte in meinem Schreibtisch. Ich hatte noch keine Zeit, da weiter reinzugucken.«

»Das sollten wir dann bald mal tun, die sind nämlich unser wichtigster Ansatzpunkt, wie ich das sehe. Sobald du Zeit hast, kannst du die ja schon einmal sichten.«

»Ich habe in seinem Schreibtisch übrigens noch etwas gefunden. Ein Flugticket nach Bali, für nächste Woche.«

»Also aus dem Urlaub gleich weiter in den Urlaub?« Lena schüttelte den Kopf.

»Vielleicht auch nicht, es ist nämlich ein One-Way-Ticket.«

Anke merkte auf. Wollte sich da jemand absetzen? Vielleicht mit sieben Millionen Euro im Gepäck?

»Wie viele Drohbriefe waren das eigentlich?«, wollte Lena wissen.

Mark zuckte die Achseln. »So an die zweihundert, schätze ich.«

»Und was ist mit E-Mails? Und hatte die Njördwind einen

Facebook-Account? Da findet sich bestimmt erst recht der eine oder andere, der seiner Wut freien Lauf gelassen hat.«

Anke nickte. »Im Prinzip hast du recht, Lena. Aber erfahrungsgemäß sind die Leute, die im Internet am meisten auf den Putz hauen, gerade nicht diejenigen, die ihren Worten Taten folgen lassen. Na ja, schaden kann es ja nicht. Du kümmerst dich darum, Mark?«

Mark grunzte zustimmend.

»Außerdem muss jemand zur Zentrale der Njördwind gehen und sich mit den Leuten unterhalten. Wir müssen mehr darüber wissen, wie genau die Insolvenz verlaufen ist beziehungsweise verläuft. Und was diese Firma überhaupt gemacht hat. Ich habe mal geguckt, bei Prokon ging es fast um zwei *Milliarden* Euro, da kommt einem das mit den sieben Millionen schon fast ein wenig seltsam vor. Also, dass die ganze Firma daran insolvent geht.«

Anke bemerkte, dass Mark nun angestrengt versuchte, sie nicht anzusehen; stattdessen starrte er durch die offene Tür in den Flur.

»Aber das mache ich lieber selbst«, schloss sie. »Du kannst so lange Drohbriefe lesen.« Sie nickte Mark zu. »Husch, husch!«

Der Kriminalobermeister verschwand, doch keine drei Sekunden später steckte er den Kopf schon wieder zur Tür herein. »Mir ist gerade noch was eingefallen: Ich hatte bei Frau Siggendiek-Kollberg die ganze Zeit das Gefühl, dass ich die kenne.«

Anke nickte. »Und ich weiß auch, woher.«

»Ach nee?«

»Aus dem Fernsehen. Die hat mitgespielt bei … Äh, Lena, weißt du, wie das hieß?«

»›Königsallee‹«, half Lena aus. »So eine Daily Soap im Vorabendprogramm war das.«

»Klar!«, rief Mark. »Das ist es. Mann, da wird meine Freundin sich aber ärgern, dass ich ihr kein Autogramm mitgebracht hab.«

»*Du* solltest dich lieber ärgern, dass du sie nicht nach ihrem Alibi gefragt hast. Aber du kannst das ja wieder wettmachen, indem du bei ihr vorbeifährst und sie noch einmal danach fragst.«

»Äh, du, Anke«, begann Lena vorsichtig, »das ist nicht dein Ernst, oder?«

»Wieso?« Anke sah ihre Kollegin fragend an.

»Das wird kaum gehen, schließlich liegt Tanja Siggendiek in Dänemark im Krankenhaus.«

»Verdammt, ja, hab ich vergessen. Dann erkundigst du dich eben danach, wie es ihr geht und wann sie nach Hause kommt.« Anke spürte, wie ihr Herz raste. Was war nur mit ihr los? Schon wieder so ein Patzer. Vielleicht brauchte sie einfach mal Urlaub, und zwar mehr als nur ein paar Tage.

Ihr Telefon klingelte, und während sie den Hörer abnahm, wedelte sie in Marks Richtung mit der Hand, um ihn zu verscheuchen. Er trollte sich.

»Hier ist Torkild«, dröhnte es eine Spur zu laut aus dem Hörer. »Wie geht es euch?«

Auch das noch.

Anke ignorierte die vertrauliche Bemerkung. »Gibt's was Neues?«

»Ja, es geht um eine Spur im Mordfall Siggendiek.«

»Warte mal, ich stelle mal laut, damit Lena mithören kann.« Anke drückte auf den Lautsprecherknopf.

Lena rollte mit ihrem Bürostuhl vom benachbarten Schreibtisch herüber, um besser hören zu können. Dabei sprach Torkild wirklich laut genug.

»Hallo, Lena, hörst du mich? Hier ist Torkild«, flötete der Däne. »Wie geht es dir, ist alles gut? Was habt ihr –«

»Torkild, bitte«, unterbrach ihn Anke, »wir haben hier alle Hände voll zu tun. Du wolltest gerade etwas von einer Spur erzählen?«

»Ja, ich weiß gar nicht, ob ›Spur‹ das richtige Wort ist, also eine Richtung, ein Detail der Ermittlung.«

»Und?«

»Also, es geht um die Frau, die die Endreinigung abbestellt hat für das Ferienhaus.«

Anke und Lena tauschten einen hoffnungsvollen Blick aus.

»Habt ihr herausgefunden, wer es war?«

»Ja, wir haben die Telefonnummer von der Nummernliste der Telefongesellschaft. Es war eine deutsche Handynummer: 017–«

»Moment, warte mal«, fiel ihm Anke ins Wort, »die schreibe ich mir sofort auf.«

»Das musst du nicht.«

»Na, das lass mal meine Sorge sein.«

Lena hatte schon Stift und Block bereit und schrieb mit, während Torkild die Nummer nannte.

»Gut, wir werden sofort herausfinden, wer da –«

»Jetzt warte doch mal«, unterbrach sie der Däne, »da müsst ihr gar nicht weiterforschen. Ich weiß den Namen schon.«

»Den Namen? Da bin ich aber baff.«

»Ja, sie heißt Konstanze Weidmann.«

»Super.«

»Nee, nicht super. Das bringt nämlich nichts.«

»Wie meinst du das?«

»Das will ich doch die ganze Zeit erzählen. Es war ein Missverständnis! Die Endreinigung wurde für ein anderes Haus abbestellt. Es ging eigentlich um Timianvej 17, nicht 70. Das haben die falsch aufgeschrieben bei Poulsen, oder die Frau hat das undeutlich gesagt. Auf jeden Fall hat sich die Frau hinterher beschwert, dass sie eine Rechnung für die Reinigung bekommen hat, obwohl sie selbst sauber gemacht hatte. Und da ist das dann rausgekommen.«

So schnell die Euphorie gekommen war, so schnell verflog sie wieder.

Dennoch hatte Torkild auch ein paar Erkenntnisse, die ihnen helfen konnten – allem voran die Daten der Bewohner, die bis zum Samstag im Nachbarhaus gewohnt hatten, in Richtung Norden hinter der Düne. Die Familie kam aus Rendsburg und hieß Franck.

Als Anke das Telefonat beendet hatte, besprach sie mit Lena, wie sie weiter vorgehen wollten. Lena war der Ansicht, es würde genügen, mit den Francks zu telefonieren. Anke war anderer Ansicht. Ihrer Erfahrung nach gaben sich die meisten Menschen mehr Mühe, sich an Details zu erinnern, wenn ein Kriminalbeamter vor ihnen saß, als wenn man sie bloß anrief. Am liebsten wäre sie sofort nach Rendsburg gefahren, doch Lena wandte ein, dass Francks wahrscheinlich montagmittags auf der Arbeit seien. Sie war dafür, erst am Abend zu den potenziellen Zeugen zu fahren.

Natürlich hatte Lena damit nicht unrecht, doch Anke wollte nicht untätig herumsitzen, und Mark hatte sich noch nicht wieder gemeldet.

Kurzerhand ließ sie sich die Telefonnummer der Francks geben und rief an.

Es war tatsächlich jemand zu Hause und krächzte am anderen Ende der Leitung kaum verständlich in den Apparat.

Wie sich herausstellte, bestand die Familie Franck aus vier Personen, den Eltern, einem dreijährigen Kind und einem Baby, und alle vier hatten sich in Dänemark gehörig erkältet.

Anke ließ sich die Adresse geben, kündigte an, man würde sich sofort zu ihnen auf den Weg machen und sie sollten bitte nicht das Haus verlassen.

»Können vor Lachen!«, krächzte Frau Franck ins Telefon.

Als sie aufgelegt hatte, stöhnte Lena. »Auch das noch! Wenn ich auf eines keine Lust habe, dann mich mit so einer doofen Erkältung anzustecken.«

»Ich auch nicht.« Anke war bereits aufgestanden und zog sich den Mantel an. »Deshalb gehst du auch jetzt noch kurz im Erdgeschoss vorbei und holst uns beiden einen Mundschutz.«

# 11

Die Fahrt nach Rendsburg dauerte eine knappe halbe Stunde. Francks wohnten in einer Doppelhaushälfte, und noch bevor Anke Langenbrück auf den Klingelknopf drückte, hörte man von drinnen lautes Husten.

Sie nahmen im Wohnzimmer Platz, das Ehepaar Franck auf dem Sofa, die beiden Kommissarinnen auf zwei Sesseln. Der dreijährige Sohn der Familie war nicht so angeschlagen wie seine niesenden und hustenden Eltern. Er saß ein wenig abseits auf dem Teppichboden und malte.

Anke kam sich mit dem Mundschutz ein wenig seltsam vor, aber das war immer noch besser, als selbst krank zu werden.

Leider schien es zunächst, als brächte ihr Besuch keine neuen Erkenntnisse. Sie wollten sich schon wieder verabschieden, als der dreijährige Luis mit zur Tür gelaufen kam. Es schien, als wolle er Anke unbedingt etwas erzählen, aber als sie sich hinunterbeugte, versteckte er sich dann doch nur hinter den Beinen seiner Mutter.

Anke nahm den Mundschutz ab. Das musste aber auch seltsam aussehen für ein Kind! »Möchtest du mir etwas sagen?«, fragte sie Luis.

»Schneemann!«, rief der Junge. »Da war ein Schneemann!«

Sie sah fragend zu Frau Franck auf. »Ein Schneemann? Wissen Sie, was er damit meint?«

Diese winkte ab. »Ach, das war am Freitag. Aber das wird wohl Einbildung gewesen sein. Das Kind hat so eine lebhafte Phantasie. Es ist ja sowieso viel zu warm für einen Schneemann.«

Anke wurde hellhörig. »Am Freitag? Jetzt, in Dänemark?«

Frau Franck nickte. »Ich hatte gar nicht mehr daran gedacht. Da ist uns der Lütte ausgebüxt, aus der Terrassentür raus, ich war gerade in der Küche gewesen und kam rein, und ich sag zu meinem Mann: Wo ist denn Luis? Und er sagt: Weiß ich nicht, eben war er noch da. Die Terrassentür war auf, ich bin also gleich raus, und da kommt Luis zum Glück schon wieder angelaufen und erzählt was von einem Schneemann.«

»Wissen Sie denn, wo er gewesen war?«, schaltete Lena sich ein. »Vielleicht nebenan bei Siggendiek?«

»Keine Ahnung. Kann auch auf der anderen Seite gewesen sein, da waren ja auch zwei Häuser. Das weiß ich wirklich nicht mehr. Aber ist denn das wichtig? Da kann doch eh keiner einen Schneemann gebaut haben. Bei dem Wetter. Oder, Luis?« Die Mutter strich ihrem Sohn übers Haar und sah ihn an. »Weißt du noch, wo du den Schneemann gesehen hast?«

Er schüttelte entschlossen den Kopf.

»Tut mir leid«, sagte Frau Franck, »das waren wohl nur Flausen, nehme ich an.«

# 12

»Was ist denn das jetzt mit dem Schneemann für eine Geschichte?« Lena Klatt ließ sich in ihren Schreibtischstuhl fallen und schaltete ihren Computer an.

Anke, die ihr gegenübersaß, sagte immer noch nichts dazu. Die Idee ließ sie nicht los, aber sie musste erst wissen, ob es neue Erkenntnisse der dänischen Kriminaltechniker gab. »Mark ist noch nicht zurück, oder?«

»Weiß nicht, soll ich mal gucken? Vielleicht sitzt der ja drüben im Büro.«

Sie ging, und Anke sah ihre neuen E-Mails durch.

Tatsächlich war etwas aus Dänemark dabei. Die kriminaltechnischen Ergebnisse waren auf jeder Seite auf Englisch zusammengefasst, aber das meiste und Wichtigste verstand sie. Doch es passte leider nicht zu ihrer Theorie.

Lena kam zurück, mit zwei Bechern Kaffee. Anke nahm ihr dankbar einen ab.

»Hör mal, Lena, hier. Aus Dänemark.« Sie las vor, was die Kollegen in Varde geschrieben hatten.

»Das heißt also«, fasste Lena zusammen, als Anke geendet hatte, »dass es außer Siggendieks DNA noch weitere Spuren gibt, von genau einer Person?«

»Genau. Aber warte mal …« Sie sah auf den Bildschirm. »Am Tatwerkzeug, diesem komischen Draht, sind keine Spuren. Und man hat auch keine Fingerspuren am Tatort gefunden. Das gilt übrigens nur für den Wellnessraum. Im restlichen Haus gibt es eine ganze Tonne Spuren, aber das war ja zu erwarten.«

»Und die DNA aus dem Wellnessraum ist bereits identifiziert?«

»Nein, das geht ja leider nicht so schnell. Bislang ist nur klar, dass es Genspuren gibt, die von einer Person stammen, und dass diese Person nicht Hans-Werner Siggendiek ist.«

»Das ist doch mal vielversprechend. Vielleicht haben wir den Täter damit ja schon.«

»Du meinst, seine DNA. Den Täter müssen wir schon noch finden.«

»Jaja, geschenkt. Sonst noch was?«

»Ja, hier ... Ein paar Fasern wurden gefunden, Kunststofffasern. An der Tür vom Tatort nach draußen.«

»Aha. Glaubst du, dass das wichtig ist?«

Anke zuckte die Schultern. »Schwer zu sagen. Kann ja auch von einem Vormieter stammen. Erst mal prüfen sie Siggendieks Kleidung.«

»Na schön.«

Das Telefon klingelte. Anke nahm ab; es waren die Kollegen aus Flensburg. Das Gespräch war kurz, und Anke machte sich ein paar Notizen. Dabei wurden ihre Augen immer größer, sodass Lena sie gespannt fragte, worum es ging, als sie wieder aufgelegt hatte.

»Der BMW von Hans-Werner Siggendiek wurde gefunden. Jemand hat ihn in der Nähe von Flensburg in der Förde versenkt.«

»Oha! Gibt es Spuren?«

Anke schüttelte den Kopf. »Er war komplett voll mit Wasser, die Fenster waren offen. Da ist nichts mehr zu holen. Aber etwas anderes Auffälliges gab es: Der Tank war komplett leer, und Öl war auch keines mehr drin.«

»Ein sehr preisbewusster Dieb«, schlug Lena vor. »Bei den Benzinpreisen ...«

»Immerhin doch höchstwahrscheinlich unser Täter.«

»Klar.« Lena sah auf die Uhr. »Wollen wir schon mal runtergehen?«

Anke sah sie verständnislos an. »Wohin?«

»Sieh mal auf die Uhr. In zwanzig Minuten geht die Pressekonferenz los.«

»Äh, ja, logisch. Geh ruhig schon mal runter, ich komme sofort.« Anke lief es heiß den Rücken hinunter. Das hatte sie tatsächlich total vergessen. Sie hatte sich überhaupt nicht vorbereitet.

Unten im Erdgeschoss war der kleine Presseraum so voll, dass einige Journalisten hinter den Stuhlreihen stehen mussten. Sogar das Fernsehen war da, NDR, RTL Nord. Ankes Chef begrüßte die Pressevertreter, Anke saß neben ihm und sah alle zwanzig Sekunden auf die Uhr.

Die Pressekonferenz lief einigermaßen glimpflich ab. Die meisten Fragen blieben unbeantwortet, Anke hatte ohnehin nicht vorgehabt, der Presse allzu viele Informationen zu geben. Der genaue Ort und Zeitpunkt sowie die Art und Weise von Siggendieks Tod, das musste zu diesem Zeitpunkt genügen, verbunden mit dem Aufruf, dass sich eventuelle Augenzeugen melden sollten, die mit Siggendiek in der letzten Woche in irgendeiner Form interagiert hatten. Sie antwortete kaum oder nur ausweichend auf die anschließenden Fragen der Journalisten und versuchte, die vorwurfsvollen Seitenblicke ihres Chefs so gut es ging zu ignorieren.

Eine halbe Stunde später war sie schon wieder im Büro, als Lena hereinkam.

»Wow, Anke. Das war die kürzeste PK, auf der ich je war. Kompliment!«

Anke seufzte mit geschlossenen Augen. Sie bekam leichte Kopfschmerzen. Ob sie sich in Rendsburg angesteckt hatte? Das fehlte ihr gerade noch.

»Aber so ganz schlau bin ich immer noch nicht – wer hat die Info über Siggendieks Tod denn nun durchsickern lassen?«, fragte Anke. »Was meinst du?«

Anke überlegte kurz. »Seine Frau würde ich sagen.«

»Aber wieso?«

»Kann doch sein, dass sie ihre Karriere wieder ankurbeln will. Dazu muss sie ja erst mal wieder in die Medien kommen.«

»Keine schlechte Idee. Jetzt, wo ihr Mann tot ist, wird sie sicher bald sehen müssen, wo sie bleibt.«

»Apropos«, sagte Lena, »wir können gleich mal rübergehen.« Anke stand auf. »Mark ist gerade dabei, Siggendieks ›Fanpost‹ zu sichten.«

Anke erhob sich ebenfalls. »Sag das doch gleich.«

»Ich sag's ja.«

# 13

Mark Roth hatte sich im Konferenzraum ausgebreitet. Der Tisch war übersät mit Briefen, teils mit Kuvert, teils ohne. Mark selbst saß am schmalen Ende des Tischs und hatte drei Stapel vor sich. Es waren offenbar die Briefe, die er bereits gelesen oder überflogen hatte.

Sie setzten sich zu ihm und zogen wie er dünne Silikonhandschuhe an. Anke griff wahllos in den Berg Post hinein. Zu ihrem Erstaunen hielt sie eine Ansichtskarte in der Hand. Auf der Vorderseite stand »Grüße von der Schlei«, darum herum waren vier Fotos gruppiert – die Schleswiger Innenstadt, die Lindaunisbrücke, das Landarzthaus und ein paar wahllos wirkende Blumen in Nahaufnahme. Sie drehte die Karte um. Auf die Rückseite hatte jemand in das Textfeld mit Kugelschreiber in Druckbuchstaben »Siggendiek, du Schwein!!« geschrieben.

Sie schüttelte den Kopf. »Ist das alles in dem Tenor hier« – sie hielt die Karte hoch, dass die anderen beiden sie lesen konnten –, »oder sind auch gehaltvollere Sachen dabei?«

»Einiges ist ziemlich ausführlich.«

»Was ist eigentlich mit den E-Mails?«, wollte Lena wissen. »Da wolltest du dich doch drum kümmern, Mark.«

Mark kratzte sich am Kopf. »Ich weiß nicht – bei Siggendiek zu Hause stand kein Computer, und in der Firma habe ich noch keinen erreicht, der mir da hätte weiterhelfen können. Da muss dann vielleicht mal jemand fragen, der dahin geht. Immerhin, auf der Facebook-Seite der Njördwind gibt es ein paar Leute, die rumstänkern, aber nichts, was wirklich gefährlich klingt. Und nur ein paar mit vollem Namen. Ich habe da zumindest mal die Benutzernamen notiert und ausgedruckt, das ist hier dann mit dabei.« Er wies auf den Papierberg in ihrer Mitte. »Ich habe das Ganze im Übrigen schon einmal ein wenig vorsortiert.« Mark deutete nacheinander auf seine drei Stapel. »Einmal sind da ganz allgemein Beleidigungen, da würde ich deine Postkarte jetzt auch zuordnen. Dann eher allgemeine Briefe, die teilweise mit dem Anwalt drohen oder auch nur fragen, was los ist und was mit ihrem Geld passiert ist. Und das hier sind Morddrohungen.« Dieser Stapel war ganz deutlich der kleinste, aber es schienen auch ein Dutzend Schreiben zu sein. »Da habe ich übrigens schon mehrere, die aus derselben Quelle stammen. Mehrere Seiten, am Rechner geschrieben und ausgedruckt.«

»Wenn die ausgedruckt sind, woher weißt du dann, dass die vom selben Absender sind?«, wollte Lena wissen.

»Na, der Absender steht doch drauf.«

»Wie bitte?« Anke erhob sich und ging um den Tisch herum. »Zeig mal.«

Sie nahm den Stapel. Es waren tatsächlich ganz ordnungsgemäß adressierte Geschäftsschreiben an die Firma Njördwind, *zu Händen H.-W. Siggendiek, persönlich.* Absender war jeweils ein gewisser Ulrich Kappen.

*Herr Siggendiek,*
*jemand wie Sie gehört ganz langsam umgebracht. Um die alte englische Rechtsprechung zu zitieren, man sollte Sie am Halse aufhängen, bis der Tod eintritt. Denkbar wäre auch ein Tod im Sinne alter Folterrituale, auf der Streckbank beispielsweise.*
*Der Tag wird kommen, an dem Ihnen Ihr unwertes Leben ausgehaucht wird, und Sie werden nicht allzu lange darauf warten müssen.*
*So wahr mir Gott helfe.*
*Ohne Gruß,*
*Ulrich Kappen*

Nachdem Anke die ersten Zeilen gelesen hatte, beschloss sie, den Brief laut vorzulesen.

Lena war die Erste, die sich zu Wort meldete. »Alter Schwede! Das ist echt starker Tobak! Wie war das? *So wahr mir Gott helfe?* Das ist ja fast ein Geständnis.«

»Na ja.« Anke sah ihre Kollegin unwirsch an. »Nicht so fix. Das ist eine Morddrohung, und eine Drohung ist noch keine Tat.«

»Jaja.« Lena schmollte. »Aber Mark meinte doch, es gibt noch mehr Briefe von diesem … wie war das? Kappen?«

Mark nickte. »Ulrich Kappen. Genau, drei andere hab ich schon.«

»Vielleicht tauchen noch mehr auf, wenn wir weitersuchen.« Lena griff in den Stapel und zog ein paar Briefe heraus.

Sie durchforsteten eine halbe Stunde lang mit vereinten Kräften die Postsendungen. Die drei Stapel waren nun vier, Ulrich Kappen bekam einen eigenen, und es fanden sich bereits sieben weitere Briefe von diesem Absender.

Die Briefe von Kappen ähnelten einander stark. Was sich änderte, waren vor allem die Vorschläge, die der Absender machte, auf welche Weise das Objekt seines Hasses umzubringen sei. Alles Erdenkliche war dabei, vom Überfahren mit dem Pkw bis hin zum Erschießen. Und die Briefe endeten jeweils mit einer anderen Floskel. »Der Tag wird kommen« stand da oder »Es wird nicht mehr lange dauern«.

Es gab weitere Drohungen, die meisten anonym versendet, einige davon veritable Mordpläne, andere eher allgemeine Verwünschungen.

Auf einmal rief Lena »Jawoll!« und schwenkte triumphierend ein Blatt Papier, das sie gerade überflogen hatte. »Alle mal herhören. Hier, der ist auch von Kappen. Und jetzt hört euch das hier mal an: ›Ihnen sollte jemand einen Draht um den Hals schlingen und so lange zuziehen, bis Sie ersticken‹.«

Anke nickte. »Gut, das reicht. Den Kappen lädst du für morgen früh ins Präsidium, Lena. Und Mark, auch wenn Siggendiek zu Hause keinen Rechner hat, dann doch sicherlich in der Firma. Frag doch mal jemanden aus der Technik, ob wir da an E-Mails herankommen. Vielleicht reicht es ja auch, wenn man das Passwort vom Mail-Account knackt. Was weiß ich, *info@njördwind* oder so, da muss es doch eine öffentliche Adresse geben.«

»Darf man das denn?«

Anke zuckte die Achseln. »Keine Ahnung. Aber das wirst du schon rausfinden. Notfalls kannst du ja beim LKA anrufen.«

Es klopfte an der Tür, eine Kollegin rief Lena hinaus.

Anke schlug vor, die Briefe von Ulrich Kappen – inzwischen waren es fast ein Dutzend – an der Längsseite des Raums an der großen Pinnwand aufzuhängen. Während Mark noch nach den Reißzwecken suchte, die irgendein Idiot verlegt hatte, stürmte Lena wieder zur Tür herein.

»Huch«, entfuhr es Anke. »Was ist denn mit dir los?«

»Also …« Lena musste kurz nach Luft schnappen. »Den Kappen vorzuladen, können wir uns sparen.«

»Wieso das denn?«

»Der sitzt schon oben im Vernehmungszimmer. Und will ein Geständnis ablegen.«

## 14

Als Anke Langenbrück und Lena Klatt den Raum betraten, verließ der uniformierte Beamte, der in der Zwischenzeit Ulrich Kappen beaufsichtigt hatte, den Raum und postierte sich vor der Tür.

Kappen war eine markante Erscheinung. Ende vierzig schätzte Anke, was sich bei der Aufnahme der Personalien auch sogleich bestätigte. Nicht wirklich attraktiv im klassischen Sinne, dazu war sein Kinn zu kantig und ausgeprägt. An einen Hollywood-Schauspieler erinnerte er sie. Sie hatte das Gesicht deutlich vor Augen, kam aber nicht auf den Namen.

Sie begannen mit der Vernehmung. Nach seinem Beruf befragt, gab Ulrich Kappen an, Chemielehrer an einem der Schleswiger Gymnasien zu sein. »Allerdings nicht verbeamtet, sondern angestellt«, fügte er hinzu.

»Warum erzählen Sie mir das?«, wollte Anke wissen.

»Weil mich die zehntausend Euro ziemlich hart getroffen haben.«

»Welche zehntausend Euro?«

»Die ich in die Njördwind GmbH investiert habe.«

»Verstehe. Und was können Sie uns zu diesen Briefen an Herrn Siggendiek erzählen?« Sie nahm ein paar Kopien der Drohbriefe aus einer Mappe und schob sie zu Kappen hinüber.

Kappen warf kaum einen Blick darauf. Er nickte. »Ja, die sind von mir.«

»Was wollten Sie denn damit bezwecken?«

»Das war schon durchaus alles ernst gemeint«, sagte Kappen, »das, was ich da geschrieben hab.«

»Sie haben also –«

»Ich hab getan, was ich ihm angedroht hab, ja.« Kappen sah Anke grimmig an. »Solche Leute sind einfach nicht wert, dass sie frei herumlaufen und anderen Menschen Schaden zufügen. Wenn die Moral zu wenig zählt – ich meine, die Moral ist es doch, die den Menschen vom Tier unterscheidet, oder nicht? Und wenn der Mensch keine Moral hat, ist er nichts weiter als ein fettes rosa Schwein. Und was macht man mit Schweinen, wenn sie –«

Er brach ab.

»Reden Sie doch weiter«, forderte Lena ihn auf.

Kappen sah sie irritiert an, als hätte er nicht damit gerechnet, dass sie sich ebenfalls ins Gespräch einschalten würde.

»Sie werden schon verstanden haben, was ich meine«, sagte er, wieder zu Anke gewandt.

Sie nickte. »Sicher. Und Sie glauben, das gibt Ihnen das Recht, über Leben und Tod zu entscheiden?«

»Wenn es sonst niemand tut?« Kappen lehnte sich in seinem Stuhl zurück und verschränkte die Arme hinter dem Kopf. »Den Glauben an die deutsche Gerichtsbarkeit habe ich längst verloren. Aber wissen Sie, was das Perfideste ist? Dass so jemand wie dieses Schwein so tut, als ging es ihm um unsere Umwelt. Das höchste Gut, was wir haben. Das, was wir unseren Kindern hinterlassen müssen. Dabei geht es ihm nur um den Profit.«

»Die Umwelt liegt Ihnen ziemlich am Herzen, was?«

»Wissen Sie, wie viel $CO_2$ man mit einer einzigen Suche auf Google verbraucht? Mir wird ganz schlecht, wenn ich daran denke.« Kappen gab seine betont lässige Haltung auf und beugte sich nach vorn. »Und dann glaubt man, man kann in Windkraft investieren, in saubere Energie, um diesen unseren Planeten vielleicht ein Stück weit vor dem Untergang retten zu können.«

»Das mag ja alles sein, Herr Kappen«, sagte Anke. »Doch das interessiert uns nicht. Das können Sie sich gerne für Ihren Verteidiger vor Gericht aufsparen. Wissen Sie, mich wundert es immer wieder, dass Leute wie Sie meinen, sie könnten sich über das Gesetz erheben. Für mich sind Sie nichts weiter als ein Anarchist.«

Kappen hob mit einer entschuldigenden Geste die Arme. »Ich spiele immerhin mit offenen Karten. Ich bin hergekommen und habe mich gestellt. Ich bin nämlich ein Mann, der zu seinem Wort steht. Und zu seinen Taten. Deshalb habe ich auch meinen

Absender auf die Briefe geschrieben. Wie es sich gehört. Nichts ist schlimmer als ein anonymer Drohbriefschreiber.«

»Jetzt kommen Sie mal runter von Ihrem hohen Ross«, schaltete Lena sich ein. »Immerhin haben Sie einen Menschen umgebracht.«

»Nun, wie man's nimmt. Im Grunde hat er ja selber Schuld. Wenn er meine Briefe gelesen hätte – und ich nehme an, das hat er nicht getan –, dann hätte er das Päckchen sicherlich nicht so mir nichts, dir nichts geöffnet. Da musste er schon –«

»Moment mal«, unterbrach ihn Anke. »Was denn für ein Päckchen?«

Kappen sah sie irritiert an. »Na, darüber reden wir hier doch die ganze Zeit, oder etwa nicht? Mein Päckchen. Wobei, verzeihen Sie, das ist ja nicht ganz korrekt. Es war ja als versichert frankiert, also streng genommen ein DHL-Paket.«

Anke wandte sich an Lena. »Weißt du etwas von einem Paket?«

»Nee.«

»Oh, verzeihen Sie«, sagte Kappen, »dann haben Ihre Kriminaltechniker vielleicht noch gar nicht herausgefunden, was die Explosion ausgelöst hat.«

»Von welcher Explosion reden Sie?«

»Also hören Sie mal! Verkaufen Sie mich doch nicht für dumm! Die Explosion, die Siggendiek getötet hat.«

»Aber Siggendiek ist doch …«, begann Lena, doch Anke gab ihr ein Zeichen, nicht weiterzureden, und ergriff wieder das Wort.

»Sie haben Herrn Siggendiek also ein Paket geschickt.«

»Genau. Das Paket mit dem Knalleffekt. Das war von mir. Verstehen Sie? Paket mit Knalleffekt.« Kappen kicherte.

»Mit *Knalleffekt*?«

»Ja, die Briefbombe, verdammt. Beziehungsweise die Paketbombe.«

Anke ignorierte die Bemerkung. »Aha. Eine Briefbombe. Und wann soll das gewesen sein?«

»Am Donnerstag.«

»Zu Siggendiek ins Ferienhaus?«

»Nein, nach Hause. An ihn persönlich adressiert. Ich nehme mal an, er hat es dann nach Dänemark mitgenommen. Ins Büro hätte ich das Paket nicht geschickt. Mussten ja nicht noch mehr Menschen drunter leiden. Deshalb hatte ich die Zündvorrichtung extra so konstruiert, dass die Ladung nur hochgehen kann, wenn man das Päckchen öffnet.« Er lehnte sich wieder zurück und lächelte. »So, jetzt ist es raus. Ich habe es getan, und ich erwarte meine gerechte Strafe.«

»Tut mir leid, aber von einer Bombe weiß ich nichts«, sagte Anke und erhob sich. »Sie entschuldigen uns einen Moment.«

Anke und Lena verließen den Raum und schickten den Uniformierten wieder hinein. Dann gingen sie ins Büro nebenan und riefen Mark herüber.

»Mist«, begann Lena. »Ich glaub, der meint das ernst.«

»Sag mal, Mark«, sagte Anke, »bei der Post bei Siggendiek, war da ein Päckchen dabei oder ein Paket?«

Mark verneinte. »Wieso denn?«

»Im Vernehmungszimmer sitzt Ulrich Kappen, der Typ von den Drohbriefen. Der ist Chemiker und sagt, er hat Siggendiek eine Briefbombe nach Hause geschickt. Und jetzt glaubt er, er hat ihn umgebracht.«

»Wieso das denn?«

»Na überleg doch mal«, gab Lena zurück, »er wird in der Zeitung gelesen haben, dass Siggendiek tot ist und wo man ihn gefunden hat. Aber von der Art und Weise des Todes stand da ja noch gar nichts.«

»Ohgottohgott«, entfuhr es Mark, »dann ist irgendwo eine Briefbombe unterwegs?«

»Sieht ganz so aus. Er sagt, er hat sie Donnerstag abgeschickt, aber bei Siggendieks scheint sie noch nicht angekommen zu sein. Wir müssen schnell zur Post fahren, falls das Päckchen noch dort ist. Kann doch sein, dass es nicht zugestellt werden konnte.«

»Immerhin ist bei Siggendieks ja wohl niemand zu Hause, der die Post abholen könnte«, meldete sich Lena.

»Wieso denn das nicht?«, fragte Mark.

»Die Siggendiek ist doch im Krankenhaus in Dänemark.«

»Ach so, das hatte ich euch noch gar nicht gesagt. Die ist da schon wieder entlassen worden.«

»Was? Wann denn das?«

»Heute Morgen.«

»Verdammt.« Anke überlegte schnell. »Okay, Mark, du versuchst sofort, Tanja Siggendiek anzurufen, um sie zu warnen. Festnetz, Handy, überall. Lena übernimmt DHL, und ich fahre zu Siggendieks nach Böklund.«

# 15

Tanja Siggendiek-Kollberg hatte sich, gleich nachdem sie in Böklund eingetroffen war, nur kurz umgezogen und wieder ins Auto gesetzt. Zwei Pakete musste sie von der Post abholen. Sie erwartete eine Sendung eines Schuh-Versandhandels und hatte obendrein das Gefühl, dass ihr ein wenig Ablenkung guttat. Zum Glück hatten ihr nicht nur die Polizisten im Sommerhaus, sondern auch die Ärzte, die sie ins Krankenhaus fuhren, den Nervenzusammenbruch abgekauft. Sie hatte sich aber auch vorher wirklich gut informiert und alles dafür getan, ihren Blutdruck niedrig zu halten. Dass sie auf Befehl weinen konnte, war auch nicht jedem in ihrer schauspielerischen Riege gegeben. Einem Schauspielerdasein, das bei »Richterin Barbara Salesch« anfing und bei »Alles was zählt« aufhörte – wenn überhaupt.

Heute Vormittag war sie dann entlassen worden, denn ihr fehlte natürlich nichts. Aber dass einen der Tod des eigenen Mannes aus der Bahn warf, dafür hatten alle Verständnis gehabt.

Umso besser.

Der Anruf bei ihrem Agenten hatte dafür gesorgt, dass die Meldung von Hansis Tod in die Zeitung kam. Das Medienecho sollte von vornherein möglichst groß sein. Vielleicht half es ihr tatsächlich, beim Fernsehen wieder einen Fuß in die Tür zu bekommen.

Der Abholschein war auf Freitag datiert. Stimmt, da war sie quasi den ganzen Tag unterwegs gewesen. Trotzdem hätten die doch mal ein System einführen können, dass sie es dann am nächsten Tag noch einmal versuchten, ob man da war. Konnte doch nicht so schwierig sein. Immer dieses Zur-Post-Fahren.

Und natürlich musste sie anstehen. Klar, jetzt holten alle nach Feierabend die nicht zugestellte Post ab.

Sie hatte ihr Handy im Auto liegen gelassen, zu dumm. Sonst hätte sie wenigstens ein bisschen im Internet surfen können. Tanja überlegte kurz, ob sie es holen sollte. Aber hinter ihr standen inzwischen schon wieder drei Kunden an, da hätte sie ja noch länger warten müssen, wenn sie jetzt verschwand.

Zehn Minuten später saß sie mit zwei Paketen im Auto, einem ziemlich großen, aber leichten für sie und einem kleineren, das an ihren Mann adressiert war. »Persönlich« stand darauf, doch das beeindruckte sie wenig.

Es hatte eigentlich nur Päckchengröße, trotzdem war es mit DHL als Paket verschickt worden. Sie kannte sich ganz gut aus, verkaufte oft alte Kleidung über eBay. Deshalb interessierte sie das Päckchen auch – wer drei Euro mehr Porto bezahlte als nötig, der verschickte sicherlich etwas Wertvolles. Den Namen des Absenders hatte sie noch nie gehört. *Ulrich Kappen.* Aber er hatte auf das Päckchen immerhin mit breitem Filzstift das internationale Zeichen für »zerbrechlich« gemalt. Sah vielversprechend aus.

Sie legte das große Paket auf den Rücksitz und das kleinere neben sich auf den Beifahrersitz, neben ihr Handy. Es zeigte eine Meldung an: »Verpasster Anruf«.

Die Nummer sagte ihr nichts.

Jetzt nach Hause. Wobei, eigentlich war das Wetter viel zu schön, um drinnen zu sitzen. Es war immer noch so warm, viel zu warm für Ende Oktober. Irgendwohin, wo man draußen sitzen konnte, bevor die Sonne unterging. Ein Eiskaffee wäre nicht schlecht.

Sie fuhr nach Schleswig. Da lief sie nicht so schnell Gefahr, dass ein Nachbar oder ein Bekannter auftauchte, um ihr sein Beileid auszusprechen. Das hätte ihr gerade noch gefehlt.

Das Handy summte. Wieder die Nummer von vorhin, die sie nicht kannte.

Schleswiger Vorwahl. Wahrscheinlich aus dem Büro oder so. Aber wenn die irgendwelche Sachen von ihr wissen wollten, die ihren Mann betrafen oder die Firmenleitung, sie hätte denen ja eh nichts sagen können. Sie ließ es summen.

# 16

Die Explosion hatte die Fensterfront des Cafés zerstört und dadurch außer Tanja Siggendiek-Kollberg, die vor der Scheibe auf dem Gehweg an einem kleinen Tisch gesessen hatte, zwei Gäste im Inneren des Cafés verletzt, die mit Schnittwunden ins Krankenhaus eingeliefert worden waren.

Erst ein paar Minuten nachdem Frau Siggendiek-Kollberg das Päckchen abgeholt hatte, hatten Anke und Lena die betreffende Postfiliale erreicht. Die letzte Hoffnung war gewesen, sie zu Hause anzutreffen. Und als die Meldung von der Explosion auf dem Holm durchgegeben worden war, hatten sie gleich gewusst, was das bedeutete. Ein Trost war immerhin, dass der geständige Täter bereits im Präsidium saß und sofort festgenommen werden konnte.

Dennoch spürte Anke gerade deshalb ein Gefühl des Versagens. Jemand, der in ihrer Obhut in der Dienststelle festgehalten wurde, hatte auf perfide Weise mehrere Personen verletzt, eine davon schwer. Es war fast so, als ob er über telepathische Kräfte verfügte. Das war natürlich alles Quatsch, sorgte bei ihr aber dennoch für ein unbestimmtes Gefühl der Ohnmacht.

Tanja Siggendiek waren bei der Explosion die Trommelfelle geplatzt, sie hatte Verbrennungen dritten Grades am Kopf, im Gesicht und an den Unterarmen erlitten und einen Schädelbruch, als sie mit dem Kopf auf dem Asphalt aufgeschlagen war. Sie lag auf der Intensivstation; man hatte sie ins künstliche Koma versetzt.

So war der Stand der Dinge, als Anke und Lena am Dienstagmorgen dem diensthabenden Oberarzt, Dr. Burmeister, gegenübersaßen.

»Wie sieht es denn aus«, wollte Anke wissen, »Frau Siggendiek wird ja wohl durchkommen, oder?«

»Sie hat noch einmal Glück gehabt«, antwortete der Arzt. »Wenn sie das Päckchen im Auto geöffnet hätte … Ich bin kein

Sprengstoffexperte, aber nach den Verletzungen zu urteilen, glaube ich, dass sie sofort tot gewesen wäre, wenn sich das Ganze nicht im Freien abgespielt hätte.«

»Und Ihre Prognose?«

»Wir müssen einiges an Haut transplantieren, und sicherlich wird sie danach nicht mehr so hübsch sein wie vorher. Aber ich denke, sie wird durchkommen. Ich nehme an, der Anschlag galt nicht ihr, sondern ihrem Mann?«

»Wie kommen Sie darauf?« Anke sah den Arzt aufmerksam an.

»Ich habe einen Großteil meiner Ersparnisse bei der Njördwind investiert. Alles weg. Ich kann natürlich nicht sagen, dass ich das gutheiße, was geschehen ist. Aber ich kann schon nachvollziehen, dass jemand Herrn Siggendiek zur Rechenschaft hat ziehen wollen. Man fühlt sich doch recht ohnmächtig.«

»Na, das sagen Sie mal lieber nicht zu laut. Sie sehen ja, was passieren kann, wenn man Selbstjustiz üben will.«

»Briefbomben erwischen sowieso fast immer die Falschen«, ergänzte Lena.

Anke sah ihre Kollegin irritiert an. Das war doch überhaupt nicht der Punkt gewesen.

Aber der Arzt hatte offenbar schon verstanden. »Nein, nein«, beeilte er sich zu sagen, »so war das natürlich nicht gemeint, das mit der Explosion ist natürlich furchtbar.«

Zurück im Büro wartete bereits der Bericht der Sprengstoffexperten des LKA auf sie. Der verwendete Sprengstoff hieß Hexamethylentriperoxiddiamin, kurz HMTD, und bestand aus Ammoniak, Schwefelsäure, Formaldehyd und Wasserstoffperoxid – allesamt, so die Experten, die natürlich über die Hintergründe informiert worden waren, Substanzen, die ein Chemielehrer ohne Weiteres im Regal haben konnte. Der Zünder war, soweit man die Überreste identifizieren konnte, ein Lichtsensor gewesen, der so modifiziert worden war, dass er das weiße Pulver sofort zündete, als er mit Tageslicht in Berührung kam. Den Experten zufolge konnte man solche Zünder im Internet bestellen, wenn man sich ein wenig auskannte.

Anke und Lena saßen im Konferenzraum, während Anke das Schreiben aus Kiel vorlas. Die Briefe von Ulrich Kappen hingen an der Wand, die restlichen Drohbriefe waren nun komplett auf drei Stapel verteilt.

»Das Gymnasium als Bombenwerkstatt«, bemerkte Lena lakonisch. »Zeiten sind das …«

»Hier ist noch eine Ergänzung«, sagte Anke, »sieht so aus, als sei dieses Zeug ziemlich gefährlich. Hört noch mal eben zu: ›Je nach Mischungsverhältnis der Komponenten zündet HMTD mitunter bereits bei geringen Erschütterungen, bei zu geringer Temperatur und bei Kontakt mit hellen Lichtquellen. Zudem zersetzt es sich mit der Zeit von selbst und zündet dabei ebenfalls.‹«

»Meine Güte, Anke. Dann wäre das Ding ja vielleicht schon deshalb hochgegangen, wenn es keiner bei der Post abgeholt hätte.«

Anke nickte. »Oder das Päckchen zu sehr rumgeschleudert hätte. Und ich wette mit dir, wenn wir Kappen darauf ansprechen, dann wird er uns einen Vortrag darüber halten, dass die Postbeamten selbst schuld seien, weil sie die Post nicht schnell genug ausliefern oder nicht pfleglich genug damit umgehen. Bestimmt hat er auch noch ›zerbrechlich‹ daraufgeschrieben.«

»Auf jeden Fall scheint Kappen nicht der Mörder zu sein, den wir suchen, oder?«

»Tja, davon müssen wir wohl erst mal ausgehen. Aber immerhin bekommt er eine Anklage wegen schwerer Körperverletzung. Mindestens.«

Die Tür ging auf, und Mark stürmte herein. »*Hier* seid ihr!« Er war ganz außer Atem.

Wo sollten sie denn sonst sein? Anke seufzte. »Was gibt es denn?«

»Der Kappen widerruft sein Geständnis.«

»Was?«, riefen beide Frauen wie aus einem Mund.

»Er sagt, das war alles nur ein Spaß. Der Haftrichter ist alles andere als begeistert. Der hatte gerade den Haftbefehl ausgestellt.«

Es ließ sich nicht auf die Schnelle ermitteln, wer Ulrich Kappen in seiner Zelle mitgeteilt hatte, dass Siggendiek nicht durch einen Bombenanschlag gestorben war. Sicherlich war es jemand vom Wachpersonal gewesen. Das war aber auch nicht so wichtig, denn früher oder später hätte er es ja ohnehin erfahren.

Die Sache war allzu durchsichtig, wie Anke fand. Kappen hatte sein Ziel, Siggendiek zu beseitigen, nicht erreicht, und für das, was er stattdessen angerichtet hatte, wollte er keine Verantwortung übernehmen.

Der Staatsanwalt tobte. Sie hatten den Urheber eines Sprengstoffanschlags in Gewahrsam und mussten ihn wieder laufen lassen, weil sie ihm nichts nachweisen konnten und er sein Geständnis, für das er eigens in die Dienststelle gekommen war, widerrufen hatte. Am Tatort gab es keine verwertbaren Spuren des Päckchens, alles war buchstäblich in Rauch aufgegangen.

Auf Ankes Wunsch hin übertrug ihr Chef die Ermittlungen zur Paketbombe zwei anderen Kollegen. Sie würden den Mann schon überführen. Bei der Post, in der Schule im Chemielabor, vielleicht auch bei ihm zu Hause konnten sie ansetzen. Denn dass Kappen der Bombenbastler war, daran gab es kaum Zweifel. Nur, dass er es der Polizei jetzt nicht mehr so einfach machte.

Als sie wieder in Ankes Büro saßen und ihr weiteres Vorgehen diskutierten, vibrierte in ihrer Hosentasche das Handy. Sie holte es heraus und sah auf das Display.

»Na, wer stört?«, wollte Lena wissen.

»Torkild Møllersen«, gab Anke zurück. »Da bin ich ja mal gespannt.« Sie schaltete den Lautsprecher an und nahm den Anruf entgegen. »*Hej*, Torkild. Was gibt's Neues?«

»*God dag*, schöne Frau!«, flötete der Däne. »Wie schön, dass –«

»Ich habe den Lautsprecher eingeschaltet, Torkild, nur dass du's weißt.«

»Oh.« Es blieb einen Moment lang stumm am anderen Ende der Leitung. »Hallo Lena«, rief er schließlich, »bist du auch da?«

»Jaja«, sagte Lena. »Was gibt's Neues, Torkild?«

»Wie? … Äh, ja, ich wollte euch nur einen kleinen Tipp

geben. Unsere Technik analysiert immer noch die DNA vom Tatort. Die, die nicht vom Toten stammt.«

»Und?«

»Nun, sie sind noch nicht fertig, aber eines wissen die Techniker schon mit Sicherheit: Es ist die DNA einer Frau.«

## 17

Gegen Mittag schlug das Wetter um, und der eine oder andere Passant fror auf der Straße in seinem T-Shirt. Als Anke und Lena vom Krankenhaus zur Dienststelle gefahren waren, hatte sich der Himmel so verfinstert, dass sie im Büro das Licht einschalten mussten, und dann auf einmal goss es in Strömen, als sie vom improvisierten Mittagessen beim famila-Markt zurückkamen, der links neben der Psychiatrie und somit schräg gegenüber ihrer Dienststelle lag.

Anke beneidete Lena um ihren Kapuzenpullover – beziehungsweise um die Kapuze an ihrem Kapuzenpullover. Sie selbst musste ihre Frisur mit einem Werbeprospekt schützen, der familas neueste Sonderangebote anzeigte.

Sie hätte sich besser für vier Euro neunundneunzig einen Schirm kaufen sollen, hatte sie zum ersten Mal gedacht, als sie gespürt hatte, wie der Prospekt langsam zwischen ihren Fingern durchgeweicht war, und jetzt dachte sie es noch einmal, als sie beide eine Stunde später wieder durch den immer noch anhaltenden Regen zum Auto liefen, um zur Njördwind GmbH zu fahren.

Die Büroräume der Njördwind in der Schleswiger Innenstadt lagen im ersten und zweiten Stock eines Eckhauses an einer für Schleswiger Verhältnisse viel befahrenen Kreuzung, keine fünfhundert Meter von Ankes neuem Zuhause entfernt.

»Außer Betrieb« verhieß ein Schild, das im Erdgeschoss an der Fahrstuhltür hing, und Lenas Bemerkung, man wisse nicht, ob damit der Lift gemeint sei oder die Firma, zu der sie wollten, fand Anke weder witzig noch besonders pietätvoll.

»Was glaubst du, wie viele Leute jetzt ihren Arbeitsplatz verlieren?«

Lena zuckte die Schultern. »Ich mein ja nur.«

Sie erklommen die Treppe, doch im ersten Stock war hinter der Glastür, an der der Schriftzug »Njördwind« prangte, alles dunkel.

»Ist hier jetzt schon Schicht?«, fragte Lena. Sie trat an die Scheibe und sah in den dunklen Raum. »Sieht aus wie immer.«

»Warst du hier schon mal?«

»Nein, aber es ist nicht leer geräumt oder so.« Sie rüttelte an der Türklinke. »Zu.«

Die Frauen gingen weiter in den zweiten Stock. Auch hier brannte kein Licht hinter der Glastür. Es gab einen Klingelknopf, aber als Anke draufdrückte, hörte man nichts. Kein Klingeln, kein Gongen, kein Piepen.

Lena verschränkte die Arme. »Und was machen wir jetzt?«

Anke drückte die Klinke hinunter. Die Tür war nicht verschlossen.

Sie grinste. »Reingehen.«

Im selben Moment vibrierte Lenas Telefon. Sie holte es aus der Tasche.

»Verdammter Mist, Janssen«, fluchte sie. Sie ging einen Schritt zurück in den Flur. »Hallo? … Hallo.« Dann ließ sie das Telefon sinken. »Mist, kaum Empfang hier.«

»Na, dann geh mal lieber raus und ruf ihn zurück. Ich sehe mich hier ein bisschen um.«

»Okay, bis gleich.« Lena verschwand die Treppe hinunter.

Anke betrat das im Halbdunkel liegende Büro. Von draußen fiel kaum Licht herein, denn den Himmel bedeckten so dunkle, dicke Wolken, dass es einem vorkam, als sei es bereits achtzehn Uhr und die Sonne gehe unter. Und außerdem waren die Lamellen-Jalousien vor den Fenstern heruntergelassen und auf Kipp gestellt.

Vor ihr lag ein großer Raum, an die hundertzwanzig Quadratmeter, schätzte sie. Mehrere Schreibtische, direkt vor ihr eine Art Empfangstresen. Diverse Computerbildschirme auf den vorderen Tischen. Weiter hinten verschluckte die Dunkelheit immer mehr die Details.

Anke zuckte zusammen, als die Tür hinter ihr mit einem lauten Klacken ins Schloss fiel.

Nur die Ruhe! Erst einmal Licht machen. Neben der Tür musste doch ein Lichtschalter sein.

Und richtig: Dort befanden sich vier Schalter untereinander. Sie drückte alle vier, aber nichts geschah. Verdammt, was war hier los?

Da hörte sie auf einmal ein Geräusch, das aus dem hinteren Teil der Räumlichkeiten zu kommen schien. Sie konnte es nicht sofort einordnen und griff unter ihren Mantel, um sicherzustellen, dass ihre Pistole im Halfter saß. Ein völlig sinnloser Griff, denn sie spürte das Gewicht der Waffe an ihrer Seite, doch hin und wieder musste sie danach greifen. Das war schon fast zwanghaft.

Wo blieb denn eigentlich Lena? Was hatte ihr Vorgesetzter denn so Wichtiges zu besprechen, dass es nicht warten konnte, bis sie wieder da waren?

Sie ging langsam weiter in den Raum hinein. Da war das Geräusch wieder. Es klang fast wie das gedämpfte Geräusch einer Kettensäge. Dann brach es wieder ab.

Auf den Schreibtischen, an denen sie vorbeiging, befand sich außer Computerbildschirmen nichts, keinerlei persönliche Gegenstände, die anzeigten, dass dies jemandes Arbeitsplatz war oder gewesen war. Es wirkte fast wie in einem Möbelhaus. Einem Ausstellungsraum für Büromöbel.

An der hinteren Wand sah sie ein großes gerahmtes Bild. Ein Strudel aus Blau und Schwarz, war es überhaupt etwas Gegenständliches? Schwer zu sagen. Rechts und links neben dem Bild erkannte sie schemenhaft zwei Türen.

Vorsichtig ging sie weiter durch den Raum, Schritt für Schritt. Jetzt erkannte sie, dass unter der rechten der beiden Türen ein schmaler Streifen Licht in den Raum schien. Und dies war die Tür, hinter der das Geräusch zu hören war, das lauter wurde, je näher sie kam.

Sie holte ihre Waffe aus dem Halfter und behielt sie in der Hand. Sofort fühlte sie sich sicherer. Was war das bloß für ein Geräusch?

Sie legte die Hand auf den runden Türknauf und drehte ihn vorsichtig herum. Sie hörte nichts, denn drinnen ging im selben Moment wieder der Lärm los.

Vor ihr öffnete sich ein vier mal vier Meter großer Raum, so etwas wie eine Abstellkammer, deren Wände mit Regalen vollgestellt waren, in den Regalen befanden sich Aktenordner. Und mitten im Raum saß ein Mann, der gerade einem geöffneten Aktenordner ein paar Seiten entnahm und sie in einen Aktenvernichter gab.

Der Mann sah aus wie um die siebzig, hatte einen grauweißen kurz geschnittenen Vollbart und eine Brille mit dicken Gläsern. Er hielt mitten in der Bewegung inne und sah die Polizistin genauso überrascht an wie sie ihn.

»Moin«, sagte der Mann, der noch immer ein paar Blatt Papier in der Hand hielt, in der Bewegung auf halbem Weg zwischen Aktenordner und Schredder eingefroren.

»Moin«, gab Anke automatisch zurück. Sie ließ die Waffe sinken. »Wer sind Sie, und was machen Sie hier?«

»Das wollte ich Sie gerade auch fragen«, sagte der Mann und ließ die Hand sinken. Er legte den Papierstapel neben sich auf einem Tisch ab. »Aber ich nehme an, Sie sind von der Polizei und keine Gangsterin.«

Sie steckte die Pistole ins Halfter. »Wie kommen Sie darauf?«

Der alte Mann kicherte. »Hier ist doch nix zu holen. Auf jeden Fall kein Geld. Schwertfeger.«

»Wie bitte?«

»Schwertfeger. Hans-Otto Schwertfeger, das ist mein Name. Wollten Sie doch wissen. Und Sie sind ...?«

»Langenbrück, Kripo Schleswig.« Sie wies auf den Aktenordner auf dem Tisch. »Was machen Sie da? Vernichten Sie brisante Informationen, bevor der Insolvenzverwalter kommt?«

Schwertfeger machte große Augen. »Oh.« Er hob abwehrend die Hände und blickte erschrocken auf den Tisch vor sich, als säße dort auf einmal ein giftiges Tier. »Sie haben recht, das sieht jetzt etwas seltsam aus für Sie ... Aber keine Angst, ich möchte den Insolvenzverwaltern nur die Arbeit erleichtern. Das sind keine relevanten Akten. Längst erledigte Sachen. Nichts, was archiviert werden muss.«

»Und wer entscheidet das?«

»In Ermangelung der Anwesenheit von Herrn Damm wohl … ich.«

»Verraten Sie mir auch noch, was Ihre Aufgabe in der Firma war?«

»Moment mal.« Schwertfeger sah sie irritiert an. »Die Njördwind GmbH existiert nach wie vor. Ich bin ziemlich zuversichtlich, dass wir einen Investor finden. Und was meine Aufgabe betrifft: Ich bin der Hausmeister.«

Nun machte Anke große Augen. »Der Hausmeister?«

Schwertfeger gluckste. »Nein, das war natürlich nur ein Witz. Ich habe Herrn Damm … nun ja, ein wenig unter die Arme gegriffen.«

»Unter die Arme gegriffen?«

»Ja, er hat mich als Berater angestellt. Also, mit Werksvertrag sozusagen. Ich bin pensionierter Privatdozent. Wirtschaftswissenschaften.«

»Sie wissen aber auch nicht, wo sich Herr Damm befindet?«

»Wenn ich es wüsste, dann wüsste die Polizei es auch. Da können Sie sicher sein. Wenn Willy Damm sich nicht mit dem Geld aus dem Staub gemacht hätte, würde alles hier nach Plan laufen.«

Anke holte sich einen Stuhl, setzte sich zu Schwertfeger, und dann ließ sie sich erzählen, was es mit der Firma eigentlich auf sich hatte. Er gab ihr einen guten Überblick, auch wenn sie nicht alles verstand. Demnach war die Njördwind wohl so etwas wie eine Vertriebs- und Investmentfirma. Man selbst baute keine Windräder und stellte auch keine auf, sondern investierte in Firmen, die das taten – beziehungsweise hatte vorgehabt, das zu tun. Das bisherige Betriebskapital habe dazu natürlich noch nicht ausgereicht, aber, so Schwertfeger, sie seien auf einem guten Weg gewesen. Und der sei sicherlich noch nicht zu Ende.

Was den momentanen Zustand der Firma betraf, so erfuhr sie, dass die zwölf Mitarbeiterinnen und Mitarbeiter der Geschäftsstelle allesamt in den unbezahlten Urlaub geschickt worden waren. Ihnen zu kündigen, sei im Moment nicht möglich, da das Unternehmen nicht in der Lage sei, Abfindungszahlungen zu leisten. Und noch sei ja insgesamt unklar, wie es weitergehe. Das Insolvenzverfahren war gerade erst eröffnet. Und im Betrieb befänden sich mehrere Personen mit großem Know-how in der Sache, sowohl was Windenergie als auch was die Finanzierung und Abwicklung von Großprojekten mit privaten Investoren betraf. Das könne durchaus für den einen oder anderen Konkurrenten interessant sein. Es sei schon hinter vorgehaltener Hand von einem Übernahmeangebot eines großen Energiekonzerns die Rede. Eines jedoch sei klar: Das Geld der Anleger müsse als verloren gelten, wenn man Willy Damm nicht aufspüre. Am besten mit einem großen Koffer voll Geld.

Wie genau dem Geschäftsführer gelungen war, das Geld aus der Firm zu ziehen, sei momentan noch etwas unklar; Schwertfeger riet Anke, sich beim LKA in Kiel zu erkundigen, in der Abteilung für Wirtschaftskriminalität. Die beschäftige sich mit dem Fall.

Vom Mord an Siggendiek hatte der Mann natürlich schon erfahren. Sicher, sagte er, viele der Mitarbeiter seien sauer bis verzweifelt, aber ob jemand so weit gegangen wäre, Siggendiek umzubringen, bezweifelte er dann doch.

»Er hätte ja vielleicht noch etwas ausrichten können. Bestimmt hatte er noch irgendwelche Privatreserven.«

»Aber vielleicht kümmert sich ja seine Frau darum.«

»Ha! Die Schauspielerin? Wohl kaum! Sehen Sie sich da bloß vor, das ist eine ganz falsche Schlange.«

»Wie meinen Sie das?«

Schwertfeger machte eine abfällige Handbewegung. »Schon gut, ich kenne sie ja gar nicht weiter.«

»Aber irgendetwas müssen Sie doch gemeint haben.«

»Ja, sie hat ihn … Ach wissen Sie, das ist ja nun auch egal.«

»Hat sie ihn betrogen?«

»Das haben Sie gesagt.« Er verschränkte die Arme vor der Brust.

Aha, sie hatte also ins Schwarze getroffen. »Herr Schwertfeger, ich ermittle in einem Mordfall. Bitte sagen Sie mir, was Sie wissen.«

»Ich? Ich weiß gar nichts.« Er sah zu Boden.

Anke blieb stumm und wartete ab.

»Auf jeden Fall ist Siggendiek jetzt tot, und was nun?«, setzte Schwertfeger wieder an. Offenbar wollte er unbedingt das Thema wechseln. »Wenn, dann hätte man doch Willy Damm umbringen müssen. Aber erst, nachdem er das Geld rausgerückt hätte.«

»Das sehen viele Leute aber ganz anders«, gab Anke zurück. »Zumindest sein Mörder.«

Der alte Mann schüttelte den Kopf. »Klar, die Leute ... Siggendiek war eben eine charismatische Figur und stand immer im Mittelpunkt. Wollte er ja auch so haben. So hat er ja auch die Investoren an Land gezogen. Die Njördwind, das war er. Natürlich vereinte er nach dem großen Knall dann auch den ganzen Hass auf sich. Den Damm kannte doch keiner. Dabei hat der viel mehr im Betrieb angeschoben als der Chef.«

»Mit Ihnen im Hintergrund?«

Schwertfeger hob entschuldigend die Arme. »Ich glaube schon, dass ich ihm gute Ratschläge gegeben habe. Aber sich mit dem ganzen Geld abzusetzen, das habe ich ihm natürlich nicht geraten.«

Anke musterte den Mann. Sie war sich nicht sicher, wie sie ihn einschätzen sollte, aber im Großen und Ganzen hielt sie ihn schon für vertrauenswürdig.

»Wie sind Sie eigentlich hier hereingekommen?«, wollte Schwertfeger wissen.

»Durch die Tür.«

»Die war auf?« Er sah sie verwundert an.

Sie nickte. »Und dann musste ich hier durch die Dunkelheit waten. Und die Klingel ging auch nicht.«

»Oh. Ja, ich habe die Sicherungen rausgedreht. Bis auf die für den Aktenraum hier.«

»Wieso das denn?«

»Na, um Strom zu sparen. Wer soll den denn noch bezahlen?«

Anke nickte.

»Sagen Sie mal: Langenbrück ...«, begann Schwertfeger jetzt. »Sie sind nicht zufällig verwandt mit Stephan Langenbrück?«

»Nein, äh, ich meine: ja«, antwortete sie verwirrt. »Oder nein, also nicht mehr. Bald jedenfalls.«

Schwertfeger sah sie verwundert an. Dann schien der Groschen zu fallen. »Ach so, Sie sind Anke. Sonst hätte ich nämlich gesagt: Grüßen Sie ihn von mir.«

Ein neuer Ausdruck lag in Schwertfegers Augen. Etwas, das Anke nicht ganz deuten konnte. Sie spürte, dass es nicht ganz freundlich war. Machte Stephan sie etwa hinter ihrem Rücken schlecht? Der hatte es gerade nötig.

»Woher kennen Sie Stephan denn?«

»Wir gehen hin und wieder zusammen angeln.«

Anke nickte. Um Stephans Angelfreunde hatte sie sich nie sonderlich gekümmert. Ein Klopfen an der Tür holte sie aus ihren Gedanken zurück.

Es war Lena.

»Sie wünschen?«, fragte Schwertfeger höflich an Anke vorbei.

»Ich gehöre dazu.« Lena nickte in Richtung ihrer Kollegin.

Viel mehr hatte Schwertfeger nicht zu berichten. Er selbst hatte angeblich ein Alibi für Freitag, er hatte den Nachmittag lang mit dem Insolvenzverwalter zusammengesessen. Von E-Mails, in denen der Firma oder Siggendiek gedroht worden war, wusste er auch nichts zu berichten. Sie vereinbarten, dass sie jemanden vorbeischickte, der sich die Computer ansehen würde, die noch im Büro standen.

»Mist«, sagte Anke im Treppenhaus. »Er weiß was, will es aber nicht verraten.«

»Ach? Was denn?«

»Tanja Siggendiek hat ihren Mann betrogen. Hat er jedenfalls angedeutet. Aber mehr wollte er nicht sagen. Vielleicht weiß er auch nicht mehr.«

Als sie auf der Straße waren, rief Anke sofort beim LKA an, um sich zu vergewissern, dass man nichts dagegen hatte, dass Schwertfeger hier Akten vernichtete. Dort sah man das etwas anders, und trotz der Beteuerungen des pensionierten Hochschuldozenten, es sei alles mit der Insolvenzverwaltung angesprochen, wies man sie an, Schwertfeger zu veranlassen, seine Tätigkeit unverzüglich einzustellen und den Polizistinnen die Schlüssel zur Aktenkammer auszuhändigen. Die Kollegen vom LKA wollten sich dort noch am selben Tag umschauen.

Zwei schwere Einkaufstüten schleppte Anke die Treppen hoch, und bei der einen begann allmählich der Henkel zu reißen. Sie musste auf dem Treppenansatz anhalten, um die Plastiktüte auf den Arm zu nehmen.

In ihrem Kopf pochte es. Ewig hatten sie am Nachmittag noch mit Kriminaloberrat Janssen in einer Sitzung gesessen, jede kleine Kleinigkeit des Falls durchgekaut, sich Ermahnungen angehört, man müsse sensibel mit der Materie umgehen, von wegen Politik, Njördwind, Arbeitsplätze, verdienter Mitbürger Siggendiek. Als sie es endlich in ihre Wohnung geschafft hatte, konnte sie die Einkäufe nur noch auf dem Küchentisch abstellen, da klingelte es an der Tür.

Sie fluchte und ging zur Gegensprechanlage.

»Ja, bitte?«

Es kam keine Antwort.

Kopfschüttelnd ging sie zurück in die Küche. Dabei fiel ihr ein, dass sie immer noch die Möbelfritzen anrufen musste, um einen neuen Liefertermin für die Couch zu vereinbaren. Das Wohnzimmer sah doch noch etwas leer aus. Na ja, jetzt nicht.

Sie war gerade dabei, Milch und Eier in den Kühlschrank zu räumen, als das Telefon klingelte.

Anke knallte wütend die Kühlschranktür zu. »Mann!«, stöhnte sie und ging zurück in den Flur. Sie nahm den Hörer ab. »Langenbrück?«

»Hey Anke, Lena hier.«

»Ach, hallo. Was gibt's?«

»Ich wollte eigentlich auch fragen, ob du nicht Lust hast, gleich noch auf ein Bier –«

Es klingelte schon wieder, dieses Mal aber mit einem anderen Ton. Kein schrilles Klingeln, eher eine Art elektronischer Gong.

Offenbar hatte die Wohnungstür einen anderen Ton als die Haustür. Ihr wurde bewusst, dass sie in der neuen Wohnung noch gar keinen Besuch gehabt hatte.

»Bleib mal eben dran, es hat geläutet.«

Sie legte den Hörer neben das Telefon und ging zur Tür.

Als sie öffnete, stand dort ihr Noch-Ehemann Stephan.

Er sah furchtbar aus. Das dünne Haar zerzaust, Ränder unter den Augen. Die Gesichtshaut grau und stoppelig. Er trug einen Anzug, aber die Krawatte war gelockert und der oberste Hemdknopf aufgeknöpft.

Sie sah ihn streng an. »Was willst du denn hier?«

»Anke, Gott sei Dank, dass du da bist.« Er keuchte.

Mach mal mehr Sport, dann kommst du auch die Treppen hoch, dachte sie.

»Ich hab keine Zeit, mir dein Gewinsel anzuhören. Bring mal lieber die Sache mit deinem Sohn in Ordnung.«

Er sah sie erstaunt an. »Was meinst du?«

Was für eine traurige Witzfigur! Und sich dann noch doof stellen. »Du hast sie wohl nicht alle! Was ich meine? Das ist ja wohl nicht zu fassen. Jannik einfach den Unterhalt zu sperren. Und dafür deiner –« Sie wollte nicht weiter ausführen, was sie dachte. Das wusste er auch so.

»Mensch, Anke, nun lass mich dir das doch erklären!«

»Ich glaube, ich kann mir das alles schon ganz gut vorstellen.«

»Nein, nein!« Er sah sie flehend an. »Das ist alles ganz anders, als du denkst, Liebes. Ich –«

Aber da hatte sie schon vor seiner Nase die Tür ins Schloss geworfen.

*Liebes!* Der hatte sie ja wohl nicht alle!

Sie verschwand im Wohnzimmer und stellte laut Musik an. Nach ein paar Minuten ging sie wieder zur Tür und vergewisserte sich durch den Spion, dass Stephan verschwunden war.

Sollte er doch zurückkriechen zu seiner Doppel-D-Schlampe!

Jetzt brauchte sie erst mal einen Schnaps. Oder zwei.

Erst später am Abend fiel ihr ein, dass sie vorhin Lena am Telefon gehabt hatte. Der Hörer lag noch immer neben dem Telefon und tutete leise.

# 18

Am Mittwochvormittag regnete es. Nicht stark, aber doch so sehr, dass Anke, als sie um halb zwölf vor die Tür der Dienststelle trat und zu ihrem Auto ging, froh war, immer einen Regenschirm im Kofferraum zu haben. Wäre sie bloß nicht so schwer aus dem Bett gekommen. Drei Aspirin hatte sie nehmen müssen, bis die Kopfschmerzen erträglich wurden. Und dann musste sie noch einen Zwischenbericht zum Stand der Ermittlungen anfertigen. Immerhin hatte sie trotz allem daran gedacht, beim Möbelhaus anzurufen. Heute Abend zwischen sieben und acht kam ihre neue Couch. Endlich würde sie sich nach Feierabend wieder gemütlich zu Hause hinsetzen können.

Anke war spät dran, um elf hatte der Trauergottesdienst bereits begonnen. Als sie mit dem aufgespannten Regenschirm vorm Auto stand, merkte sie, dass die dünnen Fäden des Regens ebenso sehr von allen Seiten zu kommen schienen wie von oben. Eher ein Wetter für Regenhose und Regenjacke als für einen Schirm, ging es ihr durch den Kopf. Aber so etwas hätte sie zu einer Beerdigung natürlich nicht anziehen können. Stattdessen trug sie einen schwarzen Trenchcoat über ihrer dezenten Kleidung.

Hans-Werner Siggendieks Bestattung fand auf dem kleinen Friedhof in der Mitte des Holm, des alten Schleswiger Fischerviertels, statt. Als Anke endlich einen Parkplatz im Halteverbot gefunden hatte und mit ihrem Schirm bewaffnet an der Grabstelle eintraf, hatte der Regen etwas nachgelassen.

Gerade wurde der Sarg hinuntergelassen, und es stand nur ein halbes Dutzend Trauergäste dabei, allesamt unter schwarzen Schirmen. In der Presse war die Bestattung nicht angekündigt worden. Sicherlich aus Angst vor spontanen Protesten enttäuschter Kleinanleger.

Die gestutzten Bäume, die das runde Areal umgaben, erinnerten Anke jedes Mal, wenn sie hier war, an verstümmelte Gliedmaßen. Im Grunde waren sie das ja auch. Wie passend auf einem Friedhof. Jetzt, im leichten Regen, wirkten sie noch deprimierender als sonst.

Anke hielt sich im Hintergrund und musterte die Anwesenden. Das einzige Gesicht, das sie kannte, war das von Herrn Schwertfeger. Er nickte ihr zu, als er sie sah. Die übrigen Personen waren sicherlich Familie. Zwei jüngere Männer waren dabei. Welcher davon war wohl Siggendieks Sohn? Besonders ähnlich sahen dem Verstorbenen beide nicht. Zu dumm, dass Frau Siggendiek-Kollberg im Krankenhaus lag, sonst hätte sie sicher neben dem Sohn gestanden, sich angelehnt oder seine Hand genommen. Dann hätte sie gleich gewusst, wer er war. Wobei, es war ja nur der Stiefsohn, der zudem gar nicht so viel jünger war als die zweite Frau seines Vaters.

Der Pfarrer sprach einen langatmigen Segen. Einer der jungen Männer, der mit den roten Haaren, legte den Arm um eine mittelalte Frau mit dickem Gesicht. War Siggendieks Sohn also der andere? Vielleicht war die dicke Frau aber auch Siggendieks erste Gattin.

Doch auf einmal war da noch jemand. Anke hatte sie erst gar nicht bemerkt. Eine Frau in einem langen schwarzen Regenmantel, ebenfalls mit einem Schirm in der Hand, allerdings kein schwarzer, sondern ein dunkelroter. Passt gut zu ihrem Haar, dachte Anke zerstreut.

Die Frau stand nicht bei den anderen Trauergästen, sondern etwa zehn Meter abseits. Deshalb hatte Anke erst gedacht, sie besuche ein anderes Grab. Kaum jemand nahm Notiz von ihr, und sie machte auch keinerlei Anstalten, sich dem Grab zu nähern. Dennoch verriet ihr Gesicht große Bestürzung. Tränen liefen ihre Wangen hinab.

Anke wollte sie nicht direkt anschauen und sah wieder zum Grab. Die weibliche DNA im Ferienhaus kam ihr in den Sinn. Eine Frau musste bei Siggendiek gewesen sein, bevor er starb. Oder währenddessen.

Die Angehörigen traten nun einer nach dem anderen vor das Grab, um jeder eine Schippe durchgeweichter Erde oder eine Blume auf den Sarg zu werfen. Anke sah sich das Schauspiel eine Zeit lang an. Dann drehte sie sich wieder in Richtung der Rothaarigen.

Sie war fort.

Anke wurde von Schwertfeger zum Leichenschmaus in ein nahe gelegenes Café eingeladen und nahm an; es gab zu viele offene Fragen, als dass sie das Angebot hätte abschlagen können. Vor allem hatte sie sich mit Siggendieks Sohn unterhalten wollen, doch es stellte sich heraus, dass keiner der zwei jungen Männer am Grab Dennis Siggendiek war; bei den Trauergästen handelte es sich, neben Schwertfeger, um die Schwestern des Verstorbenen samt Anhang. Dass der Sohn nicht zur Bestattung erschienen war, führte bereits, bevor der Butterkuchen auf den Tisch kam, zu ebenso lebhaften wie fruchtlosen Diskussionen.

Was die Rothaarige betraf, die in der Nähe von Siggendieks Grab gestanden hatte, so war sie gar nicht allen Anwesenden aufgefallen, und die, die sie gesehen hatten, gaben an, sie noch nie gesehen zu haben. Der schnell geäußerten Theorie, sie sei seine Sekretärin gewesen oder habe in anderer Position bei Njördwind gearbeitet, widersprach Schwertfeger.

»Die verlieren doch eh alle ihren Job«, sagte der Sohn der dicken Frau, »da wird doch keiner um Onkel Hansi trauern.«

»Na, na, na«, wies ihn seine Mutter zurecht, »so spricht man nicht über Verstorbene.«

»Ist doch egal«, gab der junge Mann trotzig zurück. »Kriegt der doch eh nicht mehr mit.«

Da brandete am Tisch allgemeines Gelächter auf, und Anke hatte keine Ahnung, warum.

»Nur gut, dass Tanja nicht da war«, meldete sich ein älterer Mann zu Wort, der, wenn Anke richtig aufgepasst hatte, der Mann der anderen, weniger dicken Schwester war.

Die Dicke nickte. »Hast recht, Mattes, auf die können wir gerade noch verzichten.«

»Sagen Sie mal«, wandte sich der Mann nun an Anke, »Sie leiten also die Ermittlungen zu Hansis Tod?«

Sie hatte sich gerade ein Stück Butterkuchen in den Mund

geschoben und konnte nur nicken und zustimmend »hm-hm« machen.

»Ist denn Ohlschläger nicht mehr da? Den kannte ich noch persönlich.« Ein leicht triumphierender Ton lag in seiner Stimme.

Endlich hatte sie den Bissen heruntergeschluckt. Anke nahm schnell einen großen Schluck Kaffee und zeigte mit erhobenem Finger an, dass sie gleich antworten würde.

»Der Kollege Ohlschläger ist seit fünf Jahren in Pension«, sagte sie.

»Oha! Und nun haben wir eine Frau als Mörderjägerin.«

Die Anwesenden grinsten. Anke hätte am liebsten zurückgegeben, dass Ohlschläger, soweit sie sich erinnern konnte, niemals in einem Mordfall ermittelt hatte. Auch sie musste sich ja eigentlich eher mit Dieben und Einbrechern herumschlagen als mit Mördern und Totschlägern. Aber das musste sie diesen Leuten ja nicht unbedingt auf die Nase binden.

Was die Stimmung betraf, so hatte sich diese langsam von feierlich-bedrückt zu ausgelassen-fröhlich gewandelt. Als die erste Flasche Aquavit auf den Tisch gestellt wurde, verabschiedete sich Anke. Immerhin war sie im Dienst.

Anke ging zu ihrem Auto und entfernte geistesabwesend das Knöllchen vom Scheibenwischer. Warum war der eigene Sohn nicht zur Beerdigung erschienen?

Sie musste sich mit ihm unterhalten und beschloss, nach Flensburg zu fahren.

Auf dem Weg zur A 7 rief sie Mark an und bat ihn, umgehend Dennis Siggendieks Flensburger Adresse zu ermitteln. Und herauszufinden, ob er überhaupt da war.

# 19

Dennis Siggendiek wohnte in einem schönen alten Haus in der Flensburger Altstadt, in der Nähe des Nordermarkts. Es schien eine WG zu sein, neben »Siggendiek« standen noch drei weitere Nachnamen auf dem Schild am Klingelknopf.

Der schlaksige junge Mann empfing sie in T-Shirt und karierter Schlafanzughose. Er sah aus, als sei er gerade erst aufgestanden, dabei war es schon vierzehn Uhr. Sein schulterlanges braunes Haar war leicht zerzaust.

Er hatte Anke bereits erwartet und bat sie herein. Sie folgte ihm durch einen Flur, dessen Wände mit Postern und Bildern gepflastert waren. Aufrufe zu Demonstrationen, ein großes Marihuanablatt mit verschnörkelter Schrift, ein paar Kinderzeichnungen. Vier offene Türen gingen vom Flur ab. Anke fiel auf, dass die Türen nicht einfach offen standen, sondern ausgehängt waren, selbst vor dem Klo und dem Badezimmer. Wo war sie denn hier gelandet? In der Kommunen-Zeitmaschine?

Dennis führte sie in die Küche, bot ihr einen Platz am Küchentisch und einen Kaffee an. Sie nahm dankend an.

»Kommst du direkt vom Holm?«, fragte Dennis und nahm zwei Becher aus dem Regal.

Anke blickte sich um. Die Tassen und Becher im Regal sahen aus wie selbst getöpfert. Erst nach ein paar Sekunden wurde ihr klar, dass der junge Mann sie gerade etwas gefragt hatte. »Haben Sie mich gerade geduzt?«

Dennis drehte ihr den Rücken zu und hantierte mit einem Wasserkocher herum. »Das magst du nicht, oder? Geduzt werden?«

Mochte sie das? Das war doch gar nicht die Frage. »Mir wäre es lieber, wenn wir uns siezen«, gab sie zurück.

Dennis zuckte die Schultern. »Na schön. Wie Sie wollen.« Er nahm am Küchentisch Platz. »Sie untersuchen den Tod meines Vaters?«

Sie nickte. »Genau. Es tut mir sehr leid, was geschehen ist.«

Dennis lächelte. »Ach, wissen Sie ... Der Tod ist doch nur der Übergang von einer Form des Daseins in eine andere. Energie verschwindet nicht, sie wird nur umgewandelt. Erhält eine neue Gestalt.«

Das überraschte sie nun doch. »Wie meinen Sie das?«

»Wiedergeburt. Hast du dich ... Verzeihung, haben *Sie* sich schon einmal damit beschäftigt?«

Anke schwieg.

»Es liegt an uns, welches Leben wir führen. Wir können selbst entscheiden, was nach dem Tod mit uns geschieht. Daran glaube ich ganz fest.«

»Karma, meinen Sie?«

Er lächelte wieder. »Das ist als Konzept vielleicht etwas einfach, aber im Prinzip haben Sie recht.«

»Und Ihr Vater war ein guter Mensch, deshalb hat er nichts zu befürchten? Weil er sich für alternative Energie eingesetzt hat?« Das schien ihr eine logische Schlussfolgerung, wenn sie sich in dieser alternativen WG so umsah.

Dennis nickte. Er stand auf und füllte kochendes Wasser in einen Kaffeebereiter. »Nehmen Sie Milch? Wir haben allerdings nur Sojamilch.«

Sie schüttelte den Kopf. »Schwarz, vielen Dank. Aber Wiedergeburt hin oder her, wir müssen schließlich herausfinden, wer es getan hat.«

Er sah sie an. »Ich weiß nicht.«

»Wie meinen Sie das?«

»Wer jemanden umgebracht hat, wird sein ganzes Leben mit dieser Schuld leben. Viele bringen sich selbst um. Und es ist ein Akt, den man kaum jemals wiedergutmachen kann. Das soll jetzt nicht heißen, dass ich der Staatsmacht das Recht absprechen will, den Schuldigen zu suchen. Aber rein von der spirituellen Seite her zweifle ich daran, dass das Sinn hat. Der Mensch ist dem Menschen ein Wolf. Daran ändert auch der Staat nichts.«

Anke sagte nichts dazu. Sie hatte keine Lust auf politisch-philosophische Diskussionen.

Inzwischen war der Kaffee fertig, und Dennis goss ein.

Der Kaffee schmeckte furchtbar. Entgegen ihrer Gewohnheit griff sie zur Zuckerdose. Darin befand sich unraffinierter Rohrzucker. Sie rührte zwei große Löffel Zucker in ihren Kaffee, aber er schmeckte noch immer ein wenig muffig und bitter.

Dennis hob seinen Becher. »Fairtrade. Aber nicht so Wischiwaschi-Fairtrade aus dem Supermarkt. Sondern –« Er brach ab und nahm einen Schluck.

Es schien, als hätte er bemerkt, dass es sie nicht interessierte, was er erzählte. Siggendieks Sohn war offenbar ein guter Beobachter. Sicherlich war ihm auch nicht entgangen, dass ihr der Kaffee nicht schmeckte.

»Und Sie kommen direkt vom Holm?«, nahm er den Faden wieder auf. »Von der Beerdigung?«

»Ja, und ich habe mich gewundert, dass Sie nicht da waren.«

Er sah sie an, sagte aber nichts.

»Du?« Eine Frau war in der Küchentür aufgetaucht. »Ich will duschen, Dennis, aber ich hab kein Handtuch mehr.«

»Nimm dir eins aus meinem Schrank.«

Die Frau beugte sich vor und gab ihm einen Kuss auf den Hinterkopf. Dann verschwand sie.

»Ihre Freundin?«, fragte Anke.

»Mela?« Dennis runzelte die Stirn. »Nee, die wohnt nur hier.«

Anke nahm einen weiteren Schluck Kaffee. »Sie waren nicht bei der Beerdigung«, sagte sie noch einmal.

Dennis zuckte die Achseln. »Keine Ahnung. Die ganzen Verwandten, ich wollte da einfach nicht mit rumstehen und danach Butterkuchen essen und so. Ich verabschiede mich von meinem Vater, wie ich das will. Und wann ich das will. Ich fand das bei der Beerdigung von Toni schon so schlimm. Das ganze Bohei und so.«

»Der Tod Ihrer Schwester hat Sie damals sehr mitgenommen, oder?«

»Klar.« Er sah jetzt sehr traurig aus. »Sie war ja auch erst siebzehn.«

»Wissen Sie, warum sie sich umgebracht hat?« Erst als sie die

Frage stellte, wurde Anke klar, dass sie den Suizid von Antonia Siggendiek bislang weitestgehend ausgeklammert hatten, was die Ermittlungen betraf. Sie musste das unbedingt im Hinterkopf behalten.

»Sie hatte einen Freund. Eine echt seltsame Geschichte. Ich glaube, sie ist da in eine ziemliche Abhängigkeit reingeschlittert. Und als er auf einmal Schluss gemacht hat, da … Na ja. Sie hat schon vorher so depressive Musik gehört und so. Aber eigentlich hatten wir nie viel gemeinsam.«

»Also kam sie wegen eines Suizidversuchs in die Psychiatrie?«

»Ja, aber es hat ja nicht so richtig was genützt.«

»Wie haben Ihre Eltern reagiert?«

»Mein Vater, meinen Sie? Der war am Boden zerstört. Ein Wunder, dass er die Firma nicht hingeschmissen hat. Da hatte ich fast mit gerechnet.«

»Haben Sie Ihre Schwester in der Psychiatrie oft besucht?«

»Nicht wirklich. Ein- oder zweimal.«

Er schien nicht weiter darüber reden zu wollen, und Anke war auch nicht klar, in welche Richtung sie hier weiterfragen sollte. Außerdem hatte sie noch ein paar andere Fragen auf der Liste. »Sagen Sie, wer hat Sie über den Tod Ihres Vaters informiert?« Natürlich wusste sie die Antwort, aber die Frage half ihr, zum eigentlichen Punkt vorzustoßen.

»Meine Stiefmutter.«

»Haben Sie ein gutes Verhältnis?«

»Na ja, gut … Ich würde sagen, okay.«

»Und Ihre Mutter?«

Er zuckte die Achseln. »Die hab ich lange nicht gesehen.«

»Und zu Ihrem Vater? Wie war Ihr Verhältnis zu dem?«

Dennis Siggendiek hob den Kopf und sah sie mit feuchten Augen an. Er sagte nichts.

»Tut mir leid«, sagte Anke sanft, »das ist ja alles noch sehr frisch für Sie.«

Er nickte stumm.

»Wo waren Sie eigentlich, als es geschah?« Es sollte ganz harmlos klingen, doch eigentlich hatte sie gehofft, die Frage ein wenig organischer ins Gespräch einfließen zu lassen. Beziehungsweise ein wenig logischer. Der junge Mann war sicherlich intelligent genug, die Frage nach dem Alibi als solche zu erkennen.

»Am Freitag, oder?«, gab Dennis zurück. »Freitagnachmittag?«

»Ja, genau.«

»Da war ich in Hamburg. Bei der Demo gegen den Abriss der Roten Flora.«

»Allein?«

»Ja. Beziehungsweise nein. Also, da war ich allein, aber ich bin mit Tanja hingefahren. Sie hat mich im Auto mitgenommen, meine ich.«

»Wann war das genau?«

»Wir sind mittags los, so um zwölf. Am späten Abend bin ich dann mit der Bahn zurückgefahren.«

Das deckte sich mit Tanja Siggendiek-Kollbergs Angaben, aber Anke hatte nichts anderes erwartet.

Sie hatte noch etwas fragen wollen, aber ihr Handy meldete sich und unterbrach ihre Gedanken. Sie nahm den Anruf an und ging in den Flur. »Hallo Torkild«, sagte sie leise ins Telefon.

»Hallihallo«, flötete Torkild durch den Apparat. »Halt dich fest: Es gibt tolle Neuigkeiten!«

»Okay, ich höre. Mach's nicht so spannend.«

»Schon gut. Wir haben ein Match der zweiten DNA.«

»Vom Tatort? Ein Match der Täter-DNA?« Das war endlich ein echter Durchbruch!

»Genau. Die mutmaßliche Täterin ist in unserer Kartei!«

Als sie aufgelegt hatte, verabschiedete sie sich rasch von Dennis. Dann lief sie zu ihrem Auto. Bis Varde brauchte sie eineinhalb Stunden. Eine Stunde zehn Minuten, wenn sie das dänische Tempolimit ignorierte.

## 20

Torkild Møllersen empfing Anke in seinem Büro in Varde mit einem breiten Grinsen.

»Ein Hoch auf die moderne Technik! Es sieht aus, als hätten wir die Täterin!« Er nahm ein Blatt Papier vom Schreibtisch und hielt es hoch.

»Das ist Dänisch, Torkild.«

»Hm? Ach so, ja.« Er lachte laut auf. »Setz dich doch erst einmal.«

Torkild sah sie an, als hätte er gleichzeitig im Lotto gewonnen und ein Krebsmittel erfunden. »Und das ist noch nicht alles.«

»Was denn, Torkild?«, fragte Anke ungeduldig.

»Die Verdächtige ist bereits festgenommen. Wir führen gleich die Vernehmung durch.«

Die dänischen Kollegen mussten nicht einmal mehr fahnden.

»Kommst du?« Als sie aufsah, war Torkild bereits aufgestanden.

»Oh. Jetzt gleich? Und ich darf zuschauen?«

»Natürlich. Nur einen Dolmetscher haben wir leider nicht für dich. Aber meine Kollegin erklärt dir bestimmt das eine oder andere, was passiert. Sie sitzt mit dir hinter der Spiegelscheibe.«

Der Vernehmungsraum sah genauso aus wie derjenige bei ihnen in Schleswig. Was Anke jedoch auffiel, war die modernere Technik. Die Knöpfe zur Aktivierung der Tonaufnahme schienen in den großen weißen Tisch eingelassen zu sein, zwei Mikrofone ragten aus der Tischmitte hervor. Alles sehr stylish. Bei ihnen in der Dienststelle stand bei Vernehmungen ein unförmiger Kasten auf dem Tisch.

Neben ihr saß Benedikte Bendiksen, die Anke ein wenig kühler begrüßt hatte, als sie es von den Dänen gewohnt war.

Torkild saß bereits im Vernehmungsraum am Tisch, und keine dreißig Sekunden später wurde eine Frau hereingeführt, die an der gegenüberliegenden Seite des Tisches Platz nahm. Sie sah aus wie um die vierzig, hatte dunkles kurzes Haar mit blond gefärbten Strähnen und einen verbitterten Zug um den Mund. Sie trug eine dunkle Jeansjacke und darunter einen grün-schwarz geringelten Pullover. Die Frau war sehr schlank, fast hager, und Anke hatte den Eindruck, dass sie vielleicht jünger war, als sie zuerst gedacht hatte. Die Falten um ihre Augen und am Hals konnten ebenso gut darauf hindeuten, dass sie kein allzu leichtes Leben hatte.

Doch was war ihre Verbindung zu Siggendiek? War sie seine Geliebte gewesen? Sie sah zwar nicht danach aus, aber das konnte täuschen. Oder hatte sie etwas mit der Njördwind GmbH zu tun? Hatten auch Dänen investiert? Anke schätzte, dass die Frau einer unteren sozialen Schicht angehörte. Hatte sie wie so viele ihr weniges Erspartes verloren?

Torkild begann die Befragung in seinem üblichen süffisanten Tonfall, der stets so klang, als nähme er nichts von dem, was er sagte, so richtig ernst. Natürlich verstand Anke kein Wort. Sicherlich wurden zunächst die Personalien geklärt, aber sie konnte nicht einmal etwas ausmachen, das wie ein Vor- und Nachname klang. Die dänische Sprache war schon ziemlich absonderlich. Ganze Sätze klangen, als sei kein einziger Konsonant enthalten.

Sie sah mehrmals hilfesuchend zu Benedikte hinüber, aber die ignorierte sie geflissentlich und blickte so angestrengt geradeaus durch die Glasscheibe, als wolle sie kein Wort versäumen.

Torkild redete und redete, und hin und wieder bejahte oder verneinte die Verdächtige eine Frage, stets einsilbig. Es dauerte ein paar Minuten, bis sie etwas Längeres sagte. Dann herrschte einen Moment lang Stille.

Jetzt wurde es Anke zu dumm. »Benedikte, was hat –«

Weiter kam sie nicht, denn die Polizistin zischte sie nur an: »Jetzt nicht!«

Jetzt kam noch ein kurzes Frage-und-Antwort-Spiel, wobei Torkilds Fragen immer kürzer wurden und die Antworten der Frau länger.

Und dann begann die Frau zu lachen.

## 21

Die Mädchen waren schon zwei Stunden mit ihren Pferden unterwegs. Karo und Frida waren fast jeden Nachmittag im Stall, um ihre Pferde zu striegeln und ihre Boxen auszumisten, aber für einen langen Ausritt entlang der Schlei oder, wie heute, durch den Wald hatten sie eigentlich nur am Wochenende Zeit. Heute war eine Ausnahme, denn die letzten zwei Stunden waren ausgefallen, das Wetter war schön, sie hatten kaum Hausaufgaben auf, und so hatten ihre Eltern nichts dagegen gehabt.

Was genau es war, wovor sich Karos Pferd so erschrak, konnten beide hinterher nicht mehr angeben. Auf jeden Fall verlor Karo den Halt, als ihr Pferd einen Satz zur Seite machte, und fiel. Das Norwegerpony lief davon, zwischen den hohen Bäumen in den Wald hinein. Karo war glücklicherweise nichts passiert. Aber ärgerlich war es schon, denn sie hatten sich eigentlich gerade auf den Heimweg machen wollen.

Es dämmerte bereits, als sie die Stute wiederfanden. Sie stand auf einer kleinen Lichtung und graste, als sei nichts geschehen. Durch die Bäume sah man einen ausgefahrenen Waldweg, keine zehn Meter von ihnen entfernt. So würden sie immerhin schnell wieder zurückfinden.

»Schau mal, Karo, da parkt ja einer.« Frida ging, ihr Pferd am Zügel, auf ein mannshohes Gebüsch zu, das die Lichtung zu einer Seite abschirmte.

»Wo?«

»Da, hinter den Büschen.« Sie schob ein paar Sträucher zur Seite. »Tatsache, guck!«

»Der spinnt ja wohl«, stellte Karo fest. »Mitten zwischen den Bäumen?«

»Psst!« Frida sah Karo eindringlich an. »Der sitzt im Auto und schläft.«

»Ehrlich?« Karo musste ein paarmal am Zügel ziehen, bis sich ihr Pferd entschloss, ihr zu folgen. Sie sah zwischen den

Sträuchern hindurch, die Frida zur Seite hielt. Dort stand tatsächlich ein Auto, ein schwarzes BMW Mini Cabrio mit offenem Verdeck. Am Steuer saß, vornübergebeugt, ein Mann.

»Der schläft«, kicherte Frida.

Karo schaute skeptisch. »Meinst du? Der bewegt sich ja gar nicht«, flüsterte sie. »Ob der krank ist?«

»Hier, halt mal.« Frida drückte Karo ihre Zügel in die Hand und zwängte sich durchs Gebüsch.

»Spinnst du?«

»Vielleicht braucht der unsere Hilfe!« Sie ging auf das Auto zu und rief zögernd: »Hallo? Ist was mit Ihnen?«

Der Schrei entfuhr ihr erst, als sie sich dem Wagen so weit genähert hatte, dass sie das Gesicht des Mannes sehen konnte. Oder vielmehr das, was davon übrig war.

# 22

Erst kicherte die Frau hinter der Glasscheibe nur leise, dann wurde ihr Lachen lauter, und schließlich saß sie da und gackerte und hielt sich den Bauch.

Torkild stellte eine weitere kurze Frage, und die Frau unterbrach ihr Lachen, um noch einmal knapp zu antworten. Dann stand Torkild auf, drehte sich zu ihnen um und hob in einer entschuldigenden Geste die Schultern. Sein Gesicht offenbarte eine Mischung aus schiefem Grinsen und ungläubigem Staunen.

Das sah gar nicht gut aus. Zumindest nicht nach einem Geständnis.

Als Torkild den abgedunkelten Raum betrat, empfing ihn Benedikte Bendiksen mit einem dänischen Wortschwall, auf den er knapp antwortete. Dann stellte er ihr eine Frage, und sie gab ihrerseits nur eine knappe Antwort, die Torkild gar nicht zu gefallen schien. Anke Langenbrück hatte das Gefühl, als habe er von Benedikte wissen wollen, ob sie gedolmetscht hatte, und sei sauer, dass sie es nicht getan hatte.

Ob die Dänin etwas gegen sie hatte?

»Tut mir leid«, sagte Torkild auf Deutsch, »das war nichts.«

»Aber wieso?«, gab Anke zurück. »War es doch nicht die richtige DNA?«

»Doch, doch.«

»Und?«

»Ganz einfach. Die Frau ist von Beruf … Wie heißt das auf Deutsch? Ach ja: Putzfrau. Sie hat im Ferienhaus in Henne Strand geputzt!«

»Wie bitte?«

»Sie arbeitet für die Firma Poulsen und hat die Endreinigung gemacht, bevor Herr Siggendiek angekommen ist. Und das« – er wurde auf einmal lauter und sprach in Richtung seiner Kollegin, die noch immer neben Anke am Tisch saß –, »das hätte man alles schon vorher herausfinden können, wenn man sich etwas Mühe gegeben hätte!«

Benedikte Bendiksen schien verstanden zu haben. Sie sprang auf, blitzte Torkild wütend an und stürmte an ihm und Anke vorbei aus dem Raum.

Torkild ließ sich in Benediktes Stuhl fallen und stieß einen lauten Seufzer aus. »Es tut mir leid, dass du extra dafür hierhergefahren bist. Darf ich dich wenigstens zum Essen einladen? Es gibt hier ein tolles Fischlokal.«

Sie nickte. Das war wirklich das Mindeste. Und Torkild war ja auch ganz nett.

Es klopfte. Torkild blaffte etwas, und eine junge Frau steckte den Kopf zur Tür herein. Sie sah Anke an. »Entschuldigung. Telefon für Sie. Ein Herr Mark Roth. Haben Sie Zeit?«

Sie folgte der Frau den Gang hinunter in ein unaufgeräumtes Büro und bekam einen Telefonhörer in die Hand gedrückt.

»Hallo Mark. Was gibt's denn? – Was? – Wie: Tot im Mini? Red mal bitte Klartext, Mark. *Wen* habt ihr gefunden? – Ist das nicht der Geschäftsführer der Njördwind? – Und wie … – Welches Kaliber? – Aber das Geld hatte er nicht bei sich? – Na, die sieben Millionen oder was das war. – Okay, dann bis morgen früh.«

Noch eine Leiche. Noch ein Mord. Jemand hatte Willy Damm in den Kopf geschossen. Und ihn dann in seinem Auto im Wald liegen lassen. Hoffentlich brachte sie das weiter, jetzt, wo sich die vermeintlich heiße Spur mit der DNA am Tatort als weitere falsche Fährte entpuppt hatte.

Als Anke beim mutmaßlichen Tatort im Wald eintraf, war es längst dunkel. Halogenstrahler erleuchteten den dunklen Wald um den Mini herum. Lena hatte Mark schon nach Hause geschickt. Viel tun konnten sie hier ohnehin nicht, außer sich die Szenerie einzuprägen und den Kriminaltechnikern bei der Arbeit zuzusehen.

Immerhin bekam Anke so noch am Fundort die Leiche zu sehen und erfuhr vom Rechtsmediziner, dass jemand Willy

Damm höchstwahrscheinlich aus nächster Näher ins Gesicht geschossen hatte. Selbstmord war ausgeschlossen.

Es war schon nach neun, als sich Anke auf den Heimweg machte, und sobald sie auf die Uhr sah, fiel ihr ein, dass zwischen sieben und acht endlich das neue Sofa hätte kommen sollen. Also wieder nichts.

Ob das eigentlich etwas kostete? Die konnten ja nicht ständig mit dem Laster bei ihr ankommen und wieder wegfahren, ohne dass Kosten entstanden. Verdammter Mist aber auch.

# 23

Der BMW Mini von Willy Damm war noch in der Nacht zum LKA nach Kiel gebracht worden, der Leichnam des Njördwind-Geschäftsführers in die dortige Rechtsmedizin. Und am Morgen stand wieder eine der leidigen Pressekonferenzen an. Glücklicherweise musste Anke nicht viel erzählen, sie konnte die Pressevertreter größtenteils an das LKA verweisen. Ausführliche Berichte hatten sie aus Kiel noch nicht, und so gab es wieder nur die standardisierten Informationen zum Fund der Leiche.

Doch dieses Mal waren die Journalisten hartnäckiger, als endlich Fragen gestellt werden durften. Dreimal kam die Frage danach, ob bei der Leiche die sieben Millionen Euro aus der Njördwind gefunden worden seien oder man sonstige Spuren des Geldes gefunden habe.

Dreimal dieselbe Frage, nur anders formuliert.

Nein, hatte man nicht. Nein, keinesfalls.

Anke unterdrückte gerade ein Gähnen und sah kaum auf, als Janssen einen weiteren Journalisten seine Frage stellen ließ.

»Stimmt es, dass Sie den Mann, der Tanja Siggendiek-Kollberg mit einer Bombe schwer verletzt hat, schon hinter Schloss und Riegel hatten und dass Sie ihn wieder freigelassen haben?«

Im Saal wurde es wieder unruhig. Anke sah, wie Janssen zu ihr herüberblickte.

Sie nickte und beugte sich zum Mikrofon vor. »Entschuldigung, Herr …?«

»Matthiesen von der Morgenpost«, antwortete der Mann.

»Herr Matthiesen. Ja, wir hatten einen Verdächtigen in Gewahrsam, das ist richtig. Aber er hat sein Geständnis widerrufen und ist jetzt ordnungsgemäß wieder auf freiem Fuß.«

Das Raunen wurde lauter, ein paar Hände gingen in die Luft.

»Ich kann dazu momentan nichts sagen, der Fall wird von zwei Kollegen untersucht.«

»Und ist es richtig«, hakte der Journalist nach, »dass der Bombenanschlag eigentlich Hans-Werner Siggendiek galt? Dass seine Witwe nur durch Zufall Opfer wurde?«

Durch Ankes Kopf jagten die Gedanken. Woher hatte dieser Mann bloß seine Informationen? Wer hatte denn jetzt schon wieder gequatscht? Die Kollegen? Vielleicht versprachen sie sich ja tatsächlich etwas davon, wenn die Informationen zumindest größtenteils an die Öffentlichkeit drangen. Oder hatte der Mann sich das alles nur so zusammengereimt und wollte seine Theorie bestätigt wissen? Viel Phantasie gehörte eigentlich nicht dazu, diese Schlussfolgerungen zu ziehen.

»Dazu kann ich leider keinen Kommentar abgeben, wie gesagt, ich bearbeite diesen Fall nicht.«

»Herr Janssen, vielleicht könnten Sie …?«

Doch Janssen winkte ab. »Es tut mir sehr leid, meine Damen und Herren, wir müssen nun zum Ende der Pressekonferenz kommen. Wir informieren Sie in jedem Fall, wenn neue Erkenntnisse vorliegen. Vielen Dank für Ihre Aufmerksamkeit.«

Damit stand Ankes Chef auf und verließ den Raum. Sie tat es ihm nach.

Um halb elf saß Anke mit Lena und Mark zusammen. Wäre die Pressekonferenz auf den Nachmittag gelegt worden, hätte Anke den Journalisten schon ein wenig mehr präsentieren können, denn was sie in drei Kopien vor sich liegen hatten, war der gerade eingetroffene vorläufige Bericht zur Leiche des Geschäftsführers Willy Damm aus Kiel.

»Ziemlich klar der Fall«, resümierte Anke. »Damm ist erschossen worden, mit einer Pistole, Kaliber neun Millimeter, und zwar, wie es scheint, aus nächster Nähe, ins Gesicht.«

»Furchtbar«, warf Mark ein.

Lena zuckte die Achseln. »Wenigstens war er sofort tot, oder?«

»Davon ist auszugehen«, sagte Anke, »steht hier aber nicht.

Das ist wohl eher Sache der Rechtsmedizin. Auf deren Bericht warten wir noch.«

»Am erstaunlichsten finde ich, dass der eine ganze Woche lang tot in seinem Auto gesessen hat.« Lena nippte an ihrem Kaffee.

»War wohl eine etwas abgelegenere Ecke?«

»Ach, gar nicht mal«, gab Lena zurück. »Acht, neun Meter vom Weg entfernt. Und es sah auch nicht danach aus, als hätte sich jemand groß Mühe gemacht, den Wagen zu verstecken. Er war nicht mit Zweigen abgedeckt oder so etwas.«

»Wenn da ein Auto steht, und einer sitzt drin, denkt man ja wohl auch erst mal, da pennt einer«, meldete sich Mark zu Wort.

»Da hast du recht«, bestätigte Lena.

»Wie ziehen wir denn nun eine Verbindung vom Siggendiek-Mord zum Mord an Damm?«, fragte Mark.

»Nun mal nicht so schnell«, sagte Anke.

»Aber ist doch logisch, dass beides zusammenhängt.«

»Das war auch mein erster Gedanke, aber es kann ebenso gut Zufall sein.«

»Na hör mal.« Mark sah sie erstaunt an. »Normalerweise gibt es drei, maximal vier Morde pro Jahr im ganzen Landkreis. Und dann zwei innerhalb von ein paar Tagen bei uns um die Ecke? Und die Opfer haben zusammen gearbeitet?«

»Finde ich auch«, sagte Lena, »wenn es ein enttäuschter Anleger war, hatte er doch ebenso viel Grund, Damm umzubringen wie Siggendiek.«

»Trotzdem. Es muss ja kein Mord gewesen sein. Bei Willy Damm war es vielleicht auch nur Totschlag, möglicherweise hat ihn jemand ausgeraubt. Da müssen wir erst einmal mehr wissen. Außerdem: Wieso hätte der Täter Siggendiek den Hals durchschneiden sollen, wenn er eine Neun-Millimeter-Pistole besaß?«

»Zum Beispiel, weil die im Ferienhaus zu viel Krach gemacht hätte.« Mark hatte sich da offensichtlich schon Gedanken gemacht.

»Oder er hat die Waffe nach dem Mord an Damm bereits verschwinden lassen«, sagte Lena. »Im Affekt oder so.«

»Na gut, aber trotzdem. Wir brauchen mehr Details. Lena, guck mal bitte, ob du herausfindest, wo dieser Damm seit seinem Verschwinden gesteckt hat. Die verschwundenen Millionen müssen ja auch irgendwo sein. Und Mark, du könntest mal in Kiel anrufen, vielleicht hat die KTU schon was am Auto gefunden. Ich gehe inzwischen mal über die Straße.«

»Zu famila?« Lena war bereits aufgestanden. »Bringst du mir 'nen Joghurt mit?«

»Nein, nicht zu famila. Zur Jugendpsychiatrie.«

»Wieso das denn?«

»Na, da hat sich doch Antonia Siggendiek im Frühjahr umgebracht. Wisst ihr eigentlich, wer sich damals bei uns darum gekümmert hat? Suizid muss doch irgendwer gemacht haben.«

»Ich glaub, das war Sabine«, sagte Lena.

»Na gut.« Anke zuckte die Achseln. Sabine Müller-Stegmann war im Sommer nach Kiel zum LKA gewechselt, wegen »guter Führung«, wie sie auf ihrer Abschiedsfeier mehrmals gewitzelt hatte. »Ich guck nachher mal, was in unseren Akten steht.«

»Du, was die Drohbriefe angeht –«

»Was ist denn noch, Mark?«

»Mir ist da noch was aufgefallen. Die Drohbriefe von Kappen sind die einzigen, die überhaupt nicht auf die Njördwind Bezug nehmen.«

»Auf die Njördwind?«

»Ja, Kappen erwähnt sie kein einziges Mal.«

»Und?«

»Weiß nicht«, sagte Mark. »Fand ich halt auffällig.«

»Der ist in seinen Briefen ja auch eher ein Poet.« Lena kicherte. »Ein Poet der Hinrichtungsmethoden. Haben die Kollegen ihn eigentlich schon festgesetzt?«

»Soweit ich weiß, nicht«, meinte Anke. »Mark, ich glaube, du solltest dir eher die anderen Drohbriefe ansehen. Kappen ist doch gar nicht unser Mann.«

Mark verzog das Gesicht. Ihm war anzumerken, wie enttäuscht er war, dass seine Entdeckung auf so wenig Resonanz stieß.

»Also, ihr zwei, ich geh denn mal.« Anke sah Mark aufmunternd an. »Vielleicht findest du ja unseren nächsten Verdächtigen.«

## 24

Vom Eingang der Kriminalpolizeistelle zum Eingang der Klinik waren es keine hundert Meter. Als Anke die Straße überquerte, brach die Sonne durch die Wolken und blendete sie einen Moment lang. »Klinik für Kinder- und Jugendpsychiatrie und Psychotherapie« stand auf einem silbernen Schild am Straßenrand. Sie ging den rot gepflasterten Gehweg an einem flachen Betonbau mit breiter Fensterfront vorbei, hinter dem sich stufenartig die grauen kastenförmigen Gebäude erhoben.

Sie hatte keinen Termin, das Ganze war ja eher eine spontane Eingebung gewesen. Ihr Besuch bei Dennis Siggendiek hatte ihr klargemacht, wie einschneidend der Selbstmord der Tochter für eine Familie sein musste. Das konnte sie nicht ignorieren. Wenn sie mehr über die Familie herausfinden wollte, musste sie zunächst hier ansetzen.

An der Information verwies man sie an eine Frau Dr. Kamps, die psychiatrische Leiterin der Abteilung, in der Jugendliche stationär behandelt wurden. Der Pförtner rief sie an, und tatsächlich hatte Dr. Kamps Zeit für sie.

Es war ausgesprochen ruhig in dem Bau. Sie ging, wie vom Pförtner beschrieben, einen langen Gang hinunter, dann noch einen. Gleich musste das Zimmer der Leiterin kommen. Am Ende des Ganges kam eine Frau in weißem Kittel mit hochgestecktem rotem Haar auf sie zu. Als sie an Anke vorbeiging, blickte die Frau wie in Gedanken zu Boden.

Eine Sekunde lang musste Anke überlegen, bevor ihr einfiel, wo sie die Frau schon einmal gesehen hatte.

»Entschuldigung!«, rief Anke ihr hinterher.

Die Frau drehte sich um. »Oh. Was –« Sie brach ab.

Anke hatte den Eindruck, als wäre die andere am liebsten fortgerannt, doch das ging ja schlecht.

Es war die Unbekannte vom Friedhof.

»Wollen Sie zu mir?«

Anke antwortete mit einer Gegenfrage: »Sind Sie hier beschäftigt?«

Die Frau nickte. »Ich bin Krankenschwester.«

»In der geschlossenen Abteilung?«

»Wir haben mehrere geschlossene Abteilungen.«

»Kannten Sie Antonia Siggendiek?«

»Entschuldigung, aber ich kenne Sie ja gar nicht. Ich kann doch nicht –«

»Mein Name ist Langenbrück, ich bin Hauptkommissarin bei der Kripo Schleswig.«

Der Blick der jungen Frau war schwer zu deuten. Sicherlich schwang da Furcht mit und Sich-ertappt-Fühlen, aber vor allem war es Überraschung. »Und wie kann ich Ihnen helfen?«

»Indem Sie mir etwas über Antonia Siggendiek erzählen. Haben Sie kurz Zeit?«

Die junge Frau sah auf die Uhr. »Ich muss gerade noch etwas erledigen. Ginge es auch in einer Viertelstunde oder so?«

»Gerne, ich muss jetzt erst mal zu Dr. Kamps, dann also hinterher. Gibt es hier einen Ort, wo wir ungestört sind?«

»Dahinten, den Gang runter, ist ein Aufenthaltsraum. Der dürfte um diese Zeit frei sein.«

»Gut, dann bis später.« Die Frau verschwand grußlos und ohne sich noch einmal umzusehen.

Anke wurde erst jetzt klar, dass sie ganz vergessen hatte, die andere nach ihrem Namen zu fragen. Na ja, sie konnte kaum weglaufen.

Bereits nach sieben Minuten saß Anke in dem beschriebenen Aufenthaltsraum. Das Gespräch mit Frau Dr. Kamps war schneller gegangen als gedacht. Und hatte nichts erbracht.

Wie sich herausgestellt hatte, war die behandelnde Ärztin von Antonia nicht mehr in der Klinik tätig, und Dr. Kamps weigerte sich, Anke ohne Gerichtsbeschluss Akteneinsicht zu gewähren oder überhaupt auf speziellere Fragen zu antworten. Das Einzige, was sie an Informationen erhielt, waren vage Aussagen über die Klinik im Allgemeinen, die sie sicherlich auch einem Werbeprospekt hätte entnehmen können.

Nun saß sie im Aufenthaltsraum. Hier gab es ein paar braune Ledersessel, die um mehrere Couchtische gruppiert waren. Ein paar Kunstdrucke mit nordischen Landschaften hingen an den Wänden, Häfen mit bunten Kuttern, Dünen und Meer. In der Ecke stand eine mittelgroße Zimmerpalme. Durch die Fenster schien die Sonne in den Raum, und in ihrem Strahl tanzten Staubpartikel. Es war ein wenig stickig.

Durchs Fenster blickte Anke auf die Straße. Ganz rechts sah man schon einen Teil der eingerüsteten Fassade ihrer Dienststelle.

Während sie hier saß, passierte erst einmal nichts. Niemand ging an der Glastür vorbei, es war nicht einmal ein Geräusch zu hören.

Es dauerte eine Viertelstunde, bis die Rothaarige endlich auftauchte. Sie trat ein, schloss die Tür hinter sich und nahm gegenüber von Anke auf einem Sessel Platz, wobei sie sich auf die Vorderkante setzte und sich auf den Oberschenkeln abstützte.

»Mein Name ist übrigens Frauke Bohm«, sagte sie unaufgefordert.

»Und Sie arbeiten in einer der geschlossenen Abteilungen?«

»Ja, bei den Jugendpsychosen.«

»Macht Ihnen die Arbeit Spaß?«

Frauke Bohm sah Anke an, als habe sie gerade etwas unglaublich Obszönes von sich gegeben. Gut, ihre Ausdrucksweise war wohl auch ein wenig unpassend gewesen.

»Ich meine, befriedigt Sie Ihre Arbeit?«

Frauke Bohm nickte langsam. »Es ist sehr anstrengend, aber es ist eine wichtige Aufgabe. Gerade mit Kindern und Jugendlichen.«

»Und wie gut kannten Sie Hans-Werner Siggendiek? Waren Sie mit ihm befreundet?«

Die Frau runzelte die Stirn. »Wie kommen Sie denn darauf? Ist ja 'ne komische Frage.«

»Also, so komisch finde ich meine Frage nicht«, gab Anke zurück. »Bei seiner Bestattung gestern ging es Ihnen gar nicht gut.«

»Oh. Das war … das hatte nichts mit dem Toten zu tun.

Ich war nur zufällig … Ich meine, meine Eltern liegen dort begraben, und ich war bei ihnen am Grab.«

Das war für Anke ein Zufall zu viel. »Sind Sie sicher?« Sie sah die Frau eindringlich an.

Zwei Sekunden erwiderte Frauke Bohm ihren Blick, dann ließ die die Schultern hängen und sah zu Boden. »Okay, okay, ich war wegen Herrn Siggendiek auf der Beerdigung. Wissen Sie, es hat ihn damals sehr mitgenommen, als seine Tochter starb, da habe ich Anteil genommen.«

»Sie kannten ihn also. Und wie gut?«

»Wie gut … Na ja, aus dem Fernsehen halt und so. Ich wusste ja, dass Antonia seine Tochter war.«

»Aha.«

»Ja, wissen Sie, ich bin ein wenig nahe am Wasser gebaut, so etwas nimmt mich immer sehr mit. Ich habe auch schon einmal daran gedacht, den Beruf zu wechseln. Aber letztlich ist es meine Berufung.«

Anke nickte. »Hat Herr Siggendiek seine Tochter oft besucht?«

Frauke Bohm schien einen Moment zu überlegen und fixierte einen Punkt neben Anke auf dem Fußboden. Dann sah sie auf. »Also, öfter nicht. Ein-, zweimal vielleicht. Wahrscheinlich so, wie seine Geschäfte das zuließen. Ich nehme an, er wäre lieber öfter gekommen. Aber viel hat er davon nicht gehabt, Antonia hat wenig geredet, auch nicht mit den anderen Jugendlichen. Sie war sehr verschlossen und in sich gekehrt.«

»War das auch einer der Gründe, warum sie hier eingeliefert wurde?«

»Sie hatte zu Hause versucht, sich das Leben zu nehmen. Sie war ein sehr trauriges Mädchen, ich glaube, ihr fehlte das Grundvertrauen in die Welt, so ein Urvertrauen, das die meisten Menschen ja haben. Oder zumindest viele Menschen.«

»Das hatte etwas mit ihrem Freund zu tun, oder? Liebeskummer?«

Frauke Bohm überlegte einen Moment. »Sicher, das spielte auch eine Rolle.«

»Und kann es auch etwas mit der familiären Situation zu tun gehabt haben? Mit Antonias neuer Stiefmutter zum Beispiel?«

»Ich weiß nicht … Ich glaube auch gar nicht, dass ich Ihnen das alles so genau erzählen darf. Können Sie nicht Frau Dr. Kamps fragen, ob Sie in die Akten sehen dürfen?«

»Ja, das ist eine gute Idee.«

Mist. Das hatte sie ja längst getan.

Sie brauchte einen anderen Ansatz.

»Und wie ging es Herrn Siggendiek, wenn er seine Tochter besucht hat?«

»Sie meinen hinterher? Da war er sehr traurig. Deshalb hatte ich ja solches Mitleid mit ihm.«

Sieh mal einer an. In jedem Menschen steckten doch andere Seiten, als man gemeinhin dachte, wenn man ihn in der Öffentlichkeit oder auf dem Fernsehschirm sah. Der große, bullige Siggendiek neigte zu Gefühlsausbrüchen. Genau wie Frauke Bohm.

Auf einmal sah die rothaarige Frau erschrocken auf und blickte zum Fenster. Anke folgte ihrem Blick. Dort stand ein junger Mann mit kurz geschorenem dunklem Haar, der an einer Zigarette zog. Sicherlich ein Insasse. Als er bemerkte, dass Anke ihn anblickte, winkte er und grinste.

»Wer ist das denn?«, fragte Anke.

Frauke Bohm zuckte nur die Achseln. »Das darf man eigentlich nicht, auf dem ganzen Klinikgelände.«

»Was, rauchen?«

Sie nickte. »Das Personal meine ich. Für die Insassen gilt das natürlich nicht, außer für die unter achtzehn. Gottlob. Die Älteren dürfen eine Zigarette pro Stunde.«

»Darauf wird geachtet? So streng?«

»Muss sein. Aber das ist nicht weiter schwierig. Die Insassen müssen sich das Feuer vom Personal holen. Da ist dann jemand, der die Zigaretten anzündet.«

»Damit die nicht so viel rauchen?«, fragte Anke.

»Auch. Aber vor allem, weil die kein Feuerzeug besitzen dürfen. Auch keine scharfen und spitzen Gegenstände übrigens. Und auch kein Haarspray oder Sprühdeo.«

»Und wie wird das kontrolliert?«

»Wenn jemand draußen war und wieder reinkommt, dann wird er durchsucht. Das kommt immer drauf an, wie gründlich.«

»Draußen war?«

»Ja, sicher. Das ist ja kein Gefängnis hier. Es gibt schon viele Insassen, die Ausgang haben. Aber da muss man dann eben immer mal gucken, ob die was mit reinschmuggeln wollen.«

Da war es wieder, das Wort: »Insassen«. Erst war es Anke gar nicht aufgefallen. Aber da, wo Dr. Kamps von »Patienten« gesprochen hatte, sagte Frauke Bohm »Insassen«. Als wäre dies doch eine Art Gefängnis. Wobei sie natürlich in gewisser Weise auch recht hatte.

Offenbar hatte Anke falschgelegen. Der Junge draußen war gar kein Insasse, sondern Pfleger.

»Sie glauben ja nicht, wie das früher in den Dienstzimmern gestunken hat«, fuhr Frauke Bohm fort. »Und in den Aufenthaltsräumen, als die Kids noch mit sechzehn qualmen durften.«

Das glaubte Anke ihr sofort.

Zum Abschied gab sie der Frau ihre Karte. Falls ihr noch etwas einfiel … Das alte Spiel.

Als sie aus der Eingangstür trat, blendete sie die Mittagssonne. Es war auch wieder merklich wärmer geworden. Verrückt, dachte sie. Dreißigster Oktober und es ist zu warm für einen Mantel.

Als sie am Klinikschild vorbeiging, hörte sie ein leises Pfeifen. Sie sah sich um. An der Ecke des flachen grauen Klinikvorbaus, neben dem Fenster, durch das sie vorhin geschaut hatte, stand der junge Mann von vorhin und zog noch immer – oder wahrscheinlich eher schon wieder – an einer Zigarette. Er winkte sie zu sich.

Sie ging wieder zurück und sah den Mann fragend an.

»Sorry, aber ich muss Ihnen etwas sagen.«

»Wer sind Sie denn?«, gab Anke zurück.

»Ich arbeite hier.«

»Ach was? Und wie ist Ihr Name?«

»Ist das wichtig?«

»Also, wenn Sie mir nicht mal Ihren Namen sagen wollen, kann ich wohl kaum davon ausgehen, dass –«

»Schon gut«, unterbrach er sie. »Tommy, Tommy Andresen. Hören Sie, ich habe zufällig mitbekommen, was Frauke Ihnen da erzählt hat«, sagte er in verschwörerischem Tonfall.

Sie sah ihn aufmerksam an, sagte aber nichts.

»Und das ist absoluter Bullshit!«

»Was genau meinen Sie jetzt?«

»Dass der alte Siggendiek seine Tochter besucht hat und dann so traurig war und der Kram. Alles Bullshit!«

»Aha.«

»Der durfte die überhaupt nicht besuchen! Der wär hier nie reingekommen! Und das weiß die auch, garantiert.«

Sie sah ihn skeptisch an. »Und wieso nicht, wenn ich fragen darf?«

Tommy redete noch leiser als zuvor. »Das darf aber keiner erfahren, dass ich Ihnen das erzählt habe.«

Anke sah ihm in die Augen. Sie war kurz davor, zu nicken, doch konnte sich gerade noch bremsen.

»Das Schwein war doch überhaupt der Grund, warum das arme Mädel hier war«, sagte Tommy.

»Wie meinen Sie das?«

Er kniff kurz die Augen zusammen. »Wissen Sie was? Ich glaube, ich rede mich hier um Kopf und Kragen.« Er sah sich nach beiden Seiten um. »Ich muss jetzt auch weg.«

»Moment noch«, sagte Anke schnell. »Siggendiek hat sie also nie besucht.«

Tommy schüttelte den Kopf. »Der Einzige, der Toni besucht hat, war ihr Bruder. Der war ganz oft hier. Ein netter Kerl. So ein Müsli-Typ. Jetzt muss ich aber!«

Mit diesen Worten ließ der junge Mann sie stehen und ging mit schnellen Schritten die Straße hinunter.

Auf dem Weg zurück über die Straße überlegte sie, was sie von alledem zu halten hatte. Wem konnte sie mehr glauben? Frauke Bohm oder diesem Tommy?

Und wenn das stimmte, was Tommy Andresen erzählt hatte, wieso hatte die Pflegerin sie angelogen? Spann sie sich etwas zusammen? Siggendiek war immerhin eine bekannte Figur gewesen. Hatte sich Frauke Bohm in ihn verliebt und über ihn phantasiert? Und wieso hatte sie getan, als kenne sie Tommy nicht? So richtig glaubwürdig wirkte sie auf jeden Fall nicht.

Es half nichts, Anke brauchte einen Gerichtsbeschluss, um Akteneinsicht nehmen zu dürfen. Dann würde sie ja sehen.

Als sie die Glastür der Dienststelle passiert hatte, fiel ihr ein, dass sie ja eigentlich noch zu famila hatte gehen wollen. Sie brauchte etwas zu essen für die Mittagspause, und dabei konnte sie Lena gleich noch ihre Joghurts mitbringen. Als sie die Tür wieder öffnete, sah sie zur Klinik hinüber.

Eine Frau mit rotem Haar und einem dunklen Mantel bog auf einem Fahrrad vom Klinikgelände auf die Friedrich-Ebert-Straße ein. War das nicht –?

Natürlich, das war Frauke Bohm.

# 25

Mark Roth war jedes Mal fasziniert, wenn er die Kriminaltechniker des LKA in Kiel besuchte. Schon oft hatte er das Gefühl gehabt, die Arbeit dort hätte ihn mehr interessiert als das, was *er* so den ganzen Tag lang machte. Aber dafür war es nun zu spät. Und außerdem wären seine Schulnoten in den Naturwissenschaften für die KTU-Abteilung wohl auch zu schlecht gewesen.

Doch faszinierend fand er es trotzdem. Deshalb hatte er auch sofort zugesagt, als Lena ihm vorgeschlagen hatte, sich live anzusehen, was sie an Erkenntnissen hätten. Zumal er so von den Drohbriefen wegkam, die er langsam nicht mehr sehen konnte.

Bis jetzt hatte sich noch niemand um ihn kümmern können. Er saß auf einem Stuhl am Rande des Geschehens. Vor ihm stand im Raum der inzwischen weitgehend ausgeschlachtete BMW Mini von Willy Damm. Die Türen waren abmontiert, die Sitze ausgebaut. Zwei Frauen waren damit beschäftigt, im hinteren Teil des Wagens mit langen Klebestreifen DNA-Spuren zu sichern.

Nach einer Viertelstunde näherte sich Mark ein Mann mit spiegelglatter Glatze in blauem Kittel und dicken Brillengläsern, der sich als Dr. Wartke vorstellte. Er führte den Kriminalbeamten um das Auto herum und erklärte hier und da etwas.

»Der Mann ist im Auto erschossen worden, auf dem Fahrersitz. Der Täter saß auf dem Beifahrersitz. Interessieren Sie Details?«

Mark ließ sich sehr genau erklären, wie die Kriminaltechniker zu diesen Ergebnissen kamen. Eine Computersimulation wurde gezeigt, bei der man das per Infrarot vermessene Auto als durchsichtiges 3-D-Gerüst sah. Darin zwei schematisch dargestellte Personen und eine Handfeuerwaffe sowie eine Linie, die den exakt berechneten Weg darstellte, den das Geschoss genommen hatte. Der Täter hielt dem Opfer die Waffe nur wenige Zentimeter vors Gesicht.

»Fundort ist gleich Tatort, das heißt, der Wagen hat dort im Wald gestanden, das Opfer saß auf dem Fahrersitz, wandte sich dem Täter zu, dieser hielt ihm die Pistole vors Gesicht und drückte ab. Ich ziehe ungern eigene Schlussfolgerungen dieser Art, aber es scheint mir ziemlich sicher, dass das Opfer nicht überrascht beziehungsweise überfallen wurde.«

»Wie kommen Sie darauf?«

»Er hatte seine Hände am Lenkrad, als er starb.«

»Ist das sicher?«

»Definitiv. Die Hände befanden sich am Lenkrad, bis das Opfer erschossen wurde.«

»Und deshalb war es kein Überfall?«

»Nun, ich kann mir kaum vorstellen, dass jemand Wildfremdes zu einem ins Auto steigt, einem eine Waffe an den Kopf hält und man nicht zumindest die Arme hochreißt, um sich zu wehren. Das wäre in einem solchen Fall ein allzu natürlicher Reflex.«

»Haben Sie denn sonst konkrete Anhaltspunkte, was den Täter betrifft?«

»Das ist leider nicht so einfach. Das Verdeck war ja auf, und es hat ziemlich stark in den Wagen geregnet. Trotz des Baums, unter dem er stand. Das ist ganz schlecht für DNA- und Fingerspuren. Aber etwas haben wir doch. Kommen Sie mal mit.«

Mark folgte dem Glatzkopf durch das Labor. Als sie an einen großen Tisch kamen, ergriff der Mann einen durchsichtigen Plastikbeutel und hielt ihn Mark vor die Nase. »Hier, da haben wir ein paar ganz wunderbare Fingerspuren.«

Mark betrachtete das Tütchen. »Ein Lippenstift?«

Dr. Wartke nickte. »Sie haben es erfasst. Und ich glaube kaum, dass der dem Opfer gehörte.« Er lachte heiser.

»Und wieso sind ausgerechnet da Fingerabdrücke drauf und sonst nirgends?«

»Er lag im Handschuhfach. Vielleicht ist der von Damms Frau?«

Mark schüttelte den Kopf. »Soweit ich weiß, war der Single.«

»Wartke, schauen Sie mal hier!« Ein junger Kriminaltechniker näherte sich ihnen, in der Hand eine weitere durchsichtige Tüte.

»Ist gerade reingekommen. Fundstelle: knapp zwölf Meter vom Tatort.«

Dr. Wartke nahm ihm das Fundstück ab und sah es sich an. Es war eine Pistole. »Walther PPK«, sagte Dr. Wartke in anerkennendem Tonfall. »So eine habe ich schon seit Jahren nicht mehr gesehen. Ach was, seit Jahrzehnten!« Er betrachtete die Pistole genau. »Das Kaliber kommt auf jeden Fall hin.«

Mark wandte sich an den KTU-Mitarbeiter, der die Waffe gebracht hatte. »Wo wurde die genau gefunden?«

»Im Waldboden, circa zehn Zentimeter eingegraben. Ein paar Zweige lagen drüber.«

Dr. Wartke nahm die Waffe an sich und verabschiedete sich. »Ich melde mich so schnell wie möglich bei Ihnen. Wenn Sie mich jetzt entschuldigen.«

# 26

Frauke Bohm schien auf ihrem Fahrrad nicht in Eile zu sein. Hatte sie Feierabend? Das wäre schon ein gehöriger Zufall, so kurz nachdem sie von der Kripo Besuch hatte. Ankes Jagdinstinkt erwachte. Sie lief zu ihrem Auto und suchte dabei in ihrer Manteltasche nach dem Autoschlüssel.

Als sie auf die Straße einbog, sah sie gerade noch, wie das Fahrrad hinten an der Kreuzung, in etwa zwanzig Metern Entfernung, geradeaus fuhr.

Anke folgte der Frau auf dem Rad mit einigem Abstand. Auch wenn das ihrer Erfahrung nach eigentlich nicht nötig gewesen wäre – anders als Autos hatten Fahrräder schließlich keinen Rückspiegel.

Doch die Fahrt war schneller zu Ende als gedacht: Als sie über die Kreuzung fuhr, passierte sie ein Sackgassenschild. Natürlich, dahinten, wo Frauke Bohm gerade auf ihrem Fahrrad zwischen den Bäumen verschwand, war die Straße zu Ende. Da ging es nur zu Fuß weiter. Oder eben mit dem Rad.

Anke fuhr rechts ran.

Verdammter Mist. Hatte sie gemerkt, dass ihr jemand folgte? Das konnte eigentlich nicht sein. Wahrscheinlich fuhr sie einfach nur auf direktem Wege irgendwohin. Aber wohin?

Weiter südlich lag die Schlei, dann kam man etwas weiter östlich zum Holm. Ob sie zum Friedhof fuhr?

Einen Versuch war es wert.

Drei Minuten später war sie am Holm und parkte ihr Auto im eingeschränkten Halteverbot. Frauke Bohm musste aus derselben Richtung kommen, aber ein paar Minuten länger als Anke brauchte sie sicherlich für die knapp drei Kilometer. Falls sie kam und nicht ganz woandershin fuhr.

Anke betrat den Friedhof von der Rückseite der Kapelle aus. Erst einmal abwarten und im Hintergrund halten.

Sie musste keine fünf Minuten warten, da erschien eine Frau

auf dem Fahrrad. Es war tatsächlich Frauke Bohm. Sie stieg vom Rad, ließ es stehen, ohne es anzuschließen, und ging mit schnellen Schritten auf ein Grab zu. Davor blieb sie stehen.

Anke verließ ihren Posten an der Seite der Kapelle und ging außen um das runde Areal herum, um sich der Frau von hinten nähern zu können.

Als sie bei ihr war, stand Frauke Bohm nicht mehr, sondern war in die Hocke gegangen, hatte das Gesicht in den Händen vergraben und weinte leise.

Es war Siggendieks Grab. Es gab sogar schon einen Grabstein. Da hatte der Steinmetz sich aber ins Zeug gelegt. Auf der schlichten grauen Steinplatte stand unter seinen Lebensdaten: »Das kostbarste Vermächtnis eines Menschen ist die Spur, die seine Liebe in unseren Herzen zurückgelassen hat«.

Wenn sie sich einen Spruch hätte ausdenken sollen, der überhaupt nicht zur Person von Siggendiek passte, so wie man sie über die Medien wahrgenommen hatte, dann wäre es dieser gewesen, dachte Anke. Und sicherlich hätte er ihn für sich selbst auch nicht gewählt. Allerdings konnte der Schein natürlich auch trügen. Vielleicht war es auch und gerade dieser Spruch, der die Frau, die da zitternd in ihre Handflächen wimmerte, so bewegte.

Anke räusperte sich. »Frau Bohm?«

Frauke Bohm schreckte hoch, stand sofort auf und drehte sich um. Der Zorn, der in ihren nassen Augen lag, als sie Anke erkannte, legte sich sofort wieder. Sie hatte sich gut im Griff.

»Es tut mir leid, dass ich Sie stören muss«, begann Anke, »aber ich glaube, wir sollten noch einmal miteinander sprechen.« Dabei machte sie eine Kopfbewegung in Richtung des Grabsteins.

Frauke Bohm nickte stumm und wischte sich mit dem Handrücken über das Gesicht. Sie gingen zu einer Bank am Rande des Friedhofs und setzten sich.

»Sie haben recht, es sieht seltsam aus, ich da wieder am Grab«, sagte Frauke Bohm und starrte geradeaus auf den Sandweg, »und ich kann das auch nicht richtig erklären. Ich habe Herrn Siggendiek einfach nur sehr gemocht.«

»Das glaube ich Ihnen nicht«, gab Anke lakonisch zurück.

Die Frau drehte den Kopf und sah Anke in die Augen. »Was glauben Sie eigentlich, wer Sie sind?«, zischte sie. In ihren Blick war der Zorn zurückgekehrt.

»Ich bin Kriminalhauptkommissarin«, antwortete Anke ruhig. »Ich habe den Mord an Hans-Werner Siggendiek aufzuklären. Und ich habe das Gefühl, dass Sie mir etwas verheimlichen, was für die Aufklärung des Falls wichtig sein könnte.«

Frauke Bohm schüttelte den Kopf. »Wie denn das? Ich habe nichts damit zu tun! Niemals hätte ich ihm –«

»Das meine ich auch nicht. Aber ich muss versuchen, Herrn Siggendiek so gut wie möglich kennenzulernen, und ich glaube, Sie könnten mir dabei helfen.«

Einen Moment lang herrschte Stille. Dann begann Frauke Bohm zu erzählen, erst zögerlich und leise, dann immer bestimmter. Dass sie Siggendieks Geliebte gewesen war, seit fast einem Jahr. Dass sie ihn geliebt habe und er sie. Dass sie eine gemeinsame Zukunft geplant hatten, dass er sich von seiner Frau habe trennen und mit ihr ein neues Leben habe anfangen wollen. Ganz weit weg von hier. Dass sie zusammen Kinder haben wollten.

Anke hörte ruhig und aufmerksam zu. Die Frau machte einen durchaus glaubwürdigen Eindruck. Wie glaubwürdig Siggendieks Versprechen ihr gegenüber gewesen waren, stand natürlich auf einem anderen Blatt.

»Wie haben Sie sich eigentlich kennengelernt?«

Frauke Bohm antwortete nicht, sondern sah wieder stumm vor sich hin. Dann ließ sie den Kopf hängen, hob die Hände vors Gesicht und begann zu weinen.

Anke war sich unschlüssig, was sie tun sollte. Sie hätte schon gern eine Antwort auf die Frage gehabt, aber vielleicht sollte sie Frauke Bohm lieber zu einem späteren Zeitpunkt vorladen.

»Im Sup...markt«, schluchzte die Pflegerin.

»Wie bitte?«

»Im Supermarkt.«

Anke kramte in ihrer Tasche und gab der jungen Frau ein Papiertaschentuch.

»Danke.« Sie putzte sich die Nase. »Da haben wir uns kennengelernt, bei LIDL in Böklund. Ich mein, ich wusste ja, wer er ist, und ich fand ihn auch so schon ganz interessant. Aber er hat mir geholfen, weil ich mein Geld vergessen hatte, und hat meinen Einkauf bezahlt. Einfach so!« Sie lächelte zaghaft. »Ein echter Gentleman.«

»Wohnen Sie da, in Böklund?«

»Nein, hier in Schleswig. Ich war oben bei Satrup bei meiner Schwester, und auf dem Rückweg bin ich durch Böklund und hab bei LIDL gehalten.«

»Und wie ging es dann weiter?«

»Ich weiß wirklich nicht, ob Sie das was angeht.« Sie starrte wieder ins Leere. »Aber ist eigentlich auch schon egal. Wir haben draußen an meinem Auto noch etwas geplaudert, und ich hab schon gemerkt, der steht auf mich. Und am Ende sind wir dann zu mir gefahren und im Bett gelandet. Das wollten Sie doch hören?«

Anke machte eine abwehrende Geste.

Die junge Frau zuckte die Achseln. »Ich will doch auch, dass Sie das Schwein kriegen, das Hansi … Ich weiß zwar nicht genau, was meine Geschichte damit zu tun hat, aber Sie sind schließlich die Expertin.« Die Frau stand auf. »Ich muss jetzt auch zum Dienst zurück.«

»Eine Frage noch. Ihnen war schon klar, dass sich Siggendieks Tochter bei Ihnen in der Psychiatrie befand? Ich meine damals, als Sie ihn kennengelernt haben?«

»Wieso fragen Sie das?«

»Immerhin ist das ja schon … ein wenig auffällig, sag ich mal.«

»Das war halt Zufall. Und nein, gewusst hab ich das nicht. Zumindest nicht, als wir uns begegnet sind. Wie gesagt, Zufall.«

Anke nickte. »Na gut. Dann will ich Sie nicht aufhalten.« Sie gab Frauke Bohm zum Abschied ihre Karte und bat sie, in den nächsten Tagen noch einmal in die Dienststelle zu kommen. Vielleicht sei ihr bis dahin noch etwas eingefallen, das ihnen helfen könne.

Zufall? Solche Zufälle gab es nicht. Zumindest nicht in Ankes Realität.

# 27

Als Anke gerade den famila-Markt betreten wollte, hörte sie, wie jemand ihren Namen rief. Sie sah sich um und sah Lena mit Mark zusammen am Würstchenstand. Mark stocherte in einer Pommesschale, Lena rauchte.

Anke gesellte sich dazu und bestellte eine Krakauer.

»Du glaubst es nicht«, sagte Lena.

»Dass du wieder rauchst?« Anke blickte missbilligend auf die Zigarette. »Das glaube ich dir sofort.«

Lena ignorierte die Bemerkung. »Wir warten gerade darauf, dass ein Haftbefehl ausgestellt wird.«

»Und gegen wen?«

Lena grinste triumphierend. »Tanja Siggendiek!«

Ein Haftbefehl für die Witwe. Das war wirklich das Letzte, was Anke hier und jetzt an Neuigkeiten erwartet hatte. »Was ist passiert? Gibt es was Neues aus Dänemark?«

Lena schüttelte den Kopf. »Nee, um Siggendiek geht es gar nicht. Jedenfalls erst mal nicht. Die Kieler haben Tanja Siggendieks Fingerabdrücke im Auto gefunden. Also im Auto von Willy Damm.«

»Genauer gesagt: einen Lippenstift mit ihren Fingerabdrücken dran«, berichtigte Mark. »Der lag im Handschuhfach. Aber das Beste kommt noch.«

»Die Tatwaffe ist aufgetaucht«, unterbrach ihn Lena.

»Eine unregistrierte Walther PPK, neun Millimeter«, führte Mark weiter aus. »Und auch darauf sind die Fingerabdrücke von Siggendieks Witwe. Klare Sache.« Er schob sich eine Pommes frites in den Mund.

Anke nahm ihre Wurst entgegen und bezahlte. In ihrem Kopf ratterte es. »Moment mal«, sagte sie und versuchte, das abgebissene Stück Wurst im Mund zu kühlen, indem sie scharf die Luft einzog. »Wieso haben wir eigentlich die Fingerabdrücke von Tanja Siggendiek im System?«

»Keine Ahnung«, sagte Lena. »Wird wohl Dreck am Stecken haben. Oder gehabt haben.«

»Also, das findet bitte mal raus«, sagte Anke. »Das würde mich wirklich interessieren. Mark, machst du das bitte gleich mal?«

»Darf ich erst aufessen, Chefin?«

Zehn Minuten später saßen sie am Tisch im Besprechungszimmer. »So, jetzt noch mal der Reihe nach«, begann Anke. »Wo hat man die Tatwaffe entdeckt?«

»Im Wald, in der Nähe des Tatorts«, antwortete Lena. »Wir wissen inzwischen übrigens auch, dass Fundort gleich Tatort ist. Und die Waffe war etwa zwölf Meter vom Auto entfernt in der Erde verbuddelt, unter einem Baum.«

»Hier, guck selbst.« Mark schob ihr den Bericht und einen Stapel großformatiger Fotografien über den Tisch.

Sie überflog den Bericht und verglich die Details mit den Bildern.

»Aber ›Fingerabdrücke‹ war wohl ein bisschen zu viel gesagt, Mark, oder? Hier steht nur etwas von einem Daumenabdruck, und der ist zu einem Drittel verwischt.«

Mark zuckte die Achseln. »Immerhin.«

»Ich würde mal annehmen, dass sie versucht hat, die Fingerabdrücke abzuwischen«, warf Lena ein.

»Komisch ist das trotzdem.« Anke sah skeptisch auf das Blatt Papier vor sich. »Würde man nicht Handschuhe anziehen, wenn man schon eine Pistole dabeihat, mit der man jemanden erschießen will?«

»Genauso kannst du fragen, warum sie die Waffe vergraben und nicht mitgenommen hat«, gab Lena zurück.

»Und? Sitzt Frau Siggendiek schon unten in der Zelle?«, fragte Anke.

Lena sah sie irritiert an. »Äh, das geht wohl schlecht.«

»Wieso, ist sie flüchtig?«

»Du, Anke, komm mal eben mit.« Lena stand auf.

»Wieso, was ist denn?«

»Nun komm schon. Mark, wir sind gleich wieder da. Du

könntest inzwischen mal ins System gehen und gucken, ob Tanja Siggendiek vorbestraft ist.«

Sie verließen alle drei den Raum, und Anke folgte Lena bis in die Teeküche. Ihre Kollegin schloss die Tür hinter ihr.

»So, und jetzt sagst du mir mal bitte, was mit dir los ist. Du bist total nicht bei der Sache!«

Lenas scharfer Ton ließ Anke zusammenfahren. Was hatte sie denn verbrochen? »Wieso, wegen Tanja Siggendiek? Warum –«

Sie brach ab, denn in diesem Moment fiel ihr ein, dass Siggendieks Witwe schwer verletzt im Krankenhaus lag. Wie hatte sie das bloß vergessen können? Lena hatte recht. Sie war überhaupt nicht beieinander.

»Jetzt erzähl schon. Wenn du das in dich reinfrisst, wird alles nur noch schlimmer. Ist es wegen Stephan?«

»Nein, das heißt, doch.« Anke sprach erst nicht weiter und sah Lena stumm in die Augen. Doch schließlich erzählte sie ihr alles, was ihr ihr Noch-Ehemann in den letzten Tagen zugemutet hatte. Dass er Jannik den Unterhalt gestrichen hatte, nur um seiner neuen Freundin größere Brüste zu kaufen. Dass er abends unangekündigt und wie ein Häufchen Elend vor ihrer Tür gestanden hatte.

»Am schlimmsten finde ich, dass er mich quasi entsorgt hat, nur um mit einer Siebenundzwanzigjährigen mit Plastikmöpsen in die Betten zu springen.« Ihre Bedrückung war jetzt ehrlicher Wut gewichen. »Und darunter leiden muss sein eigener Sohn!«

»So sind die Männer eben«, sagte Lena lakonisch. »Hab ich jedenfalls gehört.« Sie zwinkerte.

»Und die Frauen nicht?«

»Ach was.« Lena winkte ab. »Die sind noch viel schlimmer.«

Da musste Anke lächeln.

»Die stehen nur nicht so auf Brüste aus Plastik.« Lena lachte auf. »Ich fürchte aber, dass du so alleine nicht weiterkommst. Warum triffst du dich nicht mal mit Stephan und redest mit ihm?«

Anke sah sie skeptisch an. »Was soll das denn bringen?«

»Auf jeden Fall mehr, als wenn du versuchst, das alles mit dir alleine klarzumachen. Und vielleicht könnt ihr ja tatsächlich was klären.«

»Wir sehen uns schon noch früh genug. Beim Scheidungstermin.«

»Tolle Einstellung. Und bis dahin versaust du uns die Ermittlungen?«

Anke verzog den Mund. »Meinst du wirklich, das muss sein?«

»Logo! Was soll denn schon passieren?«

»Ich glaube, ich habe Angst, dass ich ihm an die Gurgel gehe.«

»Weil du immer noch an ihm hängst.«

»Was? Du spinnst ja!«

»Komm, du weißt genauso gut wie ich, dass es von Liebe zu Hass nur ein kleiner Schritt ist. Und zurück genauso.«

»Ein Zurück gibt es nicht mehr.«

»Klar«, sagte Lena beschwichtigend, »sollst du ja auch gar nicht. Ich mein ja nur. Nach so vielen Jahren Ehe ist das doch ganz normal, dass man nicht einfach von jetzt auf gleich Tschüs sagen kann. Da ist doch viel Gewöhnung im Spiel.«

»Sagt die Frau, die bald Silberhochzeit hat«, frotzelte Anke.

Lena sah sie gespielt beleidigt an. »Hey, nur kein Neid. Ich bin halt nicht für längere Beziehungen gemacht. Jedenfalls nicht für welche, die ewig und drei Tage dauern. Also, rede mit Stephan und denk daran: Was du für ihn fühlst, gründet wahrscheinlich nicht auf Liebe, sondern auf Gewohnheit. Sieh ihn einfach an wie die … ›Lindenstraße‹. Da hat man sich dran gewöhnt, dass die Sonntagabend läuft, dass einem irgendwie was fehlen würde, wenn die weg wär. Auch wenn man die nie guckt und total scheiße findet.«

Das war gar nicht so verkehrt. Wenn sie sich richtig erinnerte, hatten sie und Stephan im selben Jahr geheiratet, in dem die »Lindenstraße« das erste Mal im Fernsehen lief. Oder war es die »Schwarzwaldklinik« gewesen?

Sie hatten ihren Kaffee. Als sie vor der Tür zum Besprechungsraum standen, blieb Anke, die Hand an der Klinke, stehen und sagte: »Danke.«

»Wofür?«

»Dass du mich gezwungen hast, mal darüber zu reden.«

»Du weißt ja, was einem blüht, wenn man die Aussage verweigert.« Lena kniff ein Auge zu und schnalzte.

Als Anke die Tür öffnete, saß Mark schon wieder am Tisch. »Ich hab was«, sagte er und wedelte mit ein paar Blatt Papier. »Hier: Tanja Siggendiek-Kollberg, vorbestraft wegen Körperverletzung.«

Anke hob die Augenbrauen. »Tatsache?«

»Ja, sie hat ihrem ehemaligen Manager einen Zahn herausgeschlagen und ihn die Treppe hinuntergeschubst. War wohl ganz schön ramponiert, der Mann.«

»Wann war das?«

»Juni 2008.«

»Interessant. Die rabiate Frau Siggendiek.«

»Wer weiß, vielleicht hatte der Kerl es ja verdient«, warf Lena ein. »Klingt nicht so, als wär das aus heiterem Himmel gekommen.«

»Wie dem auch sei.« Anke lehnte sich zurück. »Jetzt bin ich aber auch mal dran. Ich hatte nämlich ein interessantes Gespräch mit der Geliebten von Hans-Werner Siggendiek.«

Als Anke geendet hatte, sahen Lena und Mark sie aufmerksam an.

»Und wie war dein Eindruck von der Frau?«, fragte Lena. »Vertrauenswürdig? Ich meine, nachdem der Mann tot ist, kann sie ja viel erzählen. Von wegen mit ihm abhauen und so.«

»Also, ich fand sie schon glaubhaft. Die Frage ist natürlich: Hat er ihr was vorgespielt, oder hat er es ernst mit ihr gemeint? Und die zweite: Ist das für uns wichtig?«

»Es wäre schon ein ziemlicher Zufall, dass er etwas mit einer Frau anfängt, die da arbeitet, wo seine Tochter in der Psychiatrie sitzt.«

»Wie meinst du das, Anke?«

»Solche Zufälle gibt es nicht.«

»Viel erstaunlicher finde ich, dass der Siggendiek seine Einkäufe selbst erledigt hat«, warf Mark ein. »Also, wenn ich mal so reich bin, hab ich aber jemanden, der das für mich macht.«

Anke wunderte sich ein wenig über seine Formulierung: *wenn* ich mal so reich bin. Was hatte er denn vor in seinem Leben, außer einer mittelmäßig bezahlten Karriere bei der Polizei? Im Lotto gewinnen? *The Voice of Germany* werden?

»Die meisten halten sich dafür einfach eine gehorsame Ehefrau«, sagte Lena schnippisch.

»Und dann kauft er auch noch bei LIDL ein«, fuhr Mark fort. »Dann wär wohl eher Feinkost Käfer angesagt. Bei mir zumindest.«

»Hast du denn in der Klinik drüben sonst nichts erreicht?«, fragte Lena. »Keine Erkenntnisse, was Antonia Siggendiek betrifft?«

»Nein, das war das übliche Spiel. Akteneinsicht nur mit richterlichem Beschluss, und auch dann nur bedingt. Ärztliche Schweigepflicht und so weiter. Aber ich werde gleich mal versuchen, eine Anordnung dafür zu bekommen. Wir wissen immer noch nicht genug über Familie Siggendiek. Das Gespräch mit Siggendieks Sohn hat mich da ja auch nicht viel weitergebracht. Ich frage mich auch die ganze Zeit, was Tanja Siggendiek für ein Motiv gehabt haben soll, Willy Damm zu töten.«

»Geld«, schlug Lena vor. »Sieben Millionen sind ein ziemlich starkes Motiv, egal für wen.«

»Und wo ist das Geld jetzt? Und wieso wusste sie, wo Damm steckte? Der war doch wie vom Erdboden verschluckt.«

»Immerhin war er nicht aus der Welt«, gab Lena zurück. »Sondern offenbar ganz in der Nähe.«

»Vielleicht hatten die zwei ja ein Verhältnis«, meldete sich Mark.

»Ich weiß nicht«, sagte Anke nachdenklich. »Damm war ja noch älter als Siggendiek. Und auch nicht gerade attraktiv, wenn ich mich richtig erinnere. Das Fahndungsfoto damals war ja zum Fürchten. Und er hatte starkes Übergewicht.«

»Wer weiß?« Mark zuckte die Schultern. »Wo die Liebe hinfällt …«

»Das ist natürlich im Prinzip richtig«, gab Anke zu. »Und

dieser Schwertfeger bei der Njördwind hat auch so etwas angedeutet. Dass die Frau ein Verhältnis hat, meine ich. Kann ja auch sein, dass sie den Millionencoup gemeinsam geplant haben, hinter dem Rücken ihres Ehemanns.«

»Und dann hat sie ihn beseitigt, um das Geld selbst zu behalten«, sagte Mark.

»Aber wieso hat sie dann seelenruhig im Café gesessen und ist mit der Bombe hochgegangen?«, warf Lena ein. »Mit sieben Millionen Euro wäre sie doch besser verduftet.«

»Das wird sie uns schon noch erzählen. Erst einmal werde ich einen Beschluss zur Akteneinsicht in der Psychiatrie besorgen und an der Stelle weitermachen. Lena, du könntest dich in der Zwischenzeit darum kümmern, wie es Tanja Siggendiek geht und wann sie vernehmungsfähig sein wird. Beziehungsweise in Gewahrsam genommen werden kann. Ich nehme mal an, ein paar Beamte sind inzwischen im Krankenhaus postiert?«

»Klar. Wobei sie zumindest momentan auch schlecht flüchten könnte.«

## 28

Der richterliche Beschluss zur Einsicht in die Krankenakten kam schneller, als Anke gedacht hatte. Es war gerade erst fünfzehn Uhr. Sie hatte offenbar endlich einmal Glück. In ihrer guten Stimmung schrieb sie außerdem eine E-Mail an Stephan und bat ihn um eine Aussprache an einem der nächsten Abende. Bevor sie auf die Schaltfläche »Senden« klickte, spürte sie ein leichtes Kribbeln im Magen, ganz so, als verabredete sie sich zu einem Rendezvous. Sie schüttelte den Kopf.

Anke pfiff »The Final Countdown«, als sie sich mit dem richterlichen Schriftstück in der Hand auf den Weg zur Klinik auf der anderen Straßenseite machte. Wusste der Himmel, wie sie auf die Melodie kam.

Sie hatte keinen Termin vereinbart, doch sie hatte schon wieder Glück: Sie musste nur zehn Minuten warten, bis die Leiterin der Station sie empfing.

Dr. Kamps staunte nicht schlecht, Anke Langenbrück so schnell wiederzusehen. »Was verschafft mir denn die Ehre, Frau Kommissarin?«

Anke holte das zusammengefaltete Schriftstück aus der Tasche und reichte es der Ärztin. »Bitte sehr, wie gewünscht.«

Dr. Kamps angelte eine Lesebrille aus ihrer Kitteltasche und las sich das Blatt sorgfältig durch. Ein wenig zu sorgfältig, wie Anke schien. Hatte sie eine solche Vollmacht noch nie gesehen? Die hatten doch alle mehr oder weniger den gleichen Text.

»Ihnen ist schon klar, dass Sie trotzdem nur beschränkt Akteneinsicht erhalten?« Sie sah Anke über den Rand der schmalen Lesebrille an und hob dabei die Augenbrauen.

Sie musste unwillkürlich an ihre Großmutter denken. Die hatte sie genauso angesehen, wenn sie in ihrem Sessel saß, in einem dicken Buch las und die kleine Anke ankam, um nach Bonbons zu betteln. Misstrauisch und ein wenig skeptisch. Immer hatte sie in diesem großen beigefarbenen Sessel gesessen.

Das war vor beinahe fünfzig Jahren gewesen, aber sie erinnerte sich daran, als wäre es keine zwei Wochen her.

Ihre Großmutter war zu der Zeit etwa so alt gewesen, wie sie es jetzt war. Und was hatte sie seither aus ihrem Leben gemacht? Fünfundzwanzig Jahre hatte sie an einen Mann verschenkt, der sie nur enttäuscht hatte. Fünfundzwanzig Jahre, die sie nie wiederbekommen würde.

Mistkerl.

»Frau Langenbrück?«

Sie sah auf. Hatte Dr. Kamps sie etwas gefragt? Sie war völlig in Gedanken versunken gewesen. Anke spürte, wie ihr das Blut in die Wangen schoss. »Entschuldigen Sie, ich bin ein bisschen durch den Wind. Wollen wir uns jetzt die Akten vornehmen?«

Dr. Kamps ignorierte ihren Kommentar, erhob sich wortlos und ging zur Tür. Anke folgte ihr.

Sie gingen den Flur hinunter und kamen an dem Aufenthaltsraum vorbei, in dem sie mit Frauke Bohm gesessen hatte. Dort war jetzt mehr los als beim letzten Mal. Offenbar eine Insassin, deren Eltern zu Besuch gekommen waren. Es war ein Mädchen, das kaum vierzehn Jahre alt zu sein schien. Sie saß an einem Tisch und sah ins Leere. Die mutmaßlichen Eltern saßen ihr gegenüber. Die Mutter hatte die Hände über den Tisch gestreckt, eine Geste, die nach Berührung, nach Nähe zu flehen schien. Sie wurde nicht erwidert.

Nur ein paar Sekunden lang sah Anke die Szene, im Vorbeigehen, aber sie erfüllte sie sofort mit einer tiefen Traurigkeit. Was war wohl schlimmer, sein Kind zu verlieren, indem es starb oder indem es in die Tiefen der eigenen Psyche abdriftete, dorthin, wo es niemand mehr erreichte? Wenn es wie tot vor einem saß, tot im lebendigen Körper. Ohne jeden Anschein der Freude, ohne Lachen, ohne Fröhlichkeit. Oder war das alles ihre Projektion? Schon möglich. Konnte ja auch sein, dass zwischen Eltern und Tochter etwas Schlimmes vorgefallen war.

Sie wandte sich ab und beeilte sich, zur Ärztin aufzuholen, die schon ein paar Meter vorausgegangen war und überhaupt nicht auf Anke zu achten schien.

Die Verwaltung der Klinik bestand aus einem großen Büroraum und vier Frauen mittleren Alters, die auf Computerbildschirme blickten. Im vorderen Teil des Raums standen deckenhohe Regale voller Aktenordner, im hinteren ein Serverschrank, groß wie ein Billyregal, dessen Lüftung geräuschvoll surrte.

Bei dem Lärm würde ich durchdrehen, fuhr es Anke durch den Kopf.

Dr. Kamps hielt es nicht für nötig, die Mitarbeiterinnen zu begrüßen. »Ich brauche eine Akte«, bellte sie, ohne eine der Frauen anzusehen. »Antonia Siggendiek. H 12.«

Sofort sprangen zwei der vier Damen von ihren Plätzen auf. Der Kasernenhofton schien hier an der Tagesordnung zu sein und entsprechende Reaktionen zu zeitigen, zumindest wenn Dr. Kamps den Raum betrat. Die zwei Frauen sahen einander an, dann nahm eine von beiden, offenbar auf ein unmerkliches Signal hin, wieder Platz, während die andere, eine etwas füllige Dame mit freundlichem Gesicht, zum Regal ging. Sie setzte eine Lesebrille auf, die ihr an einem goldenen Kettchen um den Hals hing, und studierte die Rücken der Aktenordner.

Es dauerte keine Minute, bis sie einen Ordner herauszog, auf den Tisch legte und bis zu einem Pappdeckel blätterte, auf dessen Lasche »Siggendiek, Antonia« geschrieben stand.

Dr. Kamps nickte kurz, und die Verwaltungsangestellte trat einen Schritt zur Seite.

Anke sah der Ärztin über die Schulter, als sie den Pappdeckel umblätterte. Dahinter lag eine weitere Pappe.

Dr. Kamps sah erstaunt von der Akte zu Anke und dann zur Mitarbeiterin der Verwaltung. »Können Sie mir bitte mal sagen, was das zu bedeuten hat?«

Die Frau setzte ihre Lesebrille wieder auf, beugte sich über den Ordner und blätterte hin und her. »Das verstehe ich nicht«, murmelte sie.

»Wie bitte?«, fragte Dr. Kamps scharf.

»Das verstehe ich nicht«, wiederholte die Frau etwas lauter. »Da … also, da muss doch jemand –«

»Frau Brüchert!«, rief die Ärztin. »Mal rasch an den Computer!«

Dieser Befehl war vollkommen unnötig, wie Anke fand, denn die Angesprochene, die weiter hinten im Raum saß und mit »Jawohl!« antwortete, saß ja bereits vor ihrem Bildschirm. Aber offenbar wusste sie, was Dr. Kamps von ihr erwartete.

Anke folgte ihr zu Frau Brüchert, einer hageren Frau mit fahlem Gesicht, an den Arbeitsplatz.

Die Datenbank der Klinik lieferte das gleiche Ergebnis wie der Aktenordner: gar keines. Offenbar existierten keinerlei Akten über Antonia Siggendiek. Weder in Papierform noch im Computersystem.

»So etwas ist mir noch nie untergekommen«, ereiferte sich Dr. Kamps. »Sind denn hier alle verrückt geworden?« Sie sah Anke mit einem Blick an, der verriet, dass sie genau wusste, wie unglücklich ihre Wortwahl hier, in einer psychiatrischen Klinik, war und dass sie jeden anderen, der in ihrer Gegenwart eine solche Formulierung benutzt hätte, sofort zurechtgewiesen hätte.

»Und was ist mit der Krankenkasse?«, fragte Anke. »Bekommen die denn nicht irgendwelche Informationen für die Abrechnung?«

Dr. Kamps winkte ab. »Keine Details, das geht ja alles über allgemeine Schlüssel. Was glauben Sie denn, wofür der Datenschutz und die Schweigepflicht da sind?«

»Und selbst können Sie mir auch nichts sagen?«

Die Ärztin schüttelte den Kopf. »So leid es mir tut. Wir haben hier an die hundert jugendliche Patienten. Und ich habe die Station ja im Frühjahr noch gar nicht geleitet.«

Sollte sie noch einmal bei Frauke Bohm nachhaken? Aber hatte das Sinn? Vielleicht konnte ihr ja dieser Tommy mehr erzählen. Der schien ja ganz gut Bescheid gewusst zu haben.

»Sagen Sie, Frau Dr. Kamps«, sagte Anke, während sie den Gang zurück zum Dienstzimmer der Oberärztin gingen, »auf Ihrer Station arbeitet so ein junger Mann, der Tommy heißt. Ist der –«

»Arbeit*ete*«, unterbrach sie die Ärztin. »Ich nehme an, Sie meinen Thomas Andresen. Der ist im Sommer entlassen worden. War eine meiner ersten Amtshandlungen hier.«

»Oh. Was hat er denn angestellt? Ich meine, *hat* er etwas angestellt?«

»Das kann man wohl sagen. Er hat eine Patientin belästigt.«

»Inwiefern?«

»Na, inwiefern wohl. Belästigt halt!«

»Geht das bitte ein wenig genauer?«

Dr. Kamps hob die Augenbrauen. »Wie Sie meinen. Er hat ihr nachgestellt. Eine Schwester hat einen Liebesbrief bei ihr gefunden. Von diesem Thomas.«

»Ist das alles?«

»Na, hören Sie mal! Das war ein sehr labiles Mädchen. Und gerade erst siebzehn! Ich kann doch nicht zulassen, dass sich ein sexuell nicht ausgelasteter Pfleger an die Patientinnen heranmacht!«

»Vielleicht war er verliebt in sie?«

»Ach was. Verliebt sicher nicht.«

»Und wann war das?«

»Das war etwas vor meiner Zeit, im Frühjahr. Ich habe erst davon erfahren, als ich schon zwei Wochen hier war. Und währenddessen arbeitet der Kerl hier sang- und klanglos weiter. Unglaublich! Eine Abmahnung, das war alles. Meine Vorgängerin hatte echt Nerven.«

»Das Mädchen, um das es sich handelt, war nicht zufällig Antonia Siggendiek, oder?«

Die Ärztin sah sie streng an. »Das fällt unter die Schweigepflicht.«

Anke hatte erst einmal genug. Sie verabschiedete sich und ging zurück ins Präsidium. Lena war fort, Mark ebenfalls nicht in Sicht.

Dort machte sie sich eine Liste. Diverse Fragen waren zu klären.

Erstens: Wie konnte es sein, dass die Akten über Antonia Siggendiek verschwunden waren? Wer hatte ein Interesse daran, wer hatte die Möglichkeit?

Zweitens: Warum hatte Frauke Bohm sie in mindestens einem Punkt angelogen – dass sie Tommy Andresen nicht kannte? Und was hatte dieser Tommy vor der Klinik gemacht, wenn er dort gar nicht mehr arbeitete? Wer von beiden war vertrauenswürdiger?

Doch das war noch nicht alles. Sie musste an das denken, was Mark und Lena mittags bei ihrem Gespräch gesagt hatten. Wieso ging Siggendiek selbst einkaufen, und dann auch noch zu LIDL? Und dort traf er ausgerechnet Frauke Bohm, die in genau der Abteilung arbeitete, in der seine Tochter – ja, wie sagte man? Einsaß? Das waren ein paar Zufälle zu viel. Das sah eher so aus, als sei alles von vorn bis hinten geplant. Und was hatte dieser Tommy gesagt – der alte Siggendiek war ja überhaupt der Grund, warum Antonia in der Jugendpsychiatrie gewesen war.

Das führte sie wieder zum Anfang zurück: Was war in der geschlossenen Psychiatrie geschehen?

Hier musste sie ansetzen. Sie hätte auch momentan nicht so recht gewusst, wo sonst.

Unzufrieden blickte sie auf ihren Bildschirm.

Ihr Smartphone piepte und zeigte ihr an, dass es wieder aufgeladen werden wollte. Sie suchte in einer Schublade nach ihrem Ersatzladekabel.

Auf einmal stand Lena in der Tür, eine Plastiktüte in der Hand.

»Na, wo warst du denn?«

»Im Krankenhaus.«

»Und wo steckt Mark?«, fragte Anke, den Blick noch immer auf den Monitor gerichtet.

»Den hab ich nach Kiel geschickt.«

»Haben die was Neues?« Anke wandte sich Lena zu. Die junge Kollegin sah müde aus. »Was ist denn los, Lena?«

»Ich … Es gab Komplikationen.«

»Was meinst du?«

»Tanja Siggendiek-Kollberg ist heute Mittag gestorben.«

## 29

Ein Aneurysma war schuld, ein Blutgerinnsel im Gehirn. Die Ärzte hatten es bereits auf den CT-Bildern von Tanja Siggendiek-Kollberg gesehen, aber dass es so schnell ging, damit hatte keiner gerechnet. Sie starb, bevor jemand irgendwelche Maßnahmen ergreifen konnte.

»Tja, Herr Kappen«, bemerkte Lena lakonisch, nachdem sie Anke von ihrem unerfreulichen Besuch im Krankenhaus erzählt hatte. »So schnell wird man zum Mörder.«

»Wir müssen sofort gucken, wo sich der Kappen aufhält. Vielleicht haben wir ja Glück, und die Kollegen haben ihn schon festgenommen. Hast du was gehört?«

»Nee. Ich geh gleich mal rüber und frag nach.«

»Was ist das eigentlich für eine Tüte, Lena?«

»Ach, die?« Sie sah hinunter auf die Plastiktüte, die sie neben ihrem Schreibtisch abgestellt hatte. »Da sind Tanja Siggendieks persönliche Gegenstände drin. Ich hab die mal mitgenommen, dann kann ihr Sohn sie hier abholen.«

Anke hatte die Tüte bereits in der Hand und sah ihren Inhalt durch. Sie zog einen Schlüsselbund heraus. »Dann fahre ich zu Siggendieks Haus«, verkündete sie kurz entschlossen. »Wir müssen mehr über diese Familie wissen.«

»Solltest du dir dafür nicht einen Durchsuchungsbeschluss holen?«

»Ach was. Ist doch eh keiner da.«

Auf der Fahrt versuchte Anke, ihre Gedanken zu ordnen. Sie interessierte vor allem Antonia. Vielleicht fand sie ja Fotos oder sogar ein Tagebuch, das ihr Aufschluss darüber gab, was im Frühjahr passiert war und wie das Ganze mit Frauke Bohm zusammenhing. Nachdem sie gestorben war, hatte die Klinik ihre persönlichen Gegenstände garantiert den Eltern übergeben, und die hatten sie ebenso sicher nicht weggeworfen. Irgendwo würden sie liegen, in einer Reisetasche in einem

Schrank oder auf dem Dachboden oder so. Sie würde sie schon finden.

Als sie in die Straße einbog, in der das Haus der Siggendieks stand, sah sie drei Dutzend Personen auf dem Gehweg und auf der Straße vor dem Haus, einige hatten große Schilder dabei, hier und da hielt jemand eines in die Höhe. Ein »Sandwichmann« lief herum, der die Frage »Wo ist die Kohle?« vor und hinter sich hertrug. In die Erde hinterm Siggendiek'schen Gartenzaun hatte jemand zwei Latten gerammt, an denen ein Spruchband befestigt war: »Wir wollen unser Geld zurück« stand darauf. Eine nachvollziehbare Forderung, wie Anke fand. Doch Publikum war für diese Demonstration nirgends zu sehen. Vielleicht hoffte man auf die Presse oder das Fernsehen.

Aus den Gesichtern der Menschen sprachen Wut, Enttäuschung und Hilflosigkeit. Verständlich, nach dem Tod von Siggendiek und vor allem dem Mord an Willy Damm, von dem jeder geglaubt hatte, dass er mit den sieben Millionen Euro verschwunden war, blieben einfach zu viele Fragezeichen. Sie sah auf die Uhr, es war gerade erst kurz nach vier. Hatten diese Leute sich extra freigenommen? Oder waren sie arbeitslos? Vielleicht Rentner? Die hatte die Fehlinvestition sicher am härtesten getroffen.

Sie parkte ihren Wagen ein paar Meter abseits und ging auf das Haus zu. Neugierig und misstrauisch beäugten sie die Demonstranten. Sicherlich hatten einige zunächst geglaubt, sie wolle sich zu ihnen gesellen, doch als Anke die Gartenpforte öffnete, erschollen laute Pfiffe und unfreundliche Rufe, die sich noch vermehrten, als sie sich der Eingangstür näherte, und als sie den Haustürschlüssel aus der Tasche holte und aufschloss, erreichte das Pfeifkonzert seinen Höhepunkt.

»Wo ist unser Geld?«, schrie jemand.

»Sind Sie von der Njördwind?«, rief ein anderer. »Rückt die Kohle raus!«

Sie schloss die Tür hinter sich wieder ab. Wer wusste schon, wozu diese enttäuschten Menschen imstande waren? Sicherlich hatten viele von ihnen die Ersparnisse mehrerer Jahre verloren.

Als sie im Haus war, wurden die Buh-Rufe und Pfiffe langsam leiser und verstummten schließlich wieder. Sie holte ihr Handy aus der Tasche und tippte in ihren Kontakten »Lena« an.

»Hi Lena? – Ja genau, bei Siggendiek zu Hause. Hör mal, hier ist eine Demo zugange, Investoren der Njördwind, wie es aussieht. – Na ja, ›Mob‹ würde ich jetzt nicht … – Ja, danke. Hast du nicht Lust, mal eben bei der Zeitung anzurufen oder sogar beim NDR in Kiel? – Genau. Ich finde, die Leute hätten wenigstens ein bisschen Aufmerksamkeit verdient. – Gut, danke dir.«

Als sie ihr Telefon zurück in die Tasche stecken wollte, piepte es. Sie sah auf das Display. SMS? Nein, verdammt, sie hatte vorhin vergessen, es aufzuladen. Die Akkuanzeige blinkte. Egal, allzu lange würde sie hier eh nicht brauchen, und notfalls konnte sie das Festnetz benutzen.

Sie betrachtete die Einrichtung des großen Wohnzimmers. Auf einer Kommode stand eine Reihe Fotos in silberfarbenen Metallrahmen, Fotos der Familie. Hansi und Tanja Siggendiek mit Sonnenbrillen vor südlicher Kulisse. Dennis und Antonia Siggendiek am Hafen. Schleswig war es nicht, vielleicht Hamburg? Dann alle vier vorm Weihnachtsbaum, hier in diesem Wohnzimmer.

Die Mutter der beiden Kinder fehlte.

Anke musste an ihre eigene Familie denken. Sie hatten auch solche Bilder gehabt. Es waren Bilder einer glücklicheren Zeit. Und jetzt war ihr Stephan mit einer Jüngeren davon. Genau wie Siggendiek. Doch Siggendiek war tot, seine Tochter hatte sich umgebracht, die verlassene Frau war verschwunden, und die neue Frau war ebenfalls tot.

Ihr wurde flau im Magen. Was, wenn ihre Familie das gleiche Schicksal erlitten hätte? Oder erleiden würde? Würde Oleksandra ein Bild von ihr, Anke, im Wohnzimmer aufstellen? Sicherlich nur, wenn sie tot war. Und Jannik? Ach was, sagte sie sich, Jannik ist ein fröhlicher, mit beiden Beinen im Leben stehender Junge.

Nur – vielleicht hatte man das von Antonia auch gedacht. Zumindest auf den Bildern hier sah sie ganz glücklich aus. Oder doch zumindest nicht unglücklich.

Das brachte Anke zurück zu ihrem eigentlichen Anliegen. Sie wollte mehr über Antonia erfahren. Anke überlegte, wo sie zuerst suchen sollte. Sie beschloss, in den ersten Stock zu gehen.

Die erste Tür, die sie öffnete, führte zum Badezimmer. Dann fand sie das Schlafzimmer der Eltern. Sie schaute kurz in den Einbauschrank, doch als ihr auf Anhieb nichts ins Auge sprang, was aussah, als könne es zu Antonia gehören, eine Plastiktüte oder Tasche mit persönlichen Gegenständen etwa, sah sie sich zunächst in den anderen Zimmern um. Als sie den Raum ganz am Ende des Flurs betrat, fand sie sich in Antonias Zimmer wieder. Es war ganz unverkennbar das Zimmer der Tochter, ein typisches Jugendzimmer, und es sah aus, als sei das Mädchen, das hier wohnte, nur kurz fort und könne jederzeit wiederkommen.

Das hatte sie so nicht erwartet. Sie spürte, wie sie eine Gänsehaut bekam.

Die Wände waren mit Postern zugepflastert. »Catching Fire«, »The Crow«. Irgendeine seltsame Band mit grimmig aussehenden Gummimasken. Das war schon reichlich düster. Dafür lehnten auf dem Bett eine Reihe Plüschtiere und Puppen an der Wand, was so gar nicht zu den Postern passen wollte. Neben dem Schreibtisch stand ein Regal, ein paar Bretter mit Büchern und DVDs. Diverse Bände »Harry Potter«, »House of Night«, aber auch ein paar Kinderbücher, »Das magische Baumhaus« – war Antonia dafür nicht ein wenig zu alt gewesen?

Weiter unten im Regal befanden sich zwei großformatige Fotoalben. Sie zog beide heraus und blätterte das erste durch. Dieses Album hatte das Mädchen zur Konfirmation im Jahr 2011 erhalten, wie ein handgeschriebenes Vorwort ihrer Mutter bescheinigte, und dort fanden sich Babyfotos, Einschulungsfotos, Bilder aus Urlauben und von Familienfesten.

Das andere Album war nur zur Hälfte gefüllt, und sein Inhalt schien aus Bildern zu bestehen, die Antonia Siggendiek selbst aufgenommen hatte. Anke schloss das aus der Tatsache, dass Antonia selbst auf keinem der Bilder zu sehen war. Stattdessen vor allem Freundinnen, wie es schien. Viele Fotos waren nicht von besonders guter Qualität, sicherlich Handybilder.

Eines wunderte Anke: Wer machte sich denn heute noch die Mühe, diese Bilder auszudrucken und in ein Album zu kleben? Aber was wusste sie schon? Vielleicht war gerade das inzwischen bei den jungen Leuten wieder modern. Außerdem hatte Antonia in dieses Album noch zahlreiche weitere Dinge eingeklebt – Postkarten, Kino- und Konzertkarten.

Sie blätterte weiter. Auf den folgenden Seiten gab es Bilder, die aussahen wie von einer Klassenfahrt. Eine große Gruppe Jugendlicher, dabei zwei ältere Personen.

Sie stutzte. War das nicht …? Tatsächlich, das war Ulrich Kappen, der Sprengstoffattentäter! Und auf dem Foto dort schon wieder – er stand vor einem Fachwerkhaus und schien der gelangweilten Gruppe etwas zu zeigen oder zu erklären.

Offenbar war er Antonia Siggendieks Lehrer gewesen. Wenn das keine Entdeckung war!

Aber auch sonst konnte dieses zweite Album wichtig sein. Sie könnten herausfinden, mit wem Antonia befreundet gewesen war.

Noch besser wäre natürlich ein Tagebuch gewesen. Doch wer sagte ihr, dass es nicht irgendwo versteckt war? Am besten begann sie mit dem klassischsten aller Verstecke: unterm Bett.

Leider war dort nichts. Aber das Bett schien ohnehin frisch gemacht. Zumindest hatte man es, nachdem Antonia hier ausgezogen und in die Psychiatrie gegangen war, neu bezogen. Und beim Wechseln des Lakens hätte jemand ja durchaus ein unter der Matratze verstecktes Buch finden können. Wer auch immer in diesem Haus die Betten machte. Die Putzfrau wahrscheinlich. Aber so schnell gab sie nicht auf. Sie zog das Laken ab. Darunter befand sich eine Baumwollauflage, die mit elastischen Bändern an den Ecken der Matratze befestigt war.

Sie entfernte die Auflage, und tatsächlich kam darunter etwas zum Vorschein, wenn auch kein Tagebuch. Sondern ein weiteres Foto.

Wenn Antonia hier ein Foto versteckt hatte, dann musste es eine ganz besondere Bedeutung haben. Und noch bevor Anke das Foto aufhob, wurde ihr klar, dass sie in dem zweiten Album gar kein Bild entdeckt hatte, das den mysteriösen Freund von Antonia zeigte. Von dem ihr Bruder erzählt hatte. Der eventuell mitursächlich für ihren Suizid war. Kam sie jetzt endlich dahinter, wer es war? Vielleicht doch dieser Tommy?

Sie betrachtete das Bild. Es war ein neun mal dreizehn Zentimeter großer Abzug, der zweimal geknickt war und ziemlich ramponiert aussah. Aber das Motiv war deutlich zu erkennen.

Es war ein »Selfie«, das Antonia aufgenommen hatte, die die Kamera schräg oben über sich hielt. Sicherlich hatte sie es mit dem Handy gemacht, aber aus irgendeinem Grund hatte sie es vorgezogen, sich einen Abzug des Bildes anfertigen zu lassen, als es einfach nur auf dem Handy zu betrachten. Vielleicht, weil es niemand außer ihr sehen sollte?

Das Bild zeigte sie selbst und einen Mann, um dessen Schulter sie ihren Arm geschlungen hatte. Sie pressten ihre Wangen aneinander, und Antonia lächelte. Der Mann jedoch schien nicht so erfreut, es sah aus, als wolle er sich gerade aus der Umarmung befreien – oder habe etwas dagegen, geknipst zu werden.

Sie hatte den Mann sofort wiedererkannt. Aber dass Antonia ausgerechnet mit dem was gehabt haben sollte?

Ein lautes Geräusch riss sie aus ihren Gedanken. Ein Knall, gefolgt vom Geräusch splitternden Holzes.

Sie trat auf den Flur. Von unten drangen lautes Johlen und Pfiffe herauf. Stimmengewirr. Die Demonstranten hatten tatsächlich die Tür aufgebrochen und das Haus gestürmt. Zweifellos auf der Suche nach dem verlorenen Geld. So etwas Dummes, dachte sie. Als ob Siggendiek sieben Millionen unter seiner Matratze versteckt hätte!

Sie verließ Antonias Zimmer, schloss es von außen ab und steckte den Schlüssel ein. Hier würden sie später sicherlich noch das eine oder andere finden, was sie weiterbrachte oder ihnen wenigstens ein besseres Bild von Antonia vermittelte.

Ein gutes Dutzend Personen befand sich im Erdgeschoss des Hauses. Die Leute standen etwas unschlüssig im Wohnzimmer herum, nur einer hatte bereits einen Schrank geöffnet und begann zu suchen.

»Entschuldigen Sie«, sagte Anke laut und zeigte ihren Dienstausweis in die Runde. »Sie sind sich schon im Klaren, dass Sie hier Hausfriedensbruch begehen?«

Die Anwesenden sahen einander fragend an. Anke wollte gerade weiterreden, als es an der Vorderfront des Hauses gewaltig schepperte. Es klang, als sei eine Glasscheibe zu Bruch gegangen. Auf dem Weg zur Haustür holte Anke ihr Handy aus der Tasche. Sie musste endlich Verstärkung rufen.

Der Bildschirm war schwarz. Natürlich, sie hatte ja vergessen, das Scheißding aufzuladen. Nun war es zu spät.

Dann roch sie es: Rauch. Feuer. Hatten die etwa das Haus angezündet?

Tatsächlich. Als sie vors Haus trat, sah sie, dass das Fenster zur Küche eingeworfen war und von drinnen schwarzer Rauch nach draußen drang. Es roch nach Benzin. Sicherlich ein Molotowcocktail oder etwas in der Art.

Da gab es schon wieder einen Knall, dieses Mal offenbar an der Rückseite des Hauses. Im selben Moment registrierte sie die Sirene eines Polizeiwagens, und die meisten Anwesenden liefen auseinander.

Der Streifenwagen hielt vor dem Haus, zwei Beamte stiegen aus, und auch Lena war mitgefahren.

Anke lief ihnen entgegen. »Mein Handy ist alle«, rief sie, »ich konnte noch gar nicht die Feuerwehr rufen. Und es qualmt da so stark, da wollte ich auch nicht noch mal reingehen und einen Feuerlöscher suchen.«

Als die Kommissarinnen in Ankes Wagen saßen, sagte Anke: »Ich hab was gefunden.« Sie kramte in ihrer Jackentasche. »Ein Foto, unter der Matratzenauflage versteckt. Ziemlich eindeutig. Antonia und ein Mann.«

»Ach, der ominöse Freund, den ihr Bruder erwähnt hat? Wegen dem sie sich eventuell umgebracht hat?«

Anke nickte. Sie zog das Foto aus der Tasche und hielt es ihr hin. »Es ist Ulrich Kappen.«

## 30

Am Freitagmorgen erwachte Anke mit starken Kopfschmerzen. Es pochte hinter ihren Schläfen, als ob jemand von innen mit aller Kraft seine Daumen gegen ihren Schädel presste. Sie hatte schon wieder von Stephan geträumt, und dieses Mal verstörte sie der Traum noch mehr, denn sie waren zusammen im Bett gelandet. Immerhin war sie aufgewacht, bevor es zum Äußersten gekommen war. Und im Traum war es nicht der Stephan von heute gewesen, sondern der von vor zwanzig Jahren. Mit zwanzig Kilo weniger auf den Rippen und vollerem Haar.

Sie ärgerte sich gleichzeitig über sich selbst und über Stephan. Dass er sich noch immer nicht auf ihre Mail gemeldet hatte, dass sie sich noch immer nicht hatten aussprechen können. Ob sie professionelle Hilfe in Anspruch nehmen sollte?

Diesen Gedanken hatte sie längst wieder verdrängt, als sie zwei Stunden später im Besprechungszimmer saß. Doch es fiel ihr schwer, sich zu konzentrieren.

Lena kam als Letzte zur Besprechung, aber immerhin hatte sie bereits ein paar Neuigkeiten. »Die Personalien von zwölf Personen sind aufgenommen worden am Haus von Siggendiek, und sie wurden inzwischen alle vernommen.« Sie blätterte in ihrem Notizbuch. »Wer das Haus angezündet hat, ist aber noch unklar. Zwei befanden sich im Obergeschoss, als das Feuer ausbrach, einer von ihnen hat die Tür mit der Axt eingeschlagen. Mehrere Personen hielten sich im Erdgeschoss auf, aber dort, wo das Feuer begann, war natürlich keiner.«

Anke merkte, dass sie Schwierigkeiten hatte, das alles aufzunehmen. Ihr war jetzt obendrein ein wenig übel.

»Und wo war das?«, fragte Mark. »Ich meine, wo ist der Brand ausgebrochen?«

»Wie es aussieht, im Wohnzimmer. Jedenfalls nach den Zeugenaussagen. Die technische Untersuchung läuft noch. Aber das Haus ist so ziemlich komplett ausgebrannt. Und so schnell, wie es ging, muss es einen Brandbeschleuniger gegeben haben, sagt die Feuerwehr.«

Mark schüttelte den Kopf. »Aber ist das alles nicht verrückt? Die hatten doch gerade erst angefangen, das Geld zu suchen, und dann kommt einer und steckt das ganze Haus an. Was, wenn die Millionen da wirklich irgendwo waren?«

Lena sah ihn skeptisch an. »Das glaubst du doch selbst nicht, oder? Wieso um alles in der Welt sollte Siggendiek das Geld zu Hause horten?«

»Aber irgendwo muss es doch sein. Und soweit ich weiß, wurden die sieben Millionen doch tatsächlich als Bargeld ausgezahlt.«

»Das stimmt.« Lena sah wieder in ihr kleines schwarzes Büchlein. »Moment … hier. Es scheint, als habe sich Willy Damm ein halbes Jahr lang jede Woche einen großen Betrag auszahlen lassen.«

»Wieso ›scheint‹? Warum weiß man das nicht?«

»Keine Ahnung, das haben die Kollegen vom LKA gemacht, Stichwort: Wirtschaftskriminalität. Ich weiß aber nicht, ob das für uns jetzt so von Belang ist. Was meinst du, Anke?«

Anke hob ein wenig die Schultern. Sie hatte gerade keine Meinung.

»Trotzdem hast du schon recht, Mark«, fuhr Lena fort, »das Haus anzuzünden war nicht gerade der cleverste Schachzug. Da muss jemand schon einen richtigen Hass gehabt haben. Wir sollten noch mal die Drohbriefe durchgehen, finde ich. Und wenn keiner der Absender unter denen ist, die am brennenden Haus erwischt wurden, dann gibt es vielleicht trotzdem Querverbindungen.«

Anke nickte. »Gute Idee. Und wie machen wir jetzt bei unserem ersten Fall weiter?«

»Wir sollten uns noch einmal mit Ulrich Kappen beschäftigen«, gab Lena zurück. »Er hat Antonia ja auch gekannt, und zwar besser, als uns das bisher klar war.« Sie wies auf das zerknickte Foto, das vor ihr auf dem Tisch lag und Kappen und Antonia Wange an Wange zeigte. »Antonia spielt bei alldem hier eine wichtige Rolle.«

»Auf jeden Fall taucht ihr Name bei unseren Ermittlungen immer wieder auf«, sagte Anke. »Und da sind viele offene Fragen. Wir wissen zum Beispiel noch immer nicht, warum sie in der Psychoklinik war und warum ihr Vater sie nicht besucht hat. Wenn das denn überhaupt stimmt. Was Ulrich Kappen betrifft, an dem sind ja jetzt erst mal die Kollegen dran, wegen der Paketbombe. Der wird bald ohnehin wieder in Gewahrsam sein. Trotzdem müssen wir auch sein Alibi noch einmal überprüfen.«

»Und wir müssen auch ihn wegen Antonia befragen. Wenn die beiden was miteinander hatten … Ich meine, vielleicht hat er sie ja vergewaltigt und sie ist deshalb in die Klapse gekommen?«

»Also, eine Ausdrucksweise hast du wieder mal! Aber natürlich hast du recht, *sein* kann alles.«

»Außerdem sollten wir noch mal Dennis Siggendiek vernehmen«, schlug Lena vor. »Wenn er sie da so oft besucht hat, dann muss er uns doch was erzählen können.«

»Gute Idee«, sagte Anke. »Mark, setz dich doch bitte mal mit Dennis Siggendiek in Verbindung und beordere ihn her. Und diese Frauke *Dings* ebenfalls. Ich glaube, mit der sind wir noch nicht fertig.«

»Okay, zu wann denn?«

»So schnell wie möglich.«

Mark erhob sich schwerfällig und verließ den Raum.

»Dir geht's nicht gut, oder?«, fragte Lena, als sie allein waren.

»Ich habe ein bisschen Kopfschmerzen. Sicher noch von gestern. Ist aber nicht so wichtig.«

»Hast du eigentlich schon mit Stephan gesprochen?«

»Komm, lass mich damit in Ruhe.«

Sie hatte weniger schnippisch klingen wollen, aber für solche Feinheiten war sie nicht in der Verfassung. Trotzdem war sie heilfroh, Lena an der Seite zu haben. Sie stellte die richtigen Fragen und zog die richtigen Schlussfolgerungen.

»Sag mal, Anke, eines war mir noch eingefallen. Die Sache mit dem Schneemann bei den Leuten in Rendsburg. Wo der Junge meinte, er hätte einen Schneemann gesehen. Du sagtest damals, du hättest eine Idee, was das zu bedeuten hat?«

Anke nickte. »Ja, ich hatte erst …« Sie musste kurz ihre Gedanken ordnen. »Als es auf einmal eine mutmaßliche Täter-DNA gab, da habe ich nicht mehr daran gedacht.«

»Aber das war dann ja die von der Putzfrau.«

Anke nickte. »Also: Der Täter hat am Tatort in Dänemark keine DNA-Spuren hinterlassen. Was schließen wir daraus?«

»Dass er sehr gut sauber gemacht hat. Nein, warte … Dann wären von Siggendiek und der Putzfrau ja auch keine Spuren da gewesen. Dann muss er Kleidung getragen haben, die seinen ganzen Körper bedeckte und an der sich am Außenmaterial ebenfalls keine Spuren befanden. Also –«

»… einen Schutzanzug«, beendete Anke den Gedanken. »Und jetzt stell dir mal vor, wie so ein kleiner Knirps über die Düne guckt und, vielleicht ganz kurz, einen Mann im weißen Schutzanzug sieht. Mit Kapuze auf und Mundschutz.«

»Der Schneemann!« Lena sah sie an und nickte langsam. »Respekt, Anke! Du bist ja doch noch auf Zack! Ich dachte schon, die Alterssenilität setzt ein.« Sie lachte und zwinkerte ihrer Kollegin zu.

Die machte ein säuerliches Gesicht. »Wenn es nur das wäre.«

Es klopfte, und Mark riss die Tür auf. Ihm war anzusehen, dass er Erfolg gehabt hatte. »Frau Bohm kommt um zwölf, in ihrer Mittagspause, und Dennis Siggendiek um halb eins.«

# 31

Nach ihrem Gespräch ging Lena zur Staatsanwaltschaft, und Anke machte einen Spaziergang. Sie hoffte, einen klaren Kopf zu bekommen, und tatsächlich tat ihr die frische Luft gut. Endlich war es nicht mehr zu warm für die Jahreszeit. Es wehte ein kühler Wind, und die Luft an der Schlei roch nach Meer.

Es war jetzt eine Woche her, dass Hans-Werner Siggendiek getötet worden war, und wenn sie nicht bald die Hintergründe aufklärten und den Täter fassten, war fraglich, ob sie es jemals schaffen würden.

Als sie zur Dienststelle zurückkehrte, waren die Kopfschmerzen endlich weg. Es wurde allerdings auch höchste Zeit, gleich war es zwölf Uhr.

Sie schaffte es gerade noch, ihren Mantel auszuziehen und sich einen Kaffee zu holen, als auch schon Frauke Bohm in der Tür zu Ankes Büro stand. Sie sagte, sie habe nicht viel Zeit, und so kam Anke gleich zur Sache.

Sie teilte der jungen Frau mit, dass alle Unterlagen zu Antonia Siggendiek aus der Klinik verschwunden waren. Frauke Bohm gab sich vollkommen unwissend und gab an, davon nichts gewusst zu haben. Während sie sich unterhielten, beobachtete Anke ihr Gegenüber genau. Sie war sich sicher, dass sie ihr nicht die Wahrheit erzählte, Frauke Bohm war entweder eine gute Schauspielerin oder eine geübte Lügnerin – was sicherlich beides nicht weit voneinander entfernt war.

Genau wie Tanja Siggendiek-Kollberg. Die professionelle Schauspielerin. Ob jene ihren Nervenzusammenbruch letztes Wochenende in Henne Strand nur vorgetäuscht hatte? Es war schon etwas seltsam, dass sie so reagiert hatte, nachdem Mark ihr zu Hause ja bereits die Todesnachricht überbracht hatte. War das lediglich eine verspätete Reaktion gewesen? Oder pure Theatralik? Vielleicht war sie es ja doch gewesen, die ihren Mann umgebracht hatte? Im Schutzanzug in den Wellnessbereich eingedrungen war und ihm mit dem seltsamen Draht den Hals durchgeschnitten hatte? Und wenn, was war dann mit ihrem Alibi? Das Dennis Siggendiek bestätigt hatte?

Anke war in Gedanken so weit abgeschweift, dass sie gar nicht gemerkt hatte, dass Frauke Bohm gar nichts mehr sagte, sondern sie nur ungeduldig anstarrte.

»Frau Bohm, Sie haben mir leider nicht die Wahrheit gesagt.«

»Aber ich wusste wirklich nicht, dass die Unterlagen –«

»Das meine ich nicht«, gab Anke unwirsch zurück. »Sie haben mir erzählt, dass Hans-Werner Siggendiek seine Tochter Antonia oft in der Klinik besucht habe. Aber ich weiß aus verlässlicher Quelle, dass das nicht stimmt.«

Frauke Bohm machte große Augen. Ihre Gesichtshaut nahm ein wenig Farbe an.

»Der Einzige, der sie dort besucht hat, war ihr Bruder«, setzte Anke nach.

Die Reaktion der Frau bestätigte Anke, dass sie die richtige Strategie fuhr. Ihr Gesicht wurde immer röter.

»Herr Siggendiek durfte seine Tochter dort gar nicht besuchen. Habe ich recht?«

»Was? Nein, ich … Das ist so nicht richtig.«

»Und wie ist es richtig, Ihrer Meinung nach?«

Da brach Frauke Bohm in Tränen aus. Heftige Krämpfe schüttelten sie, und sie schluchzte so laut, dass Lena den Kopf zur Tür hereinsteckte und fragte, ob alles in Ordnung sei. Sie ging und holte eine Packung Taschentücher.

Mit Frauke Bohm war nichts mehr anzufangen. Die Tränen liefen ihr übers verzerrte Gesicht, und Anke war sich nicht sicher, ob sie weinte, weil sie wieder an ihren toten Geliebten denken musste oder weil sie, Anke, endlich der Wahrheit ein Stück näher gekommen war. Einer Wahrheit, die für Frauke Bohm alles andere als angenehm war.

Doch es half nichts, sie mussten das Gespräch abbrechen.

Anke bat die junge Frau, am kommenden Vormittag noch einmal vorbeizuschauen. Und sich bis dahin Gedanken über die Fragen zu machen, die noch offen waren.

Sie wollte die Tür hinter sich schließen, als sie einen Schrei hörte. Sofort trat sie in den Flur. Dort stand Frauke Bohm und hielt sich die Wange. Vor ihr stand ein junger Mann, der sie hasserfüllt anblickte.

Es war Dennis Siggendiek.

Zwei Minuten später saß Dennis auf dem Stuhl vor Ankes Schreibtisch.

»So, jetzt erzählen Sie mir mal, was das eben war.«

Dennis sah sie nicht an, sondern hatte seinen Blick auf den Tisch gerichtet. »Sorry, ich bin ausgerastet. Tut mir leid.«

»Bei mir müssen Sie sich nicht entschuldigen, sondern bei Frau Bohm.«

»Ja, Sie haben ja recht.«

»Warum?«

»Warum … was?«

»Warum haben Sie Frau Bohm geschlagen?«

»Sie war die Geliebte meines Vaters.«

»Und woher wissen Sie das?«

Er hob den Blick und sah sie überrascht an.

»Woher Sie das wissen«, wiederholte sie ihre Frage.

»Weil – von meiner Tante. Diese Frau war doch bei der Beerdigung, das hat meine Tante mir erzählt. Hat da rumgeheult.«

Anke stand auf und ging ein paar Schritte durch den Raum. Dann wandte sie sich an Dennis Siggendiek. »Das glaube ich Ihnen nicht.«

Der junge Mann antwortete nicht.

»Und wissen Sie auch, warum? Ich war nach der Beerdigung mit all Ihren Verwandten im Café. Zumindest allen, die mit auf der Beerdigung waren. Und von denen kannte keiner diese Frau.«

Einen Moment lang sah Dennis Siggendiek aus, als verstehe er die Welt nicht mehr. Doch er fing sich schnell. »Ich weiß nicht, wer Ihnen da was erzählt hat. Ich kann Ihnen nur sagen, was meine Tante gesagt hat.«

»Gut, das lässt sich ja nachprüfen. Name?«

»Wie jetzt?«

»Den Namen Ihrer Tante hätte ich gerne. Und am besten auch gleich die Telefonnummer. Ich muss das schließlich nachprüfen.«

Der junge Mann schien einen Moment lang zu überlegen. Schließlich seufzte er. »Okay, okay. Sie haben recht, zufrieden?«

Anke antwortete nicht. Sie sah Dennis nur an. Und ihr Instinkt trog sie nicht, denn nach wenigen Sekunden begann der Junge zu reden.

Er erzählte ihr, dass er seinen Vater mit Frauke Bohm zusammen beobachtet hatte, bei ihnen zu Hause. Er hatte den Sonntag im elterlichen Haus verbracht und war bereits auf dem Weg mit dem Fahrrad zum Bahnhof, als er merkte, dass er sein Portemonnaie auf der Terrasse hatte liegen lassen. Als er zurückgeradelt war, hatte ein fremdes Auto vor dem Haus gestanden. Er war durch den Garten zur Terrasse gegangen, und durch die Glastür hatte er gesehen, wie sein Vater und eine fremde Frau auf der Couch zugange waren.

»Den Anblick werde ich nie vergessen. Schlimm genug, dass er meine Mutter aus dem Haus getrieben hatte, jetzt betrog er auch noch Tanja.«

»Und jetzt mussten Sie ihr deshalb eine Ohrfeige geben? Nach … wie lange ist das her?«

»Weiß nicht. Im Sommer. Und als sie jetzt da aus Ihrem Zimmer kam – ich hab da auf dem Stuhl gesessen und gewartet, ich sollte doch vorbeikommen. Und dann kam sie raus, und ich … Tut mir wirklich leid. So was mache ich sonst nie.«

Anke nickte. »Kommen wir mal darauf, weswegen Sie eigentlich hier sind. Ich hätte da noch ein paar Fragen.«

Dennis sah sie erleichtert an. »Gerne. Was wollen Sie wissen?«

»Vor allem erst mal eines: Warum durfte Ihr Vater Antonia nicht in der Psychiatrie besuchen? Und wieso ist sie dort überhaupt eingeliefert worden?«

»Steht das nicht in den Akten?«

Anke überlegte einen Moment, ob sie ihm erzählen sollte, dass die Akten über Antonia verschwunden waren. Vielleicht hatte er ja eine Idee, wo sie hin waren. Aber zu viel musste er auch nicht wissen. »Das sind sensible Akten«, sagte sie stattdessen, »da bekommt auch die Kripo keinen Einblick.«

»Ach so, ja klar.« Er zögerte einen Moment, bevor er weitersprach. »Sie ist nicht eingewiesen *worden*, sie hat sich einweisen *lassen*. Das ist ein Unterschied. Und das hat sie getan, weil sie versucht hat, sich umzubringen. Sie war sehr traurig. Sie wusste einfach nicht weiter.«

»Depressiv?«

»Meinetwegen auch das. Aber das hängt ja alles zusammen.«

»Wie meinen Sie das?«

»Mein Vater. Toni ist einfach nicht drüber hinweggekommen, dass Mama ihn verlassen hat.« Er schloss die Augen und atmete tief ein und aus. »Sie hat ihn dafür gehasst. Deshalb hat die Klinik beschlossen, dass er sie nicht besuchen darf. Und sie hatte ja auch recht, eigentlich. Mama ist fort und hat komplett den Kontakt zu uns abgebrochen. Toni und ich haben versucht, sie zu finden, aber sie ist einfach verschwunden.«

»Hätte sie dann nicht eher auf Ihre Mutter sauer sein müssen? Immerhin war sie es doch, die Ihren Vater verlassen hat.«

»Ja. Nein.« Dennis zuckte die Schultern. »Vielleicht. Trotzdem, er war ja schuld. Und als er dann auch noch Tanja angeschleppt hat, da wurde alles nur noch schlimmer. Zumal Toni ja auch noch ihren Freund hatte, und da gab es wohl große Probleme.«

»Inwiefern?«

»Als sie das erzählte, hatte ich gehofft, dass sie jetzt wieder fröhlicher sein konnte. Aber sie wurde immer unglücklicher.«

»Wer war denn dieser Freund? Haben Sie ihn kennengelernt?«

Der junge Mann schüttelte den Kopf. »Sie hat mir nicht mal den Namen verraten wollen. Ich dachte 'ne Zeit lang, das denkt sie sich nur aus, aber man denkt sich ja niemanden aus, in den man dann unglücklich verliebt ist, oder?«

Anke nickte. »Und dann hat Antonia versucht, sich umzubringen?«

Er seufzte. »Sie hat Tabletten genommen. Und Alkohol. Ich habe sie gefunden, in ihrem Zimmer. Es war reiner Zufall, dass ich gerade zu Hause war. In der Klinik hat man ihr den Magen ausgepumpt, gerade noch rechtzeitig. Und dann hat sie sich einweisen lassen.«

»Meinen Sie, der Suizidversuch war eher ein Hilferuf?«

»Ich weiß nicht. Ich glaube nicht. Sonst hätte sie es ja nicht noch einmal getan. Scheint so, als ob die Klinik ihr da auch nicht helfen konnte.« Er sah sie mit großen, traurigen Augen an.

»Sie haben Ihre Schwester sehr gern gehabt, oder?«

Er nickte stumm.

»Und Ihr Vater? Wie war Ihr Verhältnis zu Ihrem Vater?«

»Och, eigentlich ganz gut.«

»Trotz der Probleme mit Antonia? Und der Sache mit Ihrer Mutter?«

»Ach, wissen Sie, so sind die Menschen nun einmal. Sie verlieben sich und sie entlieben sich. Wir haben kein Recht, uns darüber zu erheben. Eigentlich bin ich auch eher auf Mama sauer, immer noch, weil sie einfach fort ist und sich nie wieder gemeldet hat. Welche Mutter tut so was? Auch wegen Antonia, die hat mehr darunter gelitten, die war ja noch kleiner.«

»Darf ich daraus entnehmen, dass Ihre Stiefmutter *nicht* der Grund dafür war, dass sich Ihre Eltern getrennt haben?«

»Kann sein, kann auch nicht sein. Ich glaube eher, dass er Tanja erst kennengelernt hat, als Mama schon weg war. Danach habe ich ihn aber nie wirklich gefragt.«

»Aber auf Frau Bohm sind Sie trotzdem losgegangen.«

Er wand sich ein wenig, als er antwortete: »Ja, das tut mir jetzt auch echt leid, ist gar nicht meine Art. Gewalt ist nie eine Lösung.«

Anke musste an Dennis' WG denken, an die Poster mit Hanfblättern und Peacezeichen. Tja, selbst die linkesten Pazifisten schlugen halt manchmal zu.

»Ich glaube, ich bin auch noch nicht drüber weg, dass mein Vater tot ist«, fuhr der junge Mann fort. »Und vielleicht auch etwas eifersüchtig auf sie, denn sie hat am Ende bestimmt mehr von ihm gehabt als ich. Also, in gewisser Weise.«

Anke sah ihn skeptisch an. Das kam ihr nun doch ein wenig

herbeiargumentiert vor. »Können Sie mir noch ein wenig mehr zum Verhältnis zu Ihrem Vater erzählen?«

Er blickte mit leeren Augen an ihr vorbei und antwortete nicht.

Irgendetwas musste sie doch aus dem Jungen noch herauskitzeln können. »Sie waren ja schon ziemlich unterschiedlich, oder? Ich meine, in Ihren Ansichten? Gab es da nie Ärger?«

»Na ja, Ärger ... Ich bin halt anders. Mein Vater war schon ein ziemlicher ... Ich weiß gar nicht, wie ich das sagen soll. Pseudo-Macho?«

»Was meinen Sie damit? Hat er Sie geschlagen?«

Dennis schüttelte den Kopf.

»Und Ihre Schwester?«

Er sah sie an und sagte ernst: »Nein. Aber er hatte zum Beispiel eine Waffe.«

»Eine Waffe?«

»Ja, eine Pistole. So eine James-Bond-Knarre. In seinem Schreibtisch. Total bescheuert. Hab ich mal gefunden, da hab ich Briefmarken gesucht oder so. Da hab ich noch zu Hause gewohnt.«

»Und wieso ›James-Bond-Knarre‹?«

»Ich hab ihn gefragt, was das soll, und da meinte er, das wäre dieselbe, wie James Bond sie immer hat. ›Walter‹ oder so was.«

»Moment.« Sie machte sich eine Notiz. Das hier konnte sehr, sehr wichtig sein.

»Er war doch total der Fan«, fuhr Dennis fort. »Ich finde solche Filme scheiße. Nichts als Gewalt. Aber er ist total drauf abgefahren. Bond hier, Bond da. Der ist sogar mal zu so 'ner Filmpremiere geflogen, hat er sich für teuer Geld Tickets organisiert. Vorletztes Jahr, glaub ich.«

»Mit Ihrer Stiefmutter?«

Dennis zuckte die Achseln. »Nee, glaub ich nicht. Die steht da auch nicht so drauf. Ich meine, stand.« Er sah auf einmal traurig aus.

Anke spürte, dass sie Mitleid mit dem Jungen empfand. Innerhalb weniger Tage war er Waise geworden, sozusagen. Ein

Junge, so alt wie ihr eigener Sohn. Furchtbar. Gut, seine leibliche Mutter lebte noch, aber da war der Kontakt schon länger abgebrochen.

Wenn sie nicht auch …

Konnte es nicht sein, dass sie gar nicht spurlos verschwunden war, sondern auch Opfer eines Verbrechens geworden war? Vielleicht sollte man mal Siggendieks Garten umgraben … Moment, nicht so schnell, nicht wieder ein Verbrechen wittern, wo es eigentlich keinen Anlass gab.

»Und was wird jetzt mit mir?«, holte Dennis sie in die Realität zurück.

Anke zuckte die Achseln. »Sie gehen nach Hause. Und dann schauen wir mal, ob Frau Bohm Sie wegen Körperverletzung anzeigt.«

Anke brachte Dennis bis zur Treppe. Frauke Bohm war zum Glück bereits fort. Auf dem Weg kam ihnen ihr Kollege Burkhard entgegen. Sie sagte knapp »Hallo« und ging weiter.

Als sie Dennis verabschiedet hatte und wieder den Flur hinunterging, wartete Burkhard auf sie.

»Na, Anke? Hat der junge Mann seine Mutter mal kontaktiert?«

Anke sah den Kollegen neugierig an. »Wie meinst du das?«

»Der war damals mal bei uns, da hat er verzweifelt nach seiner Mutter gesucht. Mit Vermisstenanzeige und allem. Glaube ich jedenfalls, dass der das war. Hatte wohl noch nicht so lange Haare.«

Sie nickte. »Kann gut sein, die Mutter hat ihn und den Vater vor ein paar Jahren verlassen.«

»Also, soweit ich mich erinnere, war die nach Süddeutschland gegangen. Ich glaub, die hat ihren Mädchennamen wieder angenommen, da haben wir sie dann über die Behörden gefunden. Na, ich muss mal weg. Mach's gut!«

Anke blieb allein stehen und überlegte. Wieso hatte Dennis ihr das nicht erzählt? Das konnte er doch kaum vergessen haben.

## 32

Anke kehrte in ihr Büro zurück und setzte sich mit Lena zusammen, um sie auf den neuesten Stand zu bringen. Nach den ersten Sätzen traf Mark ein, und sie durfte noch einmal von vorn erzählen.

»Was ich besonders wichtig fand, waren zwei Punkte: Erstens hat er gesagt, Antonia sei suizidal gewesen, weil sie unglücklich verliebt war – er wusste aber nicht, in wen. Da müssen wir bei Kappen nachhaken, denn irgendetwas hatten die beiden ja miteinander.«

»Vielleicht hat sie ihn auch nur angehimmelt«, sagte Lena.

»Das sah auf dem Foto aber vertrauter aus.«

»Zweitens«, setzte Anke ihre Ausführungen fort, »die Pistole, die Vater Siggendiek im Schreibtisch hatte. ›James-Bond-Knarre‹, hat Dennis gesagt.«

»Eine James-Bond-Knarre? Na, das passt doch prima«, meinte Lena. »Zu der unregistrierten Walther PPK, mit der Willy Damm erschossen wurde. Das ist doch *die* 007-Pistole.«

»Ach was? Bist du auch ein Fan?«

Lena lachte. »Nur, wenn Sean Connery mitspielt.«

»Passt ja dann auch wieder zu diesem Ding in seinem Arbeitszimmer«, warf Mark ein.

Anke sah ihn irritiert an. »Was meinst du?«

»In Siggendieks Arbeitszimmer, da stand doch so ein großer Pappaufsteller von James Bond, mannshoch. Hab ich das gar nicht erzählt?«

»Nein, hast du nicht.«

»Sorry. Dafür hab ich was anderes Nettes.«

Erst jetzt bemerkte Anke den Stapel Papier, den Mark offenbar mitgebracht und vor sich auf den Tisch gelegt hatte.

»Das hier ist der Abschlussbericht der KTU zum Tatort Willy Damm. Frisch aus der Mail. Wollen wir den mal lesen?«

Mark verteilte die Ausdrucke, und fünf Minuten lang vertieften sich die drei Ermittler in die Lektüre. Es gab auch einen Stapel Fotoabzüge, den Mark in der Mitte des Tischs verteilte.

Als sie mit dem Lesen fertig waren, war Lena die Erste, die das Wort ergriff. »Wir haben uns zwar auf Tanja Siggendiek eingeschossen, aber wenn ich das hier so sehe, bin ich ziemlich skeptisch, was das Ganze betrifft. Erstens: Es gibt keine Fingerabdrücke von ihr im Wagen.«

»Vielleicht hat sie sie weggewischt?«, gab Mark zu bedenken.

»Vom Wagen, aber nicht von der Tatwaffe? Beziehungsweise nicht komplett? Das finde ich ziemlich unglaubwürdig. Zweitens: Schuhabdrücke, die für sie zu groß sind. Ich hatte bei Tanja Siggendiek den Eindruck, dass sie sehr auf ihr Äußeres achtete. Die ist doch nicht mit Turnschuhen losgegangen, die mehrere Nummern zu groß sind, um ein Verbrechen zu begehen. Und wenn doch, wenn sie so ausgebufft war und damit eine falsche Fährte legen wollte, dann wäre sie sicherlich nicht so dumm gewesen, ihren Lippenstift im Handschuhfach zu vergessen. Und drittens: die Tatwaffe. Du hattest ganz recht, Anke: Warum hat sie sie direkt am Tatort verbuddelt?«

»Um sie verschwinden zu lassen?«, schlug Mark vor.

»Aber warum denn ausgerechnet da? Sie hätte sie doch mitnehmen können und in die Schlei werfen, beispielsweise. Oder meinetwegen von der Rader Hochbrücke. Oder sonst was, aber doch nicht direkt am Tatort vergraben.«

»Sicher hat sie gedacht, da findet sie keiner.«

Lena sah ihren Kollegen an und schüttelte den Kopf. »Ich bitte dich. Jeder halbwegs normal denkende Mensch muss davon ausgehen, dass die Pistole da gefunden wird.«

»Und was schließt du daraus?«, fragte Anke.

»Dass die Waffe gefunden werden *sollte*. Mit Tanjas Daumenabdruck daran. Und daraus folgt: Tanja Siggendiek ist nicht die Täterin. Jemand wollte ihr die Tat in die Schuhe schieben. Und wer, ist dann ja wohl auch klar.« Lena lehnte sich zurück und verschränkte die Arme vor der Brust. »Hans-Werner Siggendiek.«

»Aha«, sagte Anke matt. Sie presste die Augen zusammen,

warum hörten die verdammten Schmerzen denn nicht auf? Wie sollte man denn so denken können? »Und wie kommst du darauf?«

»Überlegt doch mal«, sagte Lena eifrig, »wer hat denn Zugang zu einem Lippenstift mit Tanja Siggendieks Fingerabdrücken darauf? Den er im Handschuhfach platzieren kann? Zumal wir ja dank der Rekonstruktion der KTU wissen, dass Damm seinen Mörder mit Sicherheit gekannt hat. Wem gehört nach Aussage seines eigenen Sohnes die Waffe – zumindest eine vom gleichen Typ? Und dann ist da noch etwas.« Sie sah Anke an. »Erinnerst du dich an die Rechtsmedizin in Varde?«

»Dunkel. Was war da noch mal?«

»Unser erstes Mordopfer hatte eine leichte Ruptur des Trommelfells. Na, klingelt's?«

»Der Knall beim Schuss! Laute Geräusche können das Trommelfell schädigen.«

Lena grinste. »Genau das meine ich. Wenn du dreißig Zentimeter neben deinem Opfer sitzt und in Kopfhöhe eine Neunmillimeter abfeuerst, das knallt aber mal gewaltig. Außerdem hätte Siggendiek ohne Weiteres am Donnerstag aus dem Urlaub herfahren können und nach dem Mord wieder nach Henne Strand zurückfahren. Rein zeitlich jetzt. Und da oben musste er doch denken: Ich hab ein super Alibi.«

»Und was ist mit dem Fingerabdruck von Tanja auf der Waffe?«, wollte Anke wissen.

»Wenn sie Siggendiek gehörte, kann es doch sein, dass sie sie mal in der Hand hatte. Vielleicht hat ihn das überhaupt erst auf die Idee gebracht.«

»Meinetwegen«, sagte Anke, »das hat ja alles Hand und Fuß. Aber mehr als Indizien sind es trotzdem nicht.«

»*Noch* nicht«, sagte Lena. »Aber für eine Arbeitshypothese reicht es allemal, wie ich finde. Ich geh nachher mal zum Staatsanwalt und bespreche das Ganze.«

»Und was ist mit dem Motiv?«

Lena zuckte die Achseln. »Geld. Kann doch sein, dass sie das mit den sieben Millionen Euro gemeinsam geplant hatten, und als sie sich treffen wollten, um das Geld zu teilen, da wollte Siggendiek alles selbst behalten. Oder Damm hat vorher etwas abbekommen und hat sich verdünnisiert, und dann hat er Siggendiek erpresst, um mehr herauszuschlagen.«

»Aber warum hat Siggendiek ausgerechnet seiner Frau das Ganze anhängen wollen?«, warf Mark ein. »Das scheint mir reichlich perfide.«

»Tja, fragen können wir ihn nicht mehr«, sagte Lena. »Und sie ja leider auch nicht. Vielleicht lief es zwischen den beiden nicht mehr so gut. Oder er wollte tatsächlich mit Frauke Bohm ein neues Leben anfangen und hatte keine Lust, durch die Scheidung sein halbes Vermögen zu verlieren.«

»Wenn es so ist, wie du sagst«, meinte Anke, »dann wird es ziemlich schwierig sein, die Beteiligten zu überführen. Zumindest wird uns niemand mehr ein Geständnis liefern.«

»Vor allem, wenn dieser Damm auch noch Hans-Werner Siggendiek auf dem Gewissen hatte«, sagte Mark. »Wenn die sich wirklich wegen des Geldes gestritten haben –«

»Genau!«, rief Lena. »Erst hat Siggendiek Willy Damm umgebracht und dann Willy Damm Siggendiek.« Sie grinste breit.

Mark verschränkte die Arme und schmollte. Er hatte seinen Denkfehler offenbar bemerkt.

»Gehen wir also erst einmal davon aus, dass Siggendiek Damm umgebracht hat, warum auch immer«, sagte Anke, »so bleibt nach wie vor die Frage: Wer hat Siggendiek getötet?«

Lena und Mark sahen sie an, sagten aber nichts.

»Was haben wir denn nun als Nächstes auf dem Schirm? Wo können wir ansetzen?« Anke hoffte sehr, dass wenigstens Lena eine Idee hätte. Sie selbst hatte das Gefühl, als drohe ihr Kopf vor Informationen zu platzen. Vielleicht konnte sie Arbeit delegieren; wenn sie gleich allein wäre, würde sie alles noch einmal detailliert aufschreiben. Das musste sie ohnehin, denn Janssen hatte schon morgens in einer E-Mail darauf hingewiesen, er erwarte auch heute, zum Ende der Arbeitswoche, einen neuen detaillierten Bericht zum Stand der Ermittlungen.

»Ich schlage vor, wir setzen noch einmal beim Geld an«, sagte

Lena. »Die sieben Millionen müssen ja irgendwo geblieben sein. Und bei so viel Kohle müsste es doch mit dem Teufel zugehen, wenn die nichts mit dem Fall zu tun haben. Vielleicht sollte ich noch einmal mit diesem Schwertfeger reden?«

»Schwertfeger?«, fragte Mark. »Wer ist das denn?«

»Na, der Berater von der Njördwind, der in dem leeren Büro saß, als wir da waren.«

»Hat mir keiner was von erzählt.«

»Ich versuche, den mal zu kontaktieren«, sagte Lena. »Sonst wüsste ich auch nicht so recht, wen wir da fragen könnten.«

»Gut.« Anke nickte. »Mark, dann setz du dich bitte noch mal mit unserer IT in Verbindung, die sollten sich doch die Njördwind-Rechner vornehmen. Vielleicht gibt es da was Neues. Und telefonier noch mal mit dem LKA, mit der Abteilung Wirtschaft, ob die neue Erkenntnisse haben.«

»Ach, da fällt mir noch was ein«, sagte Lena. »Stichwort Antonia Siggendiek: Wir sollten versuchen, uns noch mal mit diesem Pfleger zu unterhalten. Wie hieß der noch? Tommy, oder?«

Anke nickte. »Tommy Andresen. Das mach ich.«

Sie ärgerte sich. Wieso war *ihr* das nicht eingefallen? Sie hatte erst vor Kurzem an ihn gedacht. Aber dann war ihr der Tod von Tanja Siggendiek dazwischengekommen.

Und das brennende Haus.

## 33

Ein »Tommy« Andresen war in Schleswig und Umgebung natürlich nicht gemeldet, und es gab zwei Andresens mit dem Vornamen Thomas. Allerdings war schnell klar, wer »ihr« Andresen war, denn wie sich herausstellte, war der andere noch im Grundschulalter.

Tommy wohnte in der St. Jürgener Straße – eine Ecke, die Anke, wie alle Polizisten der Region, gut kannte und die die weniger malerische Seite des Schleswiger Stadtteils St. Jürgen darstellte. Große Mietskasernen, Sozialwohnungen.

Sie notierte sich die Hausnummer und die im System erfasste Handynummer. Dann rief sie bei Andresen an. Er ging ans Telefon, war sogar zu Hause und sagte, sie könne gern vorbeikommen, aber möglichst gleich, sonst ginge es erst am nächsten Tag wieder, weil er wegmüsse.

Bis nach St. Jürgen fuhr sie nur ein paar Minuten. Als sie ausgestiegen war und gerade die Fernbedienung für die Autotür gedrückt hatte, klingelte ihr Handy. Es war eine ihr unbekannte Nummer, Schleswiger Vorwahl. War das Tommy, der ihr absagen wollte? Jetzt, wo sie bereits vor der wenig einladenden schmutzig weißen Fassade seines Hauses stand?

Sie nahm den Anruf an. »Ja, hallo?«

»Guten Tag, Frau Langenbrück?«

»Ja, wer ist denn da?«

»Burmeister, Krankenhaus Schleswig.«

Eine halbe Sekunde lang musste Anke überlegen, dann fiel es ihr ein. Das war der Oberarzt, mit dem sie am Dienstag wegen Tanja Siggendiek gesprochen hatten.

»Ach, guten Tag, Herr Doktor. Haben Sie etwas Neues für uns? Ich bin leider gerade –«

»Entschuldigen Sie, Frau Langenbrück, aber es geht nicht um Ihren Fall, wegen dem Sie hier waren. Es handelt sich um Ihren Mann.«

»Um wen?«

»Stephan Langenbrück. Das ist doch Ihr Ehemann, oder?«

»Ex.«

»Wie bitte?«

Anke überging die Frage. Sie hatte keine Lust, dem Arzt ihre Familienverhältnisse darzulegen. »Was hat er denn?«

»Nun, es sieht so aus, als hätte er versucht, sich das Leben zu nehmen.«

Bitte was? Das war ja wohl nicht sein Ernst.

»Wir haben ihm den Magen ausgepumpt«, fuhr der Arzt fort. »Es besteht keine unmittelbare Gefahr mehr. Sie können zu ihm, wenn Sie möchten.«

Sie beendete das Gespräch, stieg wieder in ihren Wagen. Wie in Trance startete sie den Motor und fuhr los.

Die Klinik roch nach Klinik, das war für Anke Langenbrück schon genug, dass ihr ein wenig schlecht wurde.

Stephan lag im Bett und hatte die Augen geschlossen, als sie nach zweimaligem Klopfen das Ein-Bett-Zimmer betrat. Er hing am Tropf, und an den Armen hatte er Verbände und mehrere Pflaster im Gesicht. Was war denn da los? Vom Magenauspumpen verletzte man sich doch nicht das Gesicht.

Auf dem Weg zum Krankenhaus hatte sie sich anfänglich noch geärgert, dass Stephan ihren Tagesablauf durcheinanderbrachte. Sie wusste sehr wohl: Wenn jemand einen Suizidversuch unternahm und überlebte, wollte er sich in über neunzig Prozent der Fälle gar nicht umbringen, sondern nur sein Umfeld darauf aufmerksam machen, dass mit ihm etwas nicht stimmte. Aber dafür war sie in diesem Fall nun wirklich nicht mehr zuständig. Warum hatte der Arzt nicht Oleksandra angerufen? Wahrscheinlich hatte Stephan nicht daran gedacht, sie als Kontaktperson im Notfall durch seine neue Freundin ersetzen zu lassen.

Aber je näher sie der Klinik kam, desto mehr war der Ärger verschwunden. Und jetzt war kaum noch etwas davon übrig. Stattdessen machte er einem Gefühl des Mitleids Platz.

»Hey, du«, sagte sie leise.

Er schlug die Augen auf und schloss sie gleich wieder. »Anke, das ist aber schön.« Er lächelte leicht.

Sie nahm sich einen Stuhl und setzte sich neben ihn. »Wie geht's dir?«

Er starrte ins Leere. »Anke, mir geht's beschissen. Ich … ich weiß nicht mehr, was ich machen soll.«

Anke sah, wie seine Augen zu glänzen begannen. »Hey, das wird schon werden.« Sie versuchte, aufmunternd zu klingen. »Was ist denn los?«

Er drehte den Kopf und sah ihr direkt in die Augen, das erste Mal, seit sie den Raum betreten hatte. »Ich bin pleite.«

»Wie – pleite? Wie meinst du das?«

Er atmete tief ein und aus, bevor er antwortete: »Ich hab Geld bei der Njördwind angelegt. Und das ist jetzt wohl weg, wenn ihr die verschwundenen Millionen nicht wiederfindet.«

Anke seufzte. Auch das noch. »War es viel?«

Er nickte. »Ich habe in unserer Filiale einen Kredit aufgenommen. Die Zinsen waren so verdammt niedrig.« Seine Stimme wurde jetzt lauter. »Nicht mal ein Prozent! Und bei der Njördwind gab es eine wahnsinnige Rendite.«

Anke nickte. »So ein Mist. Wie viel war es denn?«

Er zögerte einen Moment mit der Antwort. Dann sah er sie an. »Ach, ist jetzt ja auch egal. Zweihunderttausend Euro.«

»Mist.«

Stephan schloss die Augen. »Ja, Mist. Mein Erspartes ist weg, und ich hab einen Berg Schulden. Eigentlich müsste ich Privatinsolvenz anmelden, aber das kann ich erst, wenn wir geschieden sind. Sonst ziehe ich dich auch noch mit rein. Das neue Haus ist auf jeden Fall weg.«

Anke wusste nicht, was sie sagen sollte. Sie hatte nicht das Gefühl, als könne sie ihm eine große Hilfe sein. Aber deswegen bringt man sich doch nicht gleich um, lag ihr auf den Lippen. Doch sie verkniff sich die Bemerkung. Sie wusste, wie wenig hilfreich das jetzt war. Auch wenn es stimmen mochte.

Sie sah sich um. Ihr fiel auf, dass auf dem Rolltisch am Krankenbett keinerlei persönliche Gegenstände standen. Und registrierte auch jetzt erst, dass Stephan keinen Pyjama trug, sondern nur eines dieser furchtbaren, hinten offenen Klinikhemden.

»Sag mal, hat Oleksandra dir keine Sachen gebracht?«

Er seufzte. »Das ist das Nächste. Die ist weg!«

»Wie – weg?«

Er drehte den Kopf in ihre Richtung und sah sie an. »Na ja, weg eben! Mit Sack und Pack. Als ich ihr erzählt hab, was finanziell los ist, war sie ganz schnell auf und davon. Die hatte wohl keine Lust, mich mit durchzufüttern.«

»Äh ... hm. Ich dachte immer, *du* fütterst *sie* mit durch?«

Stephan verzog den Mund. »Nee, nee, die hatte genug eigenes Geld. Bei ihren Aufnahmen für Zeitschriften und so kam ganz gut was rum.«

Das überraschte Anke. Zugleich wurde ihr klar, dass sie sich nie damit auseinandergesetzt hatte, was Oleksandra eigentlich machte. »Ist sie Model, oder wie?«

»Tja. So was in der Art.«

»Ich dachte, sie studiert.«

Stephan zuckte nur die Achseln und blickte wieder traurig ins Leere. »Ich wollte sie auch überreden, was bei Siggendiek zu investieren. Gottlob hat sie nicht auf mich gehört!«

»Und dann hat sie auch – ich meine, Jannik hat sie in Kiel gesehen, mit ihrer neuen Oberweite. Da hat er natürlich gleich gedacht –« Sie musste nicht weitersprechen.

Stephan seufzte. »Auch das noch. Ich wollte doch gar nicht, dass sie sich diese Dinger machen lässt. Mensch, jetzt muss ich mich ja erst recht bei Jannik entschuldigen. Das tut mir alles so wahnsinnig leid!«

Sie schwiegen beide einen Moment. Ankes Blick fiel auf die Verbände an Stephans Unterarmen und die Pflaster in seinem Gesicht. Sie wies darauf und fragte: »Und was hast du da angestellt?«

Stephan seufzte und schloss die Augen. »Frag nicht.«

Sie nickte und saß noch ein wenig schweigend neben ihm. Mist. Wenn sie ihn neulich bei sich reingelassen und ihm zugehört hätte, wäre sicherlich alles anders gekommen. Aber wer ahnte denn auch so was?

Ein paar Minuten später war er eingeschlafen und schnarchte leise. Anke stand auf und stellte vorsichtig den Stuhl an den kleinen Tisch an der Wand zurück.

Als sie die Tür hinter sich schloss, sprach sie Dr. Burmeister an und bat sie, mit in sein Sprechzimmer zu kommen. Er erklärte ihr detailliert, wie es um Stephan stand.

»Aber wie genau ist das denn abgelaufen?«, fragte Anke. »Wer hat ihn gefunden? Und warum hat er diese Verbände und Pflaster?«

Dr. Burmeister nickte und sah sie mit ernster Miene an. »Ihr Mann hat großes Glück gehabt. Trotz des Suizidversuchs war sein Überlebenswille so groß, dass er sich selbst gerettet hat, sozusagen. Trotzdem hätte es auch anders ausgehen können.«

Der Arzt erklärte ihr, dass Stephan sich, wie er erzählt hatte, im Wohnzimmer auf die Couch gelegt, mehrere große Gläser Whisky geleert und dann, offenbar einem plötzlichen Impuls folgend, eine ganze Packung Schlaftabletten eingenommen hatte. Es folgte ein weiteres Glas Whisky, und dann musste er das Bewusstsein verloren haben, denn das Nächste, an das er sich später erinnern konnte, war, dass er im Krankenhaus aufgewacht war.

Was dazwischenlag, hatte der Arzt inzwischen auch herausgefunden. Stephan war nämlich nicht zu Hause gefunden worden, sondern bei den Nachbarn vor der Tür. Offenbar hatte er es geschafft, im Delirium das Haus zu verlassen, und war auf allen vieren zum Nachbarhaus gekrochen, und zwar durch die Rosenbeete in deren Vorgarten. Zum Glück war dort jemand daheim gewesen und hatte sofort einen Krankenwagen gerufen. Hier hatte man ihm den Magen ausgepumpt und ihm mehrere Dutzend Dornen aus der Haut gezogen.

»Meine Güte. Und der Tropf an seinem Arm?«

»Das ist ein Antibiotikum«, sagte Dr. Burmeister. »Wegen der verschmutzten Schürfwunden. Sie sollten ihm auch neue Kleidung mitbringen, seine Hose und sein Hemd waren so ziemlich dahin.«

»Und wie geht es jetzt weiter?«

»Ein paar Tage wird er noch hierbleiben müssen. Bis das Gift ganz aus seinem Körper ist, und außerdem muss er mit dem Neurologen sprechen. Anschließend wird ihm eine Psychotherapie verordnet, wie immer bei Suizidversuchen. Aber das wissen Sie natürlich.«

Anke lehnte sich im Stuhl zurück. Das alles musste sie erst einmal verdauen. Ihre Wut auf Stephan, so eine Dummheit angestellt zu haben, die in der Klinik zunächst einem großen Mitleid gewichen war, meldete sich jetzt zurück. Was für ein Feigling. So vor seinen Problemen wegzulaufen – das sah ihm ähnlich. So ein Waschlappen. Jämmerlich.

Zugleich ärgerte sie sich über sich selbst. Dass sie überhaupt hergekommen war. Dass es jetzt an ihr hängen blieb, ihm frische Klamotten zu bringen. Und dass es jetzt zu spät war, um noch zu Tommy Andresen zu fahren, wie sie es eigentlich gewollt hatte. Der war garantiert schon weg.

## 34

Erst als sie wieder am Schreibtisch saß, fiel ihr auf, dass sie ganz vergessen hatte, Stephans Hausschlüssel mitzunehmen, um seine persönlichen Sachen zu holen und ins Krankenhaus zu bringen. Hatte er überhaupt eine Zahnbürste in der Klinik? Sie beschloss, stattdessen nach Feierabend bei famila vorbeizugehen. Da würde sie ihm einen Schlafanzug kaufen, vielleicht noch ein, zwei billige Taschenbücher.

Sie selbst hatte nur einmal im Krankenhaus gelegen, mit Blinddarmentzündung, ein Jahr vorm Abitur war das gewesen. Zu jener Zeit hatte sie ihrer Familie erzählt, dass sie zur Polizei gehen wollte. Am besorgtesten zeigte sich ihre Oma, als sie sie im Krankenhaus besuchte. Pralinen mit Schnapsfüllung hatte sie ihr mitgebracht, die Anke gar nicht mochte und nach der Operation natürlich ohnehin nicht essen durfte.

*Ohgottohgott, zur Polizei? Kindchen, nee!*

Sie hörte die Stimme ihrer Großmutter, als sei es gestern gewesen. Die Nase in anderer Leute Angelegenheiten stecken, das war es, was es für ihre Oma bedeutet hatte, dass ihre Enkelin Polizistin wurde. Und die Möglichkeit, im Dienst erschossen zu werden.

Ein paar Jahre später war sie tot.

Da war es wieder, das Bild von ihrer Großmutter, wie sie den Nachtisch brachte. Sechs Gedecke auf dem Esstisch und in der Mitte die große weiße Porzellanschüssel mit der hellroten Mädchenröte darin. Eischnee mit Johannisbeersaft.

Daran hatte sie doch erst neulich denken müssen.

Wann war das noch gewesen? Wie war sie darauf gekommen?

Natürlich, der Whirlpool im Siggendiek'schen Ferienhaus. Die rötlich milchige Pfütze am Boden des Beckens. Spiegelglatt.

Gedankenverloren klickte sie sich in ihrem Rechner zu den Fotos der Spurensicherung aus Dänemark durch, bis sie das Bild in ihrem Kopf auf dem Bildschirm wiederfand.

Sie klickte weiter. Fotos von Siggendieks Leichnam aus allen Perspektiven. Die früheren Bilder zeigten den Körper noch im Wasser. Es reichte ihm bis zu den Brustwarzen. Dickes weißes haarloses Fleisch in einer spiegelglatten rötlichen Suppe.

Es schüttelte sie.

Moment mal. Spiegelglatt?

Sie griff zum Telefon und rief in Varde an. Es dauerte eine Weile, bis sie Torkild an der Strippe hatte. Die Verbindung war schlecht, offenbar hatte man sie auf sein Mobiltelefon durchgestellt.

»Meine Liebe, schön dich zu hören!«

Schon wieder diese unangebrachte Vertraulichkeit. Aber eigentlich besser als das Gegenteil, dachte Anke. »Torkild, sag mal, als die Leiche gefunden wurde, da lag die ja noch im Wasser.«

»Den Siggendiek meinst du?«

»Ja, genau. Und der Whirlpool? Ich meine, war der an oder aus? Denn auf den Fotos sieht das so aus –«

»Du meinst die Luftdüsen und die Heizung? Das war alles aus.«

»Und das haben nicht eure Techniker ausgestellt?«

»Nein.«

»Und auch nicht die Familie, die die Leiche gefunden hat?«

»Nein, nein.«

»Ist das ganz sicher?«

»Ja, Anke. Ich habe extra nachgefragt, das muss auch im Bericht stehen. Ich weiß noch, wie ich dachte: Da hat aber einer mitgedacht. Das gäbe eine schöne Stromrechnung, wenn tagelang der Whirlpool läuft.«

»Ich glaube, ich habe in eine ähnliche Richtung gedacht. Ich wollte nur sichergehen. Hab vielen Dank!«

»Gern geschehen, meine Liebe. Und grüß die Lena von mir!«

Jaja, die hübsche junge Lena, dachte Anke, die soll man natürlich wieder grüßen.

Sie versuchte, ihre Gedanken zu ordnen. Wie es aussah, gab es zwei Möglichkeiten: Entweder hatte Siggendiek ein kaltes Buttermilchbad genommen, oder jemand hatte nach seinem

Ableben den Strom am Whirlpool ausgeschaltet. Ersteres war so unwahrscheinlich, dass es fast schon ausschied.

Bei der zweiten Variante gab es aber wieder zwei Möglichkeiten: Entweder es war der Mörder oder jemand anderes, jemand, der die Leiche vor der Familie aus Hannover entdeckt hatte zum Beispiel. Da aber niemand Meldung gemacht hatte und sie auch keine weiteren Spuren gefunden hatten, die jemand im Spa-Bereich des Ferienhauses hinterlassen hätte, schied Letzteres ebenfalls mit ziemlicher Sicherheit aus.

Also hatte Siggendieks Mörder den Strom abgestellt.

Nur: warum?

Anke musste an Torkilds Worte denken: Das gäbe eine schöne Stromrechnung. Und nicht nur das: Es würde eine ganze Menge Energie verschwendet.

Der Mörder ein Energiesparer? Ein Umweltschützer?

Ankes Herz schlug schneller. Sie wusste: Das war keine schlechte Hypothese. Und genau dieses Wort »Umwelt« hatte sie so oder so ähnlich in ihren Notizen stehen.

Sie musste nicht lange suchen. Es waren ihre Aufzeichnungen vom Verhör mit Ulrich Kappen. Daran erinnerte sie sich sogar noch. *Und dann glaubt man, dass man mit Windkraft den Planeten ein Stück weit vor dem Untergang retten kann.* So oder so ähnlich waren seine Worte gewesen.

Bingo.

Sie rief im anderen Büro an und bat Lena, herüberzukommen.

»Hey, Anke. Du siehst ganz schön geschafft aus.«

Einen Moment lang war sie drauf und dran, Lena von Stephans Selbstmordversuch zu erzählen, aber dann entschied sie sich dagegen. Sie schilderte stattdessen kurz ihre Überlegungen und den Anruf bei Torkild.

Lena nickte. »Scheint alles zusammenzupassen. Aber wieso hat Kappen dann noch die Bombe geschickt? Wenn er Siggendiek eh umbringen wollte?«

Anke überlegte. »Vielleicht … ja, genau: Vielleicht war die Bombe nur ein Ablenkungsmanöver.«

»Ein Ablenkungsmanöver? Wofür?«

»Für den eigentlichen Mord! Überleg doch mal. Wenn Kappen Siggendiek beseitigt hat, dann war ihm doch klar, dass der sein Päckchen nicht bekommt, denn er wusste, dass sich Siggendiek in Dänemark aufhielt. Deshalb hat er vorher die Drohbriefe geschrieben, komplett mit Absender. Damit er hinterher angerannt kommen konnte und sagen: Hier, ich hab alles vorher angekündigt, das ist meine Briefbombe. Und dann hat er sich sofort gestellt und alles gestanden, und jetzt denkt er natürlich, er ist aus dem Schneider. Angriff ist die beste Verteidigung, könnte man sagen. Denn Beweise dafür, dass es Kappen war, der Siggendiek umgebracht hat, können wir der Staatsanwaltschaft nach wie vor nicht liefern. Dafür umso mehr dafür, dass er die Bombe gebastelt hat. Dass die tatsächlich explodiert, gehörte wahrscheinlich nicht zu seinem Plan.«

»Wie meinst du das?«

»Kappen ging doch sicherlich davon aus, dass kein Unbeteiligter das Päckchen öffnet.«

»Tja, da hat er wohl nicht mit Tanjas Neugier gerechnet.«

»Wohl wahr. Aber selbst wenn – eine Verletzung mit Todesfolge ist kein Mord, wenn man nur mal an das Strafmaß denkt.«

»Und wieso hat er dann sein Geständnis widerrufen?«

Anke überlegte kurz. »Vielleicht ist er *noch* schlauer, als wir denken. Denn das macht ihn ja nicht weniger verdächtig, beschert uns nur umso mehr Arbeit mit der Briefbombengeschichte. Die uns dann vielleicht wieder davon ablenken soll, dass er eigentlich Siggendiek umgebracht hat.«

»Und das Motiv?«

Anke knetete ihre Unterlippe. »Es muss um Antonia gehen. Es kann doch kein Zufall sein, dass er was mit Siggendieks Tochter hatte.«

»Aber ist das nicht unlogisch?«, warf Lena ein. »Wenn Kappen seine Tochter verführt hat, dann hätte doch eher Siggendiek *ihn* umbringen müssen, nicht umgekehrt, oder?«

»Da ist natürlich was dran.«

»Weißt du was: Frag ihn doch einfach!«

»Klar, aber dazu … Wieso grinst du denn so?«

»Kappen ist gerade hier im Präsidium, im ersten Stock. Da war ich eben. Die Kollegen vernehmen ihn wegen der Bombe.«

»Sehr gut.« Anke stand auf. »Da gehen wir doch gleich mal runter. Wir müssen dahinterkommen, was mit Kappen und Antonia los war.«

Im Vernehmungszimmer blickte Ulrich Kappen gelangweilt auf, als Anke und Lena den Raum betraten. Die Kollegen, die ihm gegenübersaßen, sprühten ebenfalls nicht gerade vor Elan, wie Anke fand. Offenbar kam man hier nicht weiter. Sie wechselte ein paar leise Worte mit ihnen, und sie schienen tatsächlich froh zu sein, den beiden Frauen für ein paar Minuten das Feld überlassen zu können.

Sie nahmen Platz, und Anke kam sofort zur Sache. »Antonia.«

Ulrich Kappen sah sie überrascht an.

Anke beobachtete ihn genau, seinen Blick, die Haltung seiner Hände. Der Mann hatte sich im Griff. Nur einen winzigen Moment der Nervosität hatte er gezeigt. Da war etwas, und sie musste weiterbohren.

»Bitte erzählen Sie uns ein wenig über Antonia.«

Kappen blickte sie ungerührt an. »Welche Antonia?«

»Ihre Schülerin«, gab Anke zurück. »Antonia Siggendiek.«

In dem Moment beugte Lena sich zu Anke hinüber. »Mach mal weiter hier, ich hab 'ne Idee«, flüsterte sie ihr ins Ohr.

Anke sah sie an und nickte.

Nachdem Lena den Raum verlassen hatte, sah sie Kappen wieder an. Er blickte an ihr vorbei zur Tür.

»Sie werden sich ja wohl an Ihre Schülerin erinnern. Zumal Sie beide ein so gutes Verhältnis hatten. Ein so … enges Verhältnis.«

Kappen sah sie jetzt aufmerksamer an als zuvor, sagte aber nichts.

Anke schwieg ebenfalls und beobachtete den Mann. Sie war sich sicher, dass er gleich anfangen würde zu reden, es war nur eine Frage der Zeit. Und tatsächlich, sie musste keine Minute warten.

»Gut, gut«, hob Kappen an, »sie war meine Schülerin, ja. Und es hat uns alle sehr getroffen, als sie sich damals das Leben genommen hat.«

Kappen erwiderte Ankes Blick einen Moment lang, wandte sich dann aber ab. Er war aufgewühlt, vielleicht traurig, und versuchte es zu verstecken, das sah sie genau. Das sagte ihr ihre ganze Erfahrung als Kriminalkommissarin.

Ankes Handy summte in ihrer Hosentasche. Mist, ausgerechnet jetzt? Das Display zeigte nur eine Rufnummer, aber sie erinnerte sich daran, dass das die Handynummer von Tommy Andresen war. Jedenfalls hatte die so ähnlich angefangen.

Sie überlegte kurz, was sie tun sollte. Dann stand sie auf, bedeutete Kappen, sie wäre gleich zurück, und trat vor die Tür.

Es war tatsächlich Andresen. Sie bat um Entschuldigung dafür, dass sie nicht wie versprochen vorbeigekommen war, und er sagte, sie könnten sich um vier Uhr in der Stadt treffen.

Anke sah auf die Uhr, es war kurz vor halb drei. Das sollte klappen. Sie sagte zu und verabredete sich mit ihm in einem Café am Hafen.

Sie betrat den Raum wieder und schloss die Tür hinter sich.

»Herr Kappen«, begann sie, während sie sich setzte, »wir wissen, dass Sie mit Antonia mehr verband als nur ein normales Lehrer-Schüler-Verhältnis. Und es wäre wirklich wichtig für Sie, wenn Sie mir von sich aus etwas darüber erzählen.«

Zum ersten Mal schien Kappen wirklich überrascht. »Das –« Er brach ab und setzte noch einmal an. »Ich verstehe nicht, was das mit irgendetwas hier zu tun hat. Toni ist tot, warum müssen Sie denn da jetzt –« Er sprach nicht weiter, verschränkte die Arme und starrte auf den Tisch.

Anke war sich sicher, dass er gerade eine tief empfundene Gefühlsregung unterdrückte. Doch ob diese Gefühle mit Antonia Siggendiek zu tun hatten oder eher damit, dass er ihren Vater getötet hatte? Aber wo war das Motiv?

»Es gibt ein Foto«, fuhr sie fort, »das Sie und Antonia in einer ziemlich vertrauten Pose zeigt. Eigentlich ganz eindeutig, würde ich sagen.«

Sie sah Ulrich Kappen in die Augen.

Seine Pupillen weiteten sich leicht. Er lehnte sich zurück, lachte kurz auf und schüttelte den Kopf.

Ein winzig kleiner Schweißtropfen bildete sich auf seiner Stirn.

Sie war sich sicher, dass sie auf dem richtigen Weg war. Anhand seiner Reaktionen sah sie sich bestätigt. Zwischen ihm und Antonia hatte eine Verbindung bestanden.

Kappen setzte zu einer Erwiderung an. »Ich weiß, was Sie meinen. Das Foto. Aber das ist doch harmlos. Das war auf der Klassenfahrt, da hat Antonia ein Selfie mit mir gemacht und hat mich dabei quasi angesprungen, das ging ganz schnell, ich hab sie natürlich sofort zurechtgewiesen.«

Anke nickte. »Natürlich. Das ist ja auch eine logische Erklärung.« Sie gab sich Mühe, ihrer Stimme einen ironischen Tonfall zu geben.

Er schwitzte. Immer mehr Schweißtropfen tauchten auf seiner Stirn auf, er wischte mit dem Handrücken darüber.

Der Mann hatte Angst. Nur wovor? Dass bekannt wurde, dass er mit einer seiner Schülerinnen im Bett gewesen war? Oder Angst davor, eines Mordes überführt zu werden? Wie ein kaltblütiger Mörder kam ihr Kappen eigentlich nicht vor. Dass er das Verhältnis mit Antonia nicht zugab, war nicht weiter verwunderlich. Und trotz allem konnte sie beides noch nicht zusammenbringen. Wo war das Motiv? Hatte Lena nicht recht, hätte nicht eher Siggendiek Kappen bedrohen müssen? Oder hatte der Vater einfach nur ihrem Glück im Weg gestanden? Dazu passte vor allem nicht die Art und Weise, wie Siggendiek umgekommen war. Erwürgt mit einem Draht, da steckte mehr dahinter.

Dummerweise hatten sie gegen ihn momentan jedoch so gut wie nichts in der Hand, wie sie sich eingestehen musste. Für beides gab es keinerlei Beweise, von dem Foto einmal abgesehen. Aber wenn es ihr gelang, ihn so weit in die Enge zu treiben, dass er das eine gestand, folgte das andere vielleicht ganz automatisch.

»Wo waren Sie am vergangenen Freitag zwischen vierzehn und sechzehn Uhr, Herr Kappen?«

Er schnaufte. »Ich war erst in der Schule, und dann war ich zu Hause. Sie können gerne nachfragen.«

»Machen wir auch. Wer kann bestätigen, dass Sie zu Hause waren?«

»Meine Frau. Zufrieden?«

Anke zuckte die Schultern. »Besser wäre es, Sie hätten noch einen anderen Zeugen. Ehepartner als einzige Alibigeber sind vor Gericht immer so eine Sache.«

»Was soll das denn heißen?« Wieder wischte er sich den Schweiß von der Stirn.

Sie blickte auf und sagte ruhig: »Lassen wir das. Haben Sie mir sonst noch etwas zu sagen?«

Doch Kappen war verstummt und starrte auf den Tisch.

Anke sah auf die Uhr. Wenn sie Tommy Andresen noch erwischen wollte, musste sie bald los. Sie betrachtete ihr Gegenüber. Wahrscheinlich hatte das hier auch keinen Zweck mehr. Sie würde später weitermachen. Kappen sah aus, als müsste er sich gleich übergeben.

Anke stand auf und verließ den Raum. Die Kollegen übernahmen die Vernehmung des Lehrers wieder.

Sie holte ihren Mantel aus dem Büro. Auf dem Flur traf sie Mark Roth und bat ihn, in der Schule Kappens Alibi zu überprüfen. Sie sah noch mal auf die Uhr. Jetzt musste sie aber wirklich los zum Hafen.

# 35

Lena Klatt brauchte keine zehn Minuten mit ihrem Fahrrad vom Präsidium bis zum Reihenhaus, in dem Ulrich Kappen mit seiner Frau wohnte.

Während der Fahrt griff sie mehrmals in die Innentasche ihrer Jacke, um sich zu vergewissern, dass die Kopie des Durchsuchungsbeschlusses noch da war.

Es hatte nicht viel gebraucht, um sich den Schrieb bei den Kollegen, die den Briefbombenfall bearbeiteten, kurz auszuleihen und eine Kopie anzufertigen. Nur ein Lächeln und ein paar Augenaufschläge, und ihre knappe Erklärung – »Für die Akten!« – hatte ihnen gereicht. Männer waren aber auch verdammt leicht zu beeinflussen. Oft wünschte sie sich, bei Frauen fiele ihr das genauso leicht.

Eine unscheinbar und grau wirkende Frau öffnete die Tür, keine zehn Sekunden, nachdem Lena geklingelt hatte. Sie hatte ein Geschirrhandtuch in der Hand, offenbar kam sie gerade aus der Küche. Die lindgrüne Schürze, die sie umgebunden hatte, war mit Mehl bestäubt. Sie sah ein wenig verängstigt aus, als sie Lena sah.

Seltsam, fuhr es Lena durch den Kopf, sehe ich so schlimm aus?

»Mein Name ist Lena Klatt, Kripo Schleswig. Darf ich hereinkommen?«

Wortlos trat die Frau zur Seite und ließ Lena vorbei. Ihr Gesichtsausdruck änderte sich nicht.

»Sie sind Frau Kappen?«

»Silke Kappen, ja. Ist was mit meinem Mann?«

»Wie meinen Sie das?«

»Weil er nicht nach Hause gekommen ist. Um dreizehn Uhr hat er freitags Schulschluss, da müsste er schon längst hier sein. Ist etwas passiert?«

Ein starkes Stück. Der hatte doch glatt seiner Frau verschwiegen, dass er von der Polizei vernommen wurde. Und vielleicht nicht nur das. Vielleicht wusste die überhaupt nicht, dass gegen ihn ermittelt wurde?

Lena überlegte kurz. War es von Vorteil, sie in dem Glauben zu lassen? Oder eher nicht? Eine häusliche Krise hatte schon so manches Mal dazu geführt, dass ein Fall gelöst wurde, weil der eine Partner auf einmal Dinge über den anderen zu berichten wusste, die die Ermittler bislang nicht gewusst hatten.

Und Zurückhaltung war Lenas Sache ohnehin nicht. Denn man los.

Sie zog den zusammengefalteten Zettel aus der Jacke und reichte ihn der Frau in der Schürze. »Dies ist ein richterlicher Durchsuchungsbeschluss.«

Die Frau machte große Augen. »Und was bedeutet das? Was mache ich damit?«

»Sie können ihn sich ansehen und mir wiedergeben und mich dann Ihr Haus durchsuchen lassen.«

»Aber wieso denn, was ist denn los? Wo ist mein Mann?«

»Der sitzt bei uns in der Dienststelle und wird verhört.«

Silke Kappen blickte Lena entgeistert an. Sie sah aus, als würde sie jeden Moment in Tränen ausbrechen. »Aber ... was ist denn bloß los? Wieso: verhört?«

Lena tat überrascht. »Haben Sie gar nicht mitbekommen, dass Ihr Mann in den letzten Tagen ständig zur Polizei musste?«

Frau Kappen schüttelte den Kopf. »Aber wieso denn?«

»Das erfahren Sie noch früh genug«, sagte Lena. »Jetzt lassen Sie mich bitte vorbei.«

Sie ließ die Frau stehen. Ziellos durchsuchen wollte sie die Wohnung nicht, sondern sie hatte eine ganz konkrete Idee. Wo war der Computer?

Es dauerte eine Weile, bis sie ihn fand. Sie hatte sich schon gefragt, ob Kappen vielleicht gar keinen besaß. Oder nur ein Laptop hatte, das er in die Schule mitnahm und das sich gerade in seiner Aktentasche – oder was auch immer er so bei sich trug – befand und deshalb im Moment bei ihnen in der Dienststelle stand.

Sie wollte sich gerade ärgern, dass sie daran nicht gedacht hatte, als sie in einem Raum im Keller, einer Art Hobbyraum mit einer metallenen Tür, der, anders als der Rest der Kellerfläche, mit dunkelbraunem Teppichboden ausgelegt war, einen PC mit einem altertümlichen Röhrenbildschirm erblickte.

Lena setzte sich davor und startete den Computer.

Es dauerte eine Weile, bis Windows ein Passwort von ihr verlangte.

Verdammter Mist. Sie hatte gehofft, dass es einfacher ging.

Routiniert versuchte sie erst »Passwort«, dann »1234« und schließlich »Silke«. Alles Fehlanzeige.

Und jetzt?

Moment mal.

Sie gab »Antonia« in das Fenster ein, und auf einmal öffnete sich die Benutzeroberfläche.

Lena lief ein Schauer über den Rücken. »Antonia« als Passwort. Natürlich war das kein Beweis im strafrechtlichen Sinne. Aber es bewies dennoch, dass die beiden mehr verbunden hatte als ein normales Lehrer-Schülerin-Verhältnis, genau wie das Foto aus Antonias Matratze. Und vielleicht würde sich auf dem Rechner noch mehr finden.

Sie konnte nur hoffen, dass sie hier fertig war, bevor Kappen nach Hause kam. Denn dass er auspackte oder die Kollegen genug gegen ihn in der Hand hatten, um ihm den Bombenanschlag nachzuweisen, davon ging sie nicht aus. Zumindest waren die Kollegen vorhin alles andere als zuversichtlich gewesen. Anders als seine überrumpelte Frau würde Ulrich Kappen garantiert den Braten riechen, dass sie hier nichts zu suchen hatte. Sie hatte ja nicht einmal ein paar Polizisten dabei, die ihr bei der Hausdurchsuchung halfen.

Sie klickte auf »Programme/Dateien durchsuchen« und gab »*.jpg« ein. Es dauerte eine Weile, bis sich das Explorer-Fenster öffnete. Es zeigte über achttausend Treffer. So viele Bilder hatte Kappen auf dem Rechner?

Das würde eine Weile dauern.

Nachdem Lena in schneller Folge ein paar hundert Fotos durchgeklickt hatte, beschloss sie, dass das so keinen Zweck hatte. Vielleicht wurde sie woanders eher fündig?

Sie startete den Browser, tippte die Adresse von Facebook ein, und tatsächlich, Ulrich Kappen war bei Facebook angemeldet. Sie durchsuchte seine Freundesliste. Allzu viele Facebook-Freunde hatte Kappen nicht, unter den vierzig Namen gab es weder eine Antonia noch eine Toni. Es konnte natürlich sein, dass sie bei Facebook nicht unter ihrem richtigen Namen angemeldet war – vielleicht ja auch überhaupt nicht. Hieß es nicht immer, dass Facebook bei jungen Leuten immer mehr an Beliebtheit verlor?

Sie klickte auf »Nachrichten«. Mit einem Dutzend Menschen stand Kappen in Kontakt, doch auch hier war keine Antonia dabei. Sie wollte das Fenster schon wieder schließen, da fiel ihr Blick auf den Reiter »Sonstiges«. Hier schrieb man sich mit Leuten, mit denen man nicht »befreundet« war. Und gleich der erste Name war ein Volltreffer: »Toni Sigge« stand da. Und daneben: 28.12.2013.

Lenas Herz schlug bis zum Hals, als sie den Dialog öffnete. Gleich auf den ersten Blick war ihr klar: Etwas Besseres hätte sie nicht finden können.

*Toni Sigge*
Ich vermisse dich.

*Ulrich Kappen*
Ich dich auch.

*Toni Sigge*
Du fehlst mir, wann seh ich dich wieder??

*Ulrich Kappen*
Geduld, mein Mädchen. Bald.

*Toni Sigge*
Ich hab von dir geträumt – von uns ☺

Und so weiter. Sie las sich noch ein paar Zeilen durch. Expliziter wurde es nicht, nirgends ging es um Sex, zumindest nicht konkret. Aber so oder so: Dies hier war mehr als deutlich.

Sie betrachtete das Profilfoto von Ulrich Kappen und verstand die Welt nicht mehr. Wie um alles in der Welt waren das junge Mädchen und der alte Knacker zusammengekommen? Natürlich war Lena psychologisch gut genug geschult, um zu wissen, dass es hier wohl eher um eine Art Vaterersatz als Projektionsfläche unerfüllter kindlicher Sehnsüchte ging.

Aber trotzdem. Er sah ja nun nicht einmal besonders gut aus, soweit sie das beurteilen konnte. Eher durchschnittlich.

Sie sah sich die Fotos auf Kappens Profilseite an. Gut, eine gewisse Ähnlichkeit zu Hans-Werner Siggendiek war da schon, auf jeden Fall war auch Ulrich Kappen relativ groß und von kräftiger Statur. Wenn sie sich richtig an Siggendiek erinnerte, hatte er auch eine ähnliche, zumindest ähnlich tiefe Stimme.

Lena blickte sich um. Sie musste das alles festhalten. Gab es hier einen Drucker? Sah nicht so aus. Sie öffnete kurzerhand ein Browserfenster, rief ihren privaten E-Mail-Account auf, machte ein paar Screenshots vom Dialog und schickte sie per Mail an ihre und Ankes Dienstadresse.

Gerade, als sie den Computer wieder herunterfuhr, hörte sie von oben Stimmen.

Sie stieg die Treppe hoch und betrat den Flur, als gerade vier uniformierte Beamte das Haus betraten – und die Kollegen, die vorhin die Vernehmung von Kappen geleitet hatten. Klarer Fall, jetzt ging die eigentliche Hausdurchsuchung los.

Lena ging einfach an ihnen vorbei zur Haustür, grüßte kurz und drehte sich in der Tür noch einmal um: »Ach, übrigens: Das Passwort vom Rechner im Keller lautet ›Antonia‹. Tschüs!«

## 36

Anke war zehn Minuten zu früh, aber Tommy Andresen saß bereits an einem der Tische und rauchte, als sie eintraf. Ihr fröstelte ein wenig in ihrem Mantel, aber das war ihr jetzt egal.

Sie setzte sich dazu. Sonst saß hier draußen niemand, aber das war sicherlich jetzt auch ganz gut so.

Anke nahm Platz und bestellte sich eine Tasse Kaffee. Tommy hatte ein Bier vor sich stehen.

»So, Frau Langenbrück«, begann er das Gespräch. »Wie kann ich Ihnen helfen?«

»Antonia Siggendiek. Erzählen Sie mir bitte mehr über sie. Andeutungen helfen mir nicht weiter. Sie haben gesagt, dass Hans-Werner Siggendiek seine Tochter nicht besucht hat und auch nicht besuchen durfte.«

»Sagen Sie mal, Sie haben nicht irgendwo 'ne Wanze unterm Pulli oder so? Nicht, dass Sie das hier jetzt mitschneiden!«

»Wie bitte?«

»Weil, wenn Sie das jetzt doch aufnehmen und sagen, nee, tun Sie nicht, dann ist das alles gar nicht verwertbar.«

Sie sah Tommy erstaunt an. Auf was für Ideen kam der bloß? »Ich kann Sie beruhigen, hier wird nichts aufgezeichnet.«

Die Kellnerin kam und brachte den Kaffee. »Noch 'n Bier«, sagte Tommy, »ohne Glas.« Er leerte die noch zu einem Drittel volle Flasche in einem Zug und drückte sie der Bedienung in die Hand.

Als sie fort war, beugte er sich näher zu Anke hinüber. »Also, zu Antonia. Ich weiß, was ich gesagt hab. Und ich weiß noch mehr, da haben Sie recht. Aber das kostet 'ne Kleinigkeit.« Der junge Mann lehnte sich zurück und drückte seine Zigarette im Aschenbecher aus. Sofort zündete er sich die nächste an.

Anke sah ihn belustigt an. »Ach ja? Wie viel denn?«

»Tausend Euro«, gab Tommy, ohne zu zögern, zurück. »Drunter läuft gar nix.«

»Jetzt hören Sie mir mal zu«, sagte Anke streng. »Ich glaube, Sie haben zu viele Jerry-Cotton-Hefte gelesen. Glauben Sie, ich laufe hier mit dicken Geldbündeln rum, um Zeugen zu bezahlen? Ich bin Beamtin. Woher, meinen Sie, sollte ich das Geld denn nehmen? Was schlagen Sie vor?«

Tommy sah sie abschätzend an. »Hm.« Er seufzte. »Scheiße. Nicht mal zweihundert?«

»Nicht mal zwanzig. Tut mir leid, Herr Andresen. Ich kann Sie zum Bier einladen, dafür bekomme ich wenigstens eine Quittung. Aber mehr ist nicht drin.«

»Schade. Ich hätte echt was Interessantes für Sie gehabt.«

»Und das wäre?«

»Ist doch egal. Ich will keinen Ärger.« Er stand auf.

»Moment!«, sagte Anke scharf. Sie beugte sich vor und ergriff sein Handgelenk. »Sie setzen sich jetzt hin und erzählen mir, was Sie wissen.« Sie wurde lauter. »Ich muss einen Mord aufklären. Das tue ich beileibe nicht jeden Tag. Und Sie wissen etwas, und ich lasse Sie hier nicht eher gehen, als bis Sie mir erzählt haben, was das ist.«

Tommy Andresen befreite sich aus ihrem Griff und rieb sein Handgelenk. Er sah Anke erstaunt an und nahm wieder Platz.

Anke atmete durch. Siehste. Geht doch.

Die Kellnerin brachte eine Flasche Bier und stellte sie Tommy hin.

Er nickte, setzte sie sofort an und trank.

»Also«, hob Anke wieder an, »Sie hätten was Interessantes für mich gehabt.«

Er nickte.

»Und was, wenn ich fragen darf?« Sie nahm einen Schluck Kaffee.

»Wie wär's mit Antonias Krankenakte?«

Anke ließ die Tasse sinken und starrte ihn an.

»Ja, da gucken Sie, ne?«

Sie nickte. »Woher –« Sie brach ab. Eine dumme Frage, er hatte die Akte gestohlen. Das musste er gar nicht zugeben. »Haben Sie auch die Dateien über sie gelöscht?«

Er zuckte die Schultern.

»Und wieso?«

»Kohle«, antwortete er knapp. »Zehntausend Euro. Ey, dafür würde ich meine Oma verkaufen.« Er lächelte schief. »Also jetzt nicht in echt«, beeilte er sich hinzuzufügen, »das ist jetzt nur so 'n Spruch.«

»Und wer hat Ihnen das gezahlt?«

Er gab keine Antwort.

Sie kniff die Augen zusammen. »Das war Siggendiek, oder?«

Tommy Andresen war ein denkbar schlechter Lügner. Ein Blick in sein Gesicht verriet ihr, dass sie ins Schwarze getroffen hatte, auch wenn er den Kopf schüttelte. Mensch, der konnte ja nicht mal sein Grinsen verstecken.

»Und wo ist die Akte jetzt?«

»Keine Ahnung. Aber ich hab die Blätter kopiert.«

Sie nickte. »Trotzdem können Sie mir mehr erzählen als bisher. Sie bekommen auch sicher keinen Ärger, im Gegenteil. Sie helfen immerhin, einen Mord aufzuklären.«

Tommy zog an seiner Zigarette und sah Anke abschätzend an.

»Sie haben gesagt«, fuhr sie fort, »Antonia wäre nur von ihrem Bruder besucht worden. Aber ihr Vater durfte nicht zu ihr in die Klinik. Wieso nicht?«

»Das kann ich Ihnen nicht erzählen. Wenn Siggendiek mitbekommt, dass –«

»Moment mal. Siggendiek ist tot.«

»Äh … wie bitte? Der ist tot?«

Anke nickte.

»Hans-Werner Siggendiek? Ist tot?«

»Klar.«

»Wieso das denn? Seit wann?«

»Seit einer Woche. Er wurde ermordet.«

Tommy Andresen sah sie fassungslos an. »Jetzt ohne Scheiß?«

Anke wusste nicht, ob sie lachen oder den Kopf schütteln sollte. »Ich wundere mich, dass Sie davon nichts mitbekommen haben. Lesen Sie keine Zeitung? Oder hören Radio?«

Tommy schüttelte den Kopf.

Das war wirklich erstaunlich.

»Na, dann ist es ja tatsächlich wurscht«, sagte er schließlich und seufzte erleichtert.

»Also hat er Sie dafür bezahlt, die Akte verschwinden zu lassen?«

Tommy Andresen grinste schief.

Klar, er würde das nicht zugeben. Aber im Grunde genommen war Anke dieses Lächeln Antwort genug.

Das Grinsen verschwand, und Tommy beugte sich wieder näher zu Anke hinüber. »Hören Sie zu: Siggendiek hat Antonia gequält. Ganz übel! Deshalb ist sie doch überhaupt in die Psychiatrie gekommen.«

»Gequält? Wie meinen Sie das? Geschlagen? Oder schlimmer?«

»Wissen Sie was?« Tommy drückte seine Zigarette aus. »Fragen Sie die Bohm. Die kann Ihnen bestimmt dies und das dazu erzählen.«

»Mit anderen Worten: Sie wissen es nicht.«

»Nicht genau. Wie gesagt, die Bohm. Die wird es wissen.«

# 37

Als Anke wieder an ihrem Schreibtisch Platz nahm, schwirrte ihr der Kopf. Aber immerhin waren sie ein gutes Stück weiter.

Lena betrat das Büro.

»Gut, dass du kommst, Lena, ich hab –«

»Gleich, gleich, erst mal ich! Hast du schon die Mail gelesen?«

Sie sah Lena verwirrt an. »Welche Mail?«

»Da, mach mal eben.« Sie zeigte auf Ankes Bildschirm.

Anke klickte die E-Mail an, öffnete den Anhang und überflog den Inhalt der Screenshots. Sie pfiff durch die Zähne. »Donnerwetter! Das ist eindeutig, jetzt haben wir unseren Beweis. Woher hast du das?«

»Später. Die Frage ist jetzt nur, was machen wir damit? Was heißt das für uns?«

Anke sah Lena ernst an. »Das heißt, wir haben Kappens Motiv für den Mord an Siggendiek. Rache.«

»Wie meinst du das?«

Anke erzählte Lena von ihrem Treffen mit Tommy Andresen. Lenas Augen wurden mit jedem Satz größer.

»Was genau hat er mit ›misshandelt‹ gemeint? Hat er sie geschlagen oder sexuell missbraucht?«

»Das wusste er nicht, und auch die Krankenakte bleibt vage.«

»Moment. Hast du nicht gesagt –« Erst jetzt fiel Lenas Blick auf einen Stapel Kopien, die vor Anke auf dem Tisch lagen. Sie trugen den Briefkopf der Kinder- und Jugendpsychiatrie. Lena pfiff anerkennend. »Frau Langenbrück, Sie sind ja ganz schön ausgebufft!« Sie nahm die Zettel in die Hand, sie waren zweimal gefaltet und ein wenig zerknittert. Wahrscheinlich hatte sie sich jemand in die Tasche gesteckt.

»Ausgebufft ist gut«, sagte Anke, »hundert Euro habe ich Tommy dafür gegeben.«

»Na, das sag man nicht zu laut!«

Anke seufzte. »Ich kann nur hoffen, dass das später im Gericht nicht zur Sprache kommt. Ansonsten sage ich halt, die Unterlagen sind uns anonym zugeschickt worden. Ich besteche doch keine Zeugen.« Sie lächelte matt. Auf einmal fühlte sie sich sehr müde. Sie musste wieder an Stephan denken. Wenigstens einen Schlafanzug würde sie ihm nachher noch vorbeibringen. Das durfte sie nicht vergessen.

Es klopfte am Rahmen der geöffneten Tür. Da stand Mark. Er hatte einen roten Kopf und war augenscheinlich etwas aus der Puste.

»Was hast du denn gemacht?«, fragte Lena belustigt.

Er schnaufte, schüttelte den Kopf und zeigte hinter sich in den Flur. »Treppe … zu schnell.«

»Dann hast du uns hoffentlich was Wichtiges mitzuteilen?«

Er hustete. »Also. Ich war in der Schule.«

»Echt?«, frotzelte Lena. »Mit Abi und allem Drum und Dran?«

Er sah sie verwirrt an, es dauerte eine Sekunde, bis er verstand. »Sehr witzig. Ein Alibi hat Kappen keins, jedenfalls nicht in der Schule.«

»Kunststück, waren ja auch Schulferien bis Freitag, oder?«, warf Lena ein.

»Nee, nee, in der Schule war er schon, da war so eine Konferenz. Aber die ging nur bis halb eins, danach hat ihn keiner mehr dort gesehen, wie es scheint.«

»Aha«, machte Anke. »Dann hätte er also genug Zeit gehabt, um –«

»Genau!«, rief Lena. »Am Nachmittag ist Siggendiek ermordet worden, das haut hin.«

»Eigentlich ging es aber um etwas anderes, also wegen der Kollegen.«

»Und zwar?«

»Ich habe noch einmal mit dem LKA gesprochen, die haben inzwischen einige der Daten von der Njördwind ausgewertet. Sie haben zum Beispiel eine komplette Liste der Investoren.« Mark verschränkte die Arme vor der Brust. »Und da ist Ulrich Kappen nicht mit drauf.«

Anke nickte. »Das passt.«

Mark runzelte die Stirn. »Äh … bekomme ich da jetzt was nicht mit? Was passt?«

»Dass er *kein* geprellter Njördwind-Anleger war. Du hast doch neulich gesagt, dass in Kappens Drohbriefen nirgendwo die Njördwind erwähnt wird.«

»Ja, aber wieso droht er ihm denn dann?«

»Wegen Antonia.«

»Antonia? Der Tochter von Siggendiek?«

Lena übernahm es, Mark auf den neuesten Stand der Erkenntnisse zu bringen.

Als sie geendet hatte, lehnte Mark sich im Stuhl zurück, verschränkte die Arme hinter dem Kopf und atmete lautstark aus. »Puh! Das ist ja – dann ist Kappen wohl unser dringendster Tatverdächtiger?«

»Genau«, sagte Lena. »Ich bin mir ziemlich sicher, dass als Alibi nur seine Frau übrig bleibt«, warf Lena ein, »und die wird schön für ihn aussagen. Kann aber gut sein, dass wir die im Verhör weichbekommen. Auf mich machte die eher den Eindruck: eingeschüchtertes Hausmütterchen.«

»Gut, dass Kappen bereits in Gewahrsam ist«, sagte Anke. »Wir sollten ihn erst mal von den Kollegen wieder übernehmen, und –«

»Moment«, unterbrach Mark sie. »Kappen ist doch schon wieder weg.«

Anke und Lena sahen ihn überrascht an.

»Wie jetzt?«, fragte Lena. »Der ist entlassen worden?«

Mark zuckte die Achseln. »Ja, vorhin. Ich war gerade unten, als er raus ist.«

Anke stand auf. »Wir fahren hin«, beschloss sie, »Jacken an und los.«

Als sie zehn Minuten später vor Kappens Haus eintrafen, waren die Kollegen noch immer mit der Haussuchung beschäftigt. Auf der Straße standen zwei Einsatzwagen, aber kein weiteres Fahrzeug.

»Was für einen Wagen fährt Kappen eigentlich?«, fragte Lena. »Ist der noch gar nicht wieder da?«

Mark zuckte die Schultern. »Vielleicht ist er Fahrradfahrer.«

Anke ging auf den Hauseingang zu, da wurde die Tür geöffnet, und ein uniformierter Polizeibeamter erschien, eine Zigarette in der Hand. Offenbar wollte er sich gerade eine Pause gönnen.

»Moin«, sprach sie den Mann an, »sagen Sie mal, Ulrich Kappen, ist der schon aufgetaucht?«

Der Polizist schüttelte den Kopf. »Ich glaube nicht.«

Einer der zwei Kommissare erschien, an den sie den Fall »Briefbombe« abgegeben hatten. »Moin, Langenbrück. Was machen Sie denn hier?«

»Wir suchen Ulrich Kappen.«

»Ah! Wieso das denn?«

Sie ignorierte die Frage. »Ist er hier?«

»Ist nicht, aber war«, gab der Kollege zurück. »Vorhin, ganz kurz, aber als er sah, dass wir hier seine Bude auf den Kopf stellen, ist er wieder abgehauen.«

»Und wohin, wissen Sie nicht?«

»Woher sollte ich?«

In Ankes Hosentasche klingelte das Handy. Sie hob die Hand. »Moment.« Anke holte das Telefon heraus und wandte sich ab. »Langenbrück. – Was? Wo? – Wir kommen sofort.« Sie steckte das Handy wieder ein. Zu Lena und Mark gewandt sagte sie: »Das war die Zentrale. Wir haben einen Springer auf dem Wikingturm!«

## 38

Nicht oft, doch immerhin alle paar Jahre kam es vor, dass jemand auf die Idee kam, von diesem Wohnturm am Yachthafen an der Schlei hinunterzuspringen, um seinem Leben ein Ende zu machen. Der Wikingturm war so etwas wie das moderne Wahrzeichen von Schleswig. Nicht wirklich schön, doch mit einem hohen Wiedererkennungswert, nicht zuletzt aufgrund des achteckigen Grundrisses – und natürlich seiner Höhe von siebenundzwanzig Stockwerken.

Die Lage vor Ort war schnell geklärt: Ulrich Kappen hatte sich gewaltsam Zutritt zu einem der Ferienapartments in der vierundzwanzigsten Etage verschafft und den momentanen Bewohner, einen Rentner, kurzerhand vor die Tür gesetzt. Der hatte natürlich sofort die Polizei alarmiert, und als die eintraf und die Tür aufbrach, stand Ulrich Kappen auf dem schmalen Balkon. Sofort, als die Beamten sich ihm näherten, hatte er ihnen klargemacht, dass er springen würde, sobald jemand die Balkontür öffnete. Die Polizisten hatten, dem üblichen Prozedere gemäß, die Kripo gerufen, und nun standen Anke und Lena vor der gläsernen Tür, die zum Balkon führte, und beobachteten Ulrich Kappen, der sich rücklings am Geländer festhielt und in die Ferne zu schauen schien. Er bewegte sich nicht.

Anke drückte langsam die Plastikklinke hinunter.

Kappen wandte sich um und blickte sie feindlich an, als sie die Tür einen Spalt öffnete. Sie hielt in der Bewegung inne. »Herr Kappen, tun Sie doch nichts Unüberlegtes«, rief sie durch den Türspalt.

Er lachte bitter auf. »Sie haben ja keine Ahnung!«

»Ich bitte Sie. Was soll denn das?« Der Mann stand etwa eineinhalb Meter von Anke entfernt. Sollte sie die Tür öffnen und den Balkon betreten? Vielleicht war sie so schnell bei ihm, dass sie ihn über das Geländer ziehen oder zumindest festhalten konnte, bis die Kollegen ihr halfen. Andererseits war er groß und stämmig – was, wenn er so viel Kraft hatte, sie mit in den Tod zu reißen?

Im Endeffekt kam alles darauf an, wie entschlossen er war.

Der Sprung vom Hochhaus war sozusagen eine todsichere Angelegenheit. Wer Tabletten und Alkohol nahm, hatte immerhin die Chance, dass ihm noch jemand half. Manchmal sogar er selbst, wie bei Stephan.

Anke musste sich zwingen, ihre Konzentration auf den Mann zu lenken, der nur ein paar Schritte entfernt in den Tod springen wollte.

Sie beschloss, erst einmal weiter mit ihm zu reden. Wenn er tatsächlich springen wollte, um jeden Preis, konnte sie ihn ohnehin nicht davon abhalten.

»Der Psychologe ist auf dem Weg«, hörte sie jemanden hinter sich sagen. Sie nickte langsam. Fragte sich nur, ob er noch dazu kommen würde, Kappen zur Vernunft zu bringen.

»Herr Kappen«, sagte sie mit lauter, fester Stimme durch den Spalt der Balkontür, »wollen Sie mir nicht erzählen, warum Sie das tun?«

Er schien jetzt wieder in die Ferne zu starren, und Anke war sich nicht sicher, ob er sie überhaupt gehört hatte. Gerade als sie noch einmal ansetzen wollte, drehte er sich um.

Tränen liefen über seine Wangen und tropften von seinem Kinn. »Antonia ist tot!«, brüllte er. »Und er hat sie auf dem Gewissen!«

Anke nickte. »Sie meinen ihren Vater.«

Kappen wischte sich mit dem Handrücken über die Augen. »Das Schwein!« Er drehte sich wieder in Richtung Balkongitter. »Ich habe sie geliebt!«, rief er in den Wind. »Ich –« Er brach ab, und Anke sah, wie sein Kopf leicht zuckte. Sicherlich weinte er wieder.

War jetzt der Moment, einzugreifen? Auf ihn zuzuspringen und zu versuchen, ihn umzuwerfen? Würden die Kollegen hinter ihr so schnell reagieren, dass sie hinter ihr herstürzten und verhinderten, dass sie selbst zu Schaden kam?

Da drehte Kappen sich zu ihr um, und sie gab den Plan wieder auf. Fieberhaft überlegte sie, wie sie vorgehen sollte.

Was sollte sie nur tun? Sie hatte keine Zeit, sich eine ausgeklügelte Vorgehensweise auszudenken. Reden war zunächst einmal die beste Strategie, das wusste sie, auch wenn sie in solchen Situationen wie dieser nun wirklich nicht geschult war. Vielleicht bekam sie hier so auch noch ein Geständnis, dann wäre Kappens Tod immerhin nicht umsonst. Gewissermaßen. Wenn er überhaupt springen wollte. Vielleicht reichte es ihm auch, sein Gewissen zu erleichtern.

»Sie wissen also, was Siggendiek seiner Tochter angetan hat«, nahm sie den Faden wieder auf.

Kappen funkelte sie an. Sein Gesicht war nass, aber die Tränen hatten aufgehört. »Und Sie wissen es offenbar auch.«

Anke nickte.

»Und warum hat die Polizei nichts unternommen?«

»Wir haben es gerade erst erfahren. Es tut mir sehr leid.«

»Davon wird sie auch nicht wieder lebendig.«

Sie wurde leicht von hinten angestupst und hörte Lenas Stimme, ganz leise: »Sprich ihn mit Namen an! So oft wie möglich!«

Anke nickte leicht. Was Lena wieder auf Lager hatte. »Ich verstehe Sie ja, Herr Kappen. Aber hiervon« – sie deutete vage auf das Balkongeländer – »ja auch nicht.«

Einen Moment lang verharrte er reglos, und in Anke wuchs die Hoffnung, die Situation deeskalieren zu können.

»Woher wussten Sie es denn, Herr Kappen?«

Er sah sie verwirrt an. »Was meinen Sie?«

»Dass sie misshandelt wurde.«

Er schüttelte den Kopf. Er blickte in ihre Richtung, aber sein Blick war leer.

»Hat Antonia es Ihnen erzählt, Herr Kappen? Haben Sie Siggendiek deshalb umgebracht? Aber warum erst jetzt?«

In seine Augen kehrte das Leben zurück. »Glauben Sie ja nicht, dass das etwas ist, was man so leichthin … Aber nee, Moment mal. Wie meinen Sie denn das? Das war ich doch gar nicht. Hat doch nicht geklappt!«

Anke war klar, dass er die Briefbombe meinte. »Herr Kappen, jetzt lassen Sie mal die Spielchen. Sie wissen doch genauso gut wie wir, dass Ihr Paket mit der Bombe nur ein Ablenkungsmanöver war. Sie haben es verschickt, und dann sind Sie nach Dänemark gefahren und haben Siggendiek erdrosselt.«

Er lachte laut und bitter. »Das darf ja wohl nicht wahr sein. *Das* wollen Sie mir in die Schuhe schieben?« Er schüttelte den Kopf.

»Jetzt mal ganz langsam, Herr Kappen. Wollen Sie mir erzählen, dass –«

»Ich will Ihnen gar nichts erzählen. Glauben Sie, in dieser Situation würde ich Sie anlügen? Mein Leben ist vorbei, so oder so.«

»So oder so? Wie meinen Sie das?«

»Antonia ist tot!«, schrie er. »Wir haben uns geliebt. Sie war alles für mich, und jetzt ist sie weg, und er ist schuld. Er hat sie zerstört. Ich wollte nur tun, wozu unser Staat keinen Mumm hat. Siggendiek musste bestraft werden. Und dass ich es nicht geschafft habe, dass *ich es nicht gewesen bin*, ist fast noch das Schlimmste an allem!« Wieder liefen Tränen über sein Gesicht.

Anke betrachtete den Mann. Er war am Ende, ganz klar. In seiner eigenen verdrehten Logik hatte er in Kauf genommen, als Siggendieks Mörder hinter Gitter zu wandern. Offiziell als derjenige, der den Mann beseitigt hatte, der so viele Schleswiger um ihre Ersparnisse gebracht hatte, in Wirklichkeit aber als Rächer des Mädchens, das ihm so viel bedeutet hatte. Doch jetzt würde alles herauskommen. Sein Verhältnis zu seiner Schülerin würde sich nicht mehr geheim halten lassen, geschweige denn, dass jemand Verständnis dafür haben würde. Sein Ansehen, seine Ehre waren unwiderruflich dahin. Wenn nicht schnell etwas passierte, würde er springen.

Im Übrigen hatte er nicht ganz unrecht, wie Anke zugeben musste. Würde ein Mensch wie er in dieser Situation noch versuchen abzustreiten, dass er den Mann getötet hatte, den er so sehr hasste? Die Frage blieb: Wieso stritt er jetzt noch immer ab, Siggendiek getötet zu haben?

Und was, wenn er es wirklich nicht gewesen war?

Dann waren sie wieder ganz am Anfang. Und wie würden sie neu ansetzen können? Sie musste ihn endlich vom Geländer wegbekommen. Er hatte sicherlich noch viel zu erzählen.

Kappen stützte sich auf dem Geländer auf und sah in die Tiefe.

So kam Anke nicht weiter. Sie brauchte eine andere Strategie. »Herr Kappen«, setzte sie wieder an, »das ist doch viel zu hoch. Um sich umzubringen, reichen zwölf Meter. Das hier sind über achtzig.«

Kappen wandte den Kopf und sah sie überrascht an. »Na und?«

»Das dauert zu lange bis nach unten. Über drei Sekunden! Da kann es gut sein, dass Sie es sich auf dem Weg nach unten anders überlegen. Und was dann? Zählen Sie nur mal selbst ab, wie lang das ist. Einundzwanzig, zweiundzwanzig –«

Er lachte bitter auf. »Sie haben vielleicht Nerven. Nicht schlecht, Frau Langenbrück!« Er sah ihr noch einmal direkt in die Augen. In seinem Blick nahm sie mit einem Mal eine große Ruhe und Gelassenheit wahr.

Das war's, dachte sie noch. Jetzt kommt er zur Vernunft.

Eine Sekunde später schwang er sich über das Geländer und war weg. Ohne einen Laut.

# 39

Als Silke Kappen die Tür öffnete, merkte man ihr sofort an, dass sie geweint hatte. Ihre Augen waren rot gerieben, und ihre Nase war verstopft, als sie die Kripobeamten begrüßte. Sie trat einen Schritt zur Seite, um Anke, Lena und Mark hereinzulassen. Silke Kappen trug eine Schürze und schien direkt aus der Küche zu kommen, und dorthin ging sie wortlos auch wieder zurück.

Sie folgten ihr. »Frau Kappen«, begann Anke. »Es tut mir wirklich sehr leid, aber ich muss –«

»Er ist tot, oder?«, unterbrach sie Silke Kappen. »Er ist tot. Sie müssen gar nichts sagen.« Sie ließ sich auf einen Stuhl am Küchentisch sinken.

Anke hatte erwartet, dass sie wieder zu weinen anfangen würde, aber vielleicht hatte sie keine Tränen mehr. »Woher wussten Sie, dass Ihr Mann …?«

Frau Kappen zeigte auf ein schnurloses Telefon, das zwischen diversen Küchenutensilien auf dem Tisch lag. »Er hat mich angerufen und sich verabschiedet«, sagte sie tonlos.

»Es tut mir wirklich leid.«

»Ach ja?« Silke Kappen wandte den Kopf und starrte Anke an. In ihrem Blick lagen Wut und Verzweiflung. »Was wissen Sie denn? Sie haben doch keine Ahnung! Und Sie haben ihn doch erst dazu gebracht, mit Ihren Verdächtigungen!« Sie schrie auf und fegte mit einer einzigen Bewegung alles, was darauf gelegen hatte, vom Küchentisch. Dann vergrub sie das Gesicht in den Händen und begann zu schluchzen.

Mark stand erst genauso unschlüssig daneben wie Anke. Dann bückte er sich und hob die heruntergefallenen Gegenstände auf und legte sie auf die Arbeitsfläche. Silke Kappen war wohl gerade dabei gewesen, einen Kuchen oder eine Torte zu backen.

Eine typische Übersprunghandlung, dachte Anke. Etwas, womit man sich ablenkt, wenn man ahnt oder weiß, dass bald etwas ganz Schlimmes passieren wird.

Sie betrachtete Frau Kappen und überlegte, was sie tun sollte, wie sie ihr helfen könnte. Und ob sie einen Polizeipsychologen verständigen sollte. Da tippte Lena an ihre Schulter.

»Hm?« Anke sah in ihre Richtung und schnappte nach Luft. »Was ist das denn?«

Lena hielt einen Gegenstand in der Hand, den sie offenbar gerade vom Boden aufgelesen hatte. Es war ein etwa dreißig Zentimeter langes Stück Draht, das an beiden Enden um zwei kurze, runde Holzstücke gewickelt war.

Das Tatwerkzeug im Fall Siggendiek, so hatte es ausgesehen.

Genau so!

Und sofort fiel ihr ein, woher sie es kannte. Aus der Küche, und zwar der Küche ihrer Großmutter. Es war ein Draht, mit dem man Biskuitböden abteilte, um eine Schichttorte zu backen.

»Das ist ein Tortenbodenschneider«, sagte Mark.

Anke sah ihn an. Im selben Moment, als Mark das Wort ausgesprochen hatte, war ihr genau diese Erkenntnis gekommen. Oder war ihr die Erinnerung dadurch gekommen, dass er es gesagt hatte?

»Wie jetzt?«, fragte Lena. »Wir machen uns tagelang Gedanken über das Mordwerkzeug? Und du weißt die ganze Zeit, was das ist, und sagst nichts?«

Mark blickte sie verwirrt an. »Sorry, aber ich wusste nicht, dass Siggendiek damit –«

»Na, du bist mir ja ein toller Ermittler«, schnaubte Lena. »Kümmerst dich nicht mal darum, wie die Tatwaffe aussieht.«

»Also jetzt entschuldige mal!«

»Kinder«, rief Anke dazwischen, »nun ist gut!« Sie nickte vage mit dem Kopf in Richtung Silke Kappen, die noch immer am Tisch saß und leise schluchzte. »Lasst mich mal mit Frau Kappen allein. Ihr könnt ja schon mal ins Präsidium fahren. Und seht zu, dass die Kollegen hier endlich abrücken.«

Lena und Mark zogen ab, und Anke setzte sich zu Silke Kappen an den Tisch.

Es dauerte eine Weile, bis sie sich beruhigte.

»Warum?«, fragte Silke Kappen nach ein paar Minuten, an

Anke vorbei. Es war weniger eine Frage an sie als eine Frage an die ganze Welt. »Warum hat er das getan?« Jetzt wandte sie sich doch an Anke. »Und was wollte die Polizei hier? Was haben denn alle gegen Ulrich?«

Anke war drauf und dran, ihr alles zu erzählen, doch sie entschied sich dagegen. Die Frau ihr gegenüber musste erst einmal damit klarkommen, dass sich ihr Mann umgebracht hatte. Alles andere würde warten müssen. So war es sicher besser.

# 40

Der Himmel hatte sich wieder zugezogen, und gerade, als Anke die paar Meter vom Auto zum Eingang des Präsidiums ging, setzte Regen ein.

Lena saß in ihrem Büro, neben ihr Mark. Sie sahen Anke nur stumm an, als sie eintrat.

Anke sagte ebenfalls nichts. Sie nahm sich einen Stuhl und setzte sich dazu, öffnete ihren Mantel, atmete tief aus und schloss die Augen. Sie mussten das, was heute geschehen war, erst einmal verarbeiten.

»Ich glaube nicht, dass du was falsch gemacht hast«, hörte sie Lena nach einer Weile leise sagen. »Mit Kappen auf dem Turm, meine ich.«

Anke öffnete die Augen und sah ihre Kollegin an. »Meinst du?«

Lena nickte.

»Und was, wenn doch?«, gab sie zurück. »Wenn meine letzte Strategie einfach die falsche war? Wenn er noch leben könnte?« Sie hatte gar nicht so aufgebracht klingen wollen, aber genauso fühlte sie sich. Aufgebracht. Schuldig, ja, sie fühlte sich schuldig am Tod eines Menschen. Auch wenn er sich selbst umgebracht hatte.

»Du hättest es ja doch nicht verhindern können«, sagte Mark. »Es war Kappens eigene Entscheidung. Wie alles, was er getan hat. Er hat mit großer Wahrscheinlichkeit einen Menschen auf dem Gewissen. Mindestens!«

Anke nickte. Sie war dankbar für seine Worte. »Entschuldige«, sagte sie zu Lena, »ich wollte nicht so aufbrausen.«

»Schon okay. Kaffee?«

Das war endlich mal eine gute Idee.

Als sie alle drei einen dampfenden Becher in der Hand hatten, konnten sie endlich wieder über den Fall sprechen.

»Und, war er's jetzt, oder war er's nicht?«, begann Lena.

»Also, um ehrlich zu sein: Ich glaube Kappen«, sagte Anke. »Erstens glaube ich ihm, dass er viel für Antonia empfunden hat. Und dass er überzeugt davon war, dass Siggendiek schuld war am Selbstmord seiner Tochter. Zweitens hätte er meines Erachtens keinerlei Grund mehr gehabt, uns anzulügen, kurz bevor er sich umgebracht hat.«

Mark legte seine Stirn in Falten. Ein seltener Anblick, dachte Anke.

»Kann doch trotzdem noch eine Schutzbehauptung sein«, sagte er.

»Ich glaube«, sagte Lena, »was Anke meint, ist, wenn er nur *gedroht* hätte, sich umzubringen, dann sähe das Ganze anders aus.«

»Genau. Er hatte doch keinen Grund mehr, uns etwas vorzumachen. Dass er zu allem entschlossen war, hat er uns schließlich vorhin bewiesen.«

»Oder er hat es sich so lange eingeredet, bis er es selbst geglaubt hat«, gab Mark zu bedenken.

»Klar, möglich ist alles. Aber hieb- und stichfeste Beweise haben wir eben nicht.«

»Und wo setzen wir jetzt an?«

Gute Frage. Auf Anhieb wusste Anke keine Antwort.

Sie müssten eben alles, was sie hatten, noch einmal durchgehen und prüfen, ob sich neue Hinweise ergaben, neue Richtungen, die sie einschlagen konnten.

Anke wies Lena an, mit den Kollegen zu sprechen, die Kappen vor ihnen verhört und sein Haus hatten durchsuchen lassen – immerhin konnte es ja sein, dass sie ihn doch noch des Mordes an Siggendiek überführen konnten. Anke selbst ging endlich hinüber zu famila. Sie erstand für Stephan einen gestreiften Baumwollpyjama, ein paar Zeitschriften, einen dicken schwedischen Psychothriller mit reißerischem Klappentext und eine Packung seiner Lieblingsnascherei, After Eight.

Als sie wieder im Büro war, nahm Anke sich noch mal den Krankenbericht über Antonia Siggendiek vor. Sie ging jede einzelne Seite durch und machte sich Notizen. Ein wenig unbehaglich war ihr schon zumute, dass sie hier im privatesten Privatleben von jemandem herumschnüffelte, noch dazu ohne Befugnis. Sicherlich, sie hatte genau für die Einsicht in diese Akte einen richterlichen Beschluss, aber trotzdem hatte sie sie ja auf illegalem Weg »besorgt«.

Anke musste sich sehr konzentrieren. Manches verstand sie auch nicht gleich, wenn es allzu fachsprachlich formuliert war. Das strich sie sich dann mit einem Marker an.

Zunächst einmal bestätigte sich das, was Tommy Andresen ihr erzählt hatte. Antonias Körper hatte bei der Aufnahmeuntersuchung diverse Hämatome aufgewiesen; sie selbst hatte dazu angegeben, sie sei mehrmals im Haus die Treppe hinuntergefallen. Die ärztliche Vermutung dazu ging in Richtung körperlicher Misshandlung oder autoaggressivem Verhalten. Vernarbte Schnittmale an den Unterarmen schienen die zweite These zu bestätigen. Die Ärzte vermuteten, dass sie sich bereits seit mehreren Jahren regelmäßig ritzte. Anlass der Einweisung war ein Suizidversuch durch Aufschneiden der linken Pulsader. Zur Ursache stand dort nichts.

Moment.

Anke ging einen Absatz zurück. Die linke Pulsader? Dennis hatte doch erzählt, sie habe Tabletten genommen. Und weiter: dass sie sich seit Jahren ritzte? Hatte der Bruder nicht gesagt, dass Antonias Freund mit ihr Schluss gemacht hatte und sie sich deshalb umgebracht hatte? Das hatte auch Frauke Bohm bestätigt. Sie hatte gesagt: Ja, das hatte auch damit zu tun.

Klar, nur eine einzige Ursache gab es bei so etwas selten. Dennoch: Passte das zusammen? Das Ritzen wies ja auf eine länger andauernde psychische Beeinträchtigung hin. Autoaggression, das war doch etwas ganz anderes als ein Suizid im Affekt aus Liebeskummer. Oder musste sich das nicht ausschließen?

Tommy Andresen war überzeugt davon, dass Vater Siggendiek seine Tochter misshandelt hatte, und Ulrich Kappen, wie es schien, ebenso. *Er hat sie auf dem Gewissen*, so ähnlich hatten seine letzten oder vorletzten Worte gelautet. Wenn ihr Vater sie wirklich körperlich misshandelt hatte – und momentan ließ Anke nichts daran zweifeln –, erklärte dies zumindest schon einmal ihre labile psychische Verfassung und die Hämatome. Nur komisch, dass sich ihr psychischer Zustand in der Klinik dann nicht verbessert hatte, denn der Vater hatte ja, wie Tommy Andresen gesagt hatte, gar nicht zu ihr gedurft. Was aber wiederum der Aussage von Frauke Bohm widersprach, ein-, zweimal habe er sie besucht.

Schon wieder stutzte Anke. Wie war das eigentlich gemeint? Eine richterliche Verfügung gab es nicht, sie hatten alles geprüft, was über Herrn und Frau Siggendiek in ihrem System zu finden war. Vielleicht hatte sie …

Sie hatte den Gedanken kaum im Kopf zu Ende formuliert, als sie auch schon eine Bemerkung in der Akte fand: »Antonia wünscht keinen Besuch ihrer Eltern, und bis auf Weiteres wird ihrem Wunsch entsprochen werden.«

Also nichts wirklich Offizielles mit Verfügung oder so, nur eine Bemerkung in der Akte. Eine Begründung stand nicht dabei.

Dennoch war das seltsam. Hatte Frauke Bohm bewusst gelogen? Oder gab es eine andere Erklärung? Vielleicht hatte sich ihre Bemerkung auf die Zeit bezogen, bevor Antonia darum gebeten hatte, nicht mehr von ihren Eltern besucht zu werden. Das Datum stand nicht dabei.

Sie ging die nächsten Berichte durch.

Das Ritzen hatte in der Klinik nicht aufgehört. Im Gegenteil, es war immer wieder aufgetreten, und es hatte auch neue Hämatome gegeben. Dort stand, Pflegerin Bohm habe angegeben, dass Antonia außerhalb der Klinik in ihrem Beisein ihren Unterarm vorsätzlich an der Tischkante verletzt und sich selbst an den Haaren gerissen habe, bis es ihr gelungen sei, das Mädchen zu beruhigen und zurück in die Klinik zu bringen.

Anke versuchte sich vorzustellen, wie das ausgesehen haben mochte.

Furchtbar.

Weiter im Text. Regelmäßig einmal im Monat sei es zu neuen Verletzungen gekommen. Außerdem hatte Antonia im Anschluss daran in der Therapie immer eine Zeit lang komplett dichtgemacht, wenn Anke die Formulierungen hier richtig verstand.

Langsam bekam sie das Gefühl, dass Dennis ihr nicht alles erzählt hatte. Wenn er denn überhaupt genau gewusst hatte, was mit seiner Schwester gewesen war. Vielleicht hatte sie die Geschichte mit dem Freund ja auch nur erfunden? Wobei, einen Freund oder Liebhaber, oder wie man das auch immer nennen sollte, kannten sie ja: Ulrich Kappen. Allerdings sah es nach ihrem Wissensstand ja nun gar nicht danach aus, als hätte er mit ihr Schluss gemacht. Im Gegenteil.

Sie musste mit jemandem aus der Klinik über all das sprechen und wenigstens einige der vielen Lücken, die es da noch gab, füllen. Nur mit wem?

Die Ärztin war ihr komplett unsympathisch gewesen. Vielleicht Frauke Bohm? Sie war sogar dabei gewesen, als sich Antonia verletzte. Frau Bohm konnte ihr bestimmt das eine oder andere erzählen, was sich hier nur zwischen den Zeilen fand. Oder überhaupt nicht. Und sie musste ohnehin klären, warum sich ihre und Tommys Angaben widersprachen – und warum sie ihr nichts davon erzählt hatte, dass Antonia ihre Eltern nicht hatte sehen wollen.

Wo hatten sie denn die Adresse oder Telefonnummer von der Bohm? Ob sie einfach kurz über die Straße ging, falls sie gerade Dienst hatte?

Bevor Anke tätig werden konnte, hörte sie hinter sich eine wohlbekannte Stimme mit dänischem Akzent.

»Hallo, meine Liebe, wie geht es dir?« Breit grinsend stand Torkild Møllersen in der offenen Tür.

Anke grüßte ihn zurück. Sie sah ihm an, dass er Neuigkeiten hatte. Gottlob! Vielleicht würde ihnen das, was er mitbrachte, etwas von der anstehenden Arbeit abnehmen.

Torkild trug einen Karton unter dem Arm, so groß wie ein Schuhkarton, und stellte ihn vor Anke auf den Schreibtisch. Dann zog er sich einen Stuhl heran und setzte sich neben sie.

Sie wollte schon den Deckel heben, als er seine Hand darüberlegte. »Ah! Erst will ich etwas erklären!«

Die Erklärung dessen, was er mitgebracht hatte, war für Anke ebenso erstaunlich wie überraschend. Die dänische Spurensicherung hatte nämlich unweit des Tatorts, etwa vier Meter von der Außentür des Wellnessbereichs des Sommerhauses entfernt, in den Dünen ein paar nicht identifizierbare Schuhabdrücke gefunden. Und auf Basis der mit Lasertechnik vermessenen Daten hatten die Techniker einen 3-D-Druck angefertigt.

Stolz lüftete er den Deckel, und es kam ein exaktes Kunststoffmodell der Sohle des Schuhs zum Vorschein, der dort seinen Abdruck hinterlassen hatte.

»Wir haben bereits mit Schuhexperten gesprochen«, erklärte Torkild, »und sie sind sich sicher, dass es die Sohle eines Männerschuhs ist. Schuhgröße dreiundvierzig. Das Fabrikat ist allerdings kein dänisches, so viel ist sicher. Es ist nur die rechte Sohle, weil sich die Daten für den rechten Fuß besser auswerten ließen. Die ergaben eine komplette Schuhsohle. Und das hier ist sie.«

Anke nahm das Stück Plastik in die Hand und betrachtete es von allen Seiten. Es war wirklich verblüffend. Jedes kleine Detail war repliziert, sogar eine Art Firmenlogo unter der Sohle. Es sah aus wie ein Baum, ließ sich aber leider nicht mehr ganz genau erkennen. Vielleicht war der Schuh schon ziemlich abgelaufen gewesen.

Lena betrat das Büro, und Torkild stand auf und begrüßte sie überschwänglich. Als er sie umarmte, schaute sie über seine Schulter zu Anke und verzog das Gesicht zu einer gequälten Grimasse.

Torkild zog ihr einen weiteren Stuhl heran und erzählte ihr alles, was er Anke bereits mitgeteilt hatte.

Lena nahm Anke das Sohlenreplikat aus der Hand und betrachtete es nachdenklich. »Habt ihr denn schon herausfinden können, was das für ein Modell ist?«

Torkild schüttelte den Kopf. »Aus Dänemark scheint es nicht zu stammen, ich dachte, da macht ihr vielleicht weiter? Sonst nehme ich es auch gerne wieder mit.«

»Nee, schon gut«, sagte Lena. »Ich gebe das gleich mal Mark, das ist doch eine schöne Aufgabe für ihn.«

Bei den Dänen gab es ansonsten nur wenig Neues. Ein paar Aussagen von Bewohnern der benachbarten Ferienhäuser, die aber allesamt zu nichts geführt hatten. Der einzige weitere Lichtblick war, dass die Kunststofffasern, die man an der Tür am Tatort gefunden hatte, aus Polyethylen bestanden, wie man es zur Herstellung weißer Schutzkleidung verwendete. Dies schien Ankes Theorie vom Schneemann, den der kleine Junge von nebenan gesehen haben wollte, zu bestätigen und konnte zugleich erklären, warum keine Fremd-DNA aufgetaucht war.

»Ich habe mich von Anfang an gefragt«, sagte Torkild, »warum Siggendiek nicht nachts ermordet wurde. Drei Uhr nachmittags, mitten am Tag, da musste der Täter doch damit rechnen, dass ihn jemand sieht.«

»Stimmt«, bestätigte Lena. »Dachte ich auch schon mal. Ich war davon ausgegangen, dass er sich ein Alibi besorgt hatte, und das eben für nachmittags und nicht für mitten in der Nacht. Da schlafen ja die meisten Leute.«

»Oder es war Mord im Affekt«, sagte Anke. »Aber dagegen sprechen das Mordwerkzeug und der Schutzanzug.«

»Wisst ihr jetzt, was das für ein Mordwerkzeug war?«, fragte Torkild. »Dieser komische Draht?«

»Ein Tortenbodenschneider«, sagte Lena. »Ein Draht, mit dem man Kuchen schneidet, so Biskuitböden, da backt man einen dicken und zerteilt den mit so einem Draht in mehrere dünne, und dann kommt da Sahne dazwischen oder Creme oder so was.«

»Da habt ihr sicher recht, so etwas gehört nicht zur Standardausstattung vom Ferienhaus, dann muss der Täter es mitgebracht haben«, sagte Torkild. »Aber es kann natürlich sein, dass ein Gast so etwas einmal dagelassen hat. Gerade in der Küche lassen die Leute doch viele Sachen einfach liegen, wenn sie fahren.«

»Schon, aber wir haben ja keine Anzeichen dafür, dass der Täter in der Küche war«, sagte Anke. »Die einfachste Erklärung ist bislang, dass er in der Nähe des Hauses einen Schutzanzug angezogen hat, ins Bad eingedrungen ist und Siggendiek erdrosselt hat.«

»Wir sollten noch einmal auf Frauke Bohm zurückkommen«, schlug Lena vor.

»Du hast recht«, bestätigte Anke, »bei der stimmt etwas nicht.«

»Wer war das noch mal?«, wollte Torkild wissen.

»Siggendieks Geliebte und zugleich die Pflegerin seiner Tochter«, sagte Anke. »Ich bin mir nicht sicher, ob sie mir die Wahrheit über Antonia erzählt hat, was den Grund ihrer Einlieferung betrifft. Und dann sind da noch die periodisch auftretenden Schübe bei Antonia in der Klinik, in denen ihre Psychose wieder stärker wurde.«

»Die Frage ist doch«, sagte Lena, »ist Antonia deshalb in die Geschlossene gekommen, weil Siggendiek sie misshandelt hat? Und hat er sie ›nur‹ geschlagen oder auch vergewaltigt? Wisst ihr, wen wir zu Frauke Bohm mal befragen sollten? Dennis Siggendiek. Er hat der Bohm doch eine gelangt. Der weiß bestimmt mehr über sie, als er zugegeben hat. Vielleicht ging es bei der Ohrfeige nicht nur darum, dass sie mit dem Vater ein Verhältnis hatte.«

»Du meinst, sie hat etwas mit Antonias Tod zu tun?«, fragte Torkild. »Und dass Dennis das weiß?«

Anke sah ihn an. »Antonia hat sich selbst umgebracht, das ist dir schon klar, oder?«

»Trotzdem«, warf Lena ein, »überleg doch mal. Es ist doch seltsam, dass die Bohm dir erzählt hat, dass Siggendiek Antonia immer besucht hat, wenn Tommy Andresen meint, dass das gar nicht der Fall war.«

»Darüber habe ich auch schon nachgedacht«, sagte Anke. »Vielleicht sollte das nur dazu dienen, dass alles möglichst unschuldig klingt. Ganz normal eben. Damit wir nicht weiter nachbohren.«

»Genau«, pflichtete Lena ihr bei. »Frauke Bohm wird ja gewusst haben, dass Tommy Andresen die Krankenakte hat verschwinden lassen. Sie konnte also davon ausgehen, dass wir gar nicht darauf kommen, dass das nicht stimmt. Oder sie konnte es zumindest hoffen. Und ohne Tommy wären wir vielleicht auch nie darauf gekommen.«

»Aber das macht sie ja nicht zu Siggendieks Mörderin«, warf Anke ein.

»Nein, aber … Hm.« Lena brach ab. »Moment mal. Vielleicht ist das die Lösung? Der Auftritt am Grab – das ist doch die ideale Ausgangsposition dafür, sich als trauernde Geliebte ins Spiel zu bringen. Was, wenn sie stattdessen wirklich etwas mit Siggendieks Tod zu tun hat? Woher wissen wir eigentlich, dass das stimmt? Dass sie wirklich seine Geliebte war? Siggendiek konnte uns das schließlich nicht mehr erzählen. Da ist es doch das Einfachste, anzumarschieren und zu behaupten: Hey, ich war seine Geliebte, wenn sie in Wirklichkeit seine Mörderin ist.«

»Und kriegen wir diese Theorie auch mit Antonia zusammen?«

»Mal sehen. Frauke Bohm hat in der Abteilung gearbeitet, in der Antonia saß. Sie wusste, dass Siggendiek seine Tochter misshandelte, und aus Rache hat sie ihn umgebracht.«

»Na ja, aber wir *wissen* doch, dass sie seine Geliebte war. Dennis hat die beiden doch in flagranti erwischt.«

»Ach ja.« Lena sah enttäuscht aus. »Wie auch immer, ich bringe Mark mal den Schuh – oder besser gesagt, den ›Ausdruck‹ hier.« Sie schnappte sich die Plastiksohle und verließ das Büro.

»Und, Anke«, sagte Torkild munter, »gehen wir beide noch was essen?«

Sie seufzte. »Sei mir nicht böse, Torkild, aber heute nicht. Ich muss noch ins Krankenhaus. Mein Exmann hat sich … das Bein gebrochen.«

»Aua!«, machte Torkild und grinste. »Na, dann gehe ich mir so ein bisschen die Stadt angucken und fahre dann wieder. *Hej!*«

»Tschüs. Und danke für die neuen Infos.«

Als sie auf dem Weg ins Krankenhaus an einer Ampel halten musste, blickte sie gedankenverloren auf die Plastiktüte mit ihren Mitbringseln auf dem Beifahrersitz. Was hatte sie damals an Stephan eigentlich gefunden? Sie konnte sich kaum erinnern.

Sie dachte daran, wie er am Tropf im Krankenhausbett lag. Schwach, das war er. Schwach. Ein Feigling. Er hatte immer den Weg des geringsten Widerstands gewählt. Oleksandra hatte ihn verführt, und er war zu schwach gewesen, ihr zu widerstehen.

Anke zu hintergehen und schließlich zu verlassen, war ebenfalls kein Akt der Stärke gewesen. Er hatte das getan, was die neue, junge Frau in seinem Leben von ihm erwartete. Und jetzt, wo sein Leben in Scherben lag, trug sie ihm auf einmal seine Sachen hinterher?

Wohl kaum.

Als die Ampel auf Grün umsprang, bog sie rechts ab und fuhr heim. Zu Hause würde sie gleich eine Mail an ihren Anwalt schreiben. Sie musste schnellstmöglich wissen, inwieweit sie Gefahr lief, für Stephan aufkommen zu müssen, bevor die Scheidung durch war. Falls er wirklich Privatinsolvenz anmeldete.

# 41

»Der Server ist ausgefallen.« Mit diesen Worten wurde Anke am nächsten Morgen im Büro begrüßt. Sie war sich nicht ganz sicher, was diese Neuigkeit zu bedeuten hatte, die ihr ein Kollege aus dem Stockwerk unter ihnen auf dem Flur entgegenkrähte. Aber es klang nicht so, als wäre das etwas Gutes.

Samstags ins Büro zu kommen fand Anke eigentlich ganz schön, da war es in der Dienststelle ein wenig ruhiger, zumal heute, an Allerheiligen. Es hatten ja nicht alle so dringende Fälle auf dem Tisch wie sie. Doch wenn das Internet nicht ging, und danach klang das mit dem Server ja, war es vielleicht noch ruhiger, als sie gehofft hatte.

Als Anke ihr Büro betrat, lehnte da bereits Mark an der Tischkante ihres Schreibtischs, und auch er wünschte ihr keinen guten Morgen. Aber immerhin sah sie ihm sofort an, dass er etwas Neues zu vermelden hatte. Und er enttäuschte sie nicht.

»Die Frau von Siggendiek ist tot.«

Anke sah Mark verwirrt an. »Natürlich ist die tot, die ist doch im Krankenhaus gestorben.«

»Nein, nicht Tanja Siggendiek-Kollberg. Seine erste Frau meine ich, die Mutter seiner Kinder. Die ist tot. Sie war nach der Trennung nach Süddeutschland gezogen, nach Passau.«

»Stimmt, das hatte Burkhard schon erzählt. Aber dass sie tot ist, ist mir neu.«

»Und ich habe noch etwas herausgefunden. Ich habe mit der Sohle alle Schuhgeschäfte in Schleswig abgeklappert. Das sind immerhin zehn Stück. Die Schuhe habe ich nicht gefunden, aber eine Schuhverkäuferin war sehr hilfreich. Sie hat mir eine Firma genannt, von der sie meinte, das mit dem Logo müsste hinkommen. Das ist ein Laden, die stellen Sandalen her, und die werden nur übers Internet verkauft. Und den hab ich auch tatsächlich gefunden.«

Er hielt ihr ein paar ausgedruckte Blätter hin. »Öko-Sandalen, nachhaltige Herstellung und so weiter. Kannst du dir ja mal anschauen.«

»Weißt du auch, wo die Firma sitzt?«

»Ja, in Hamburg.«

»Sehr gut, Mark. Dann besorg mir jetzt mal eine Liste aller Kunden, die hier aus der Gegend stammen. Oder besser noch die komplette Kundendatei, möglichst nach Orten sortierbar oder als Excel-Liste oder so.«

Mark wandte sich zum Gehen.

»Warte mal kurz«, rief sie ihm hinterher, als er schon fast aus der Tür war. »Woran ist Frau Siggendiek denn eigentlich gestorben?«

»Oh, sorry. Leberversagen. Die hat sich totgesoffen. Letzten Monat erst.«

»Gut, danke dir.«

Anke blieb allein zurück.

Wo steckte eigentlich Lena? Bei so einem Fall war es normalerweise selbstverständlich, dass sie auch am Samstag ins Büro kamen.

Vor einer Woche waren sie in Henne Strand gewesen. Anke kam es vor, als sei es schon viel länger her. Sie schloss die Augen und konzentrierte sich automatisch auf die Bilder vom Tatort. Die unschöne Leiche im Whirlpool. Die Assoziation mit der Mädchenröte.

Der Strom. Jemand hatte den Strom abgestellt, die Leiche war im spiegelglatten Wasser gefunden worden. Ihre Annahme, es sei Kappen gewesen, der sich als engagierter Umweltschützer gegeben hatte, war im Sande verlaufen.

Umweltschützer? Einen hatte sie ja noch in Siggendieks Umfeld.

Dennis Siggendiek. Zu ihm hätte das auch gepasst. Aber wieso hätte er seinen eigenen Vater …

Ihr fiel etwas ein, das Torkild gestern Abend gesagt hatte: dass Frauke Bohm vielleicht mitschuldig war am Tod von Antonia und dass Dennis das wusste. Zumindest sinngemäß.

Die Ohrfeige.

Auf einmal ergab alles Sinn. Tommy Andresen hatte recht: Hans-Werner Siggendiek hatte seine Tochter Antonia gequält. Geschlagen, vielleicht sexuell belästigt. Sie hatte eine Liebelei mit Kappen angefangen, doch die Übergriffe des Vaters waren so schlimm, die Mutter half ihr nicht, sondern flüchtete aus der Familie, und schließlich hatte Antonia versucht sich umzubringen. Sie war in die Psychiatrie gekommen, und ihr Vater hatte mit ihrer Pflegerin, Frauke Bohm, angebändelt. Das hatte Siggendiek ganz planmäßig eingefädelt, ansonsten wäre das Kennenlernen der beiden ein viel zu großer Zufall gewesen. Daher auch sein Besuch bei LIDL. Und es hatte geklappt.

Und wozu? Dafür konnte es nur einen Grund geben: Frauke Bohm hatte Siggendiek weiterhin den Zugang zu seiner Tochter ermöglicht. Deshalb die immer wiederkehrenden psychotischen Schübe, von denen in Antonias Akte die Rede war. Deshalb war Antonia immer verschlossener geworden und hatte sich schließlich das Leben genommen.

Und wer hatte alles am Rande mitbekommen, aber ebenfalls nicht eingegriffen?

Dennis Siggendiek.

Er war ebenfalls geflüchtet. Die verdammte Schweigedynamik, wenn es innerhalb einer Familie zu Missbrauch kam. Aber so war der Mensch, es war immer einfacher, wegzuschauen, als anzusprechen, was nicht in Ordnung war. Vielleicht war Dennis deshalb so engagiert, was den Umweltschutz betraf. Weil er dort, wo er im eigenen Umfeld hätte helfen können, ja müssen, versagt hatte.

Aber wieso jetzt, wieso hatte er seinen Vater erst jetzt umgebracht?

Die Mutter. Letzten Monat war die Mutter gestorben, und das musste er mitbekommen haben. Schließlich hatte Dennis ja nach ihr gesucht, und es war den Behörden gelungen, sie ausfindig zu machen, wie Burkhard erzählt hatte. Sicherlich hatte man ihn dann auch über ihren Tod unterrichtet. Auf jeden Fall musste seine Mutter in seiner Wahrnehmung das nächste Opfer seines Vaters gewesen sein, nach dem Tod der Schwester.

Und das war der Anlass gewesen, dem Leben des Vaters ein Ende zu setzen.

Nach der Ohrfeige hatte Frauke Bohm gewusst, dass Dennis dahintergekommen war. Alle Einzelheiten ergaben einen Sinn. Wie ein Puzzle, dachte Anke, und jetzt sitzt der letzte Baustein.

»Klopf, klopf.« Lena stand in der Tür. »Na, wie geht's dir?«

Anke stand auf. Erst jetzt merkte sie, dass sie noch immer ihren Mantel trug. Umso besser, dachte sie. »Komm mit, wir kassieren Dennis Siggendiek.«

»Wieso das denn?«

»Das erzähle ich dir im Auto.«

Auf dem Weg nach Flensburg legte Anke ihre Überlegungen detailliert dar.

Lena sagte wenig, nickte nur und machte sich Notizen. »Ich finde, das reicht für einen Haftbefehl. Soll ich gleich anrufen?«

Anke nickte. »Du kannst die Staatsanwaltschaft ja schon mal vorwarnen, den Rest machen wir, wenn wir wieder zurück sind. Wir vernehmen ihn erst einmal, vielleicht haben wir dann schon ein Geständnis. Könnte ich mir bei dem Jungen gut vorstellen.«

»Und wenn er nicht gesteht? Haben wir neben den Indizien auch Beweise?«

Anke überlegte kurz. »Die Sandalen. Die Technik wird hoffentlich nachweisen, dass es seine Füße waren, die in den Sandalen steckten. Wenn wir auch noch beweisen können, dass er sie sich im Internet bestellt hat, wird das natürlich helfen. Da ist Mark gerade dran.«

»Wenn er nicht einfach behauptet, er habe seinen Vater besucht und deshalb seine Schuhabdrücke hinterlassen.«

»Das müssen wir abwarten. Aber es wäre schon sehr auffällig, dass er das bisher nicht erzählt hat.«

Lena nickte und holte ihr Handy aus der Tasche. »Gut, wollen wir mal hoffen, dass der Staatsanwalt kurz Zeit hat. Und weißt du, was wir noch tun könnten? Ich sage Mark, er soll mal eben ein Foto von Dennis Siggendiek raussuchen und zu Torkild schicken. Vielleicht haben wir da ja auch Glück, und jemand hat ihn gesehen.«

»Haben wir denn ein Foto von ihm?«

»Keine Ahnung. Aber bestimmt findet er was auf Facebook oder so.«

Als sie an der Flensburger WG ankamen, klingelten sie. Nichts passierte. Zwei Minuten standen sie auf der Straße vor der Haustür, und gerade, als Anke beschloss, später wiederzukommen, meldete sich eine weibliche Stimme durch die Gegensprechanlage. Dennis sei nicht da. Ob sie trotzdem hereinkommen dürften? Sie durften.

Die Wohnungstür öffnete eine junge Frau, etwa Mitte zwanzig, mit kurzen, dunklen Locken, die einen großen Wollpullover trug. Sie sah müde aus, hatte Ringe unter den Augen, und Anke fiel auf, dass ihre Hand am Türrahmen ein wenig zitterte. Aber sie lächelte die Kommissarinnen freundlich an, bat sie herein und führte sie in die Küche. Sie bot ihnen einen Tee an, Anke und Lena lehnten ab.

Dennis war tatsächlich nicht da, die junge Frau gab an, ihn zum letzten Mal am Vorabend gesehen zu haben. »Was ist denn los, hat er Probleme?«

Anke ignorierte die Frage. »Ist Ihnen irgendetwas an ihm aufgefallen?«

Es kam keine Antwort.

»Und wann er zurückkommt, wissen Sie auch nicht?«

»Nein, er kann doch machen, was er will.«

»Sagen Sie mal, backen Sie hier?«, fragte Lena.

Anke sah sie erstaunt an, doch sie wusste sofort, worauf ihre Kollegin hinauswollte.

Die Frau gähnte. »Klar, wieso?«

»Sie selbst auch?«

Ein Schulterzucken. »Manchmal.«

»Kennen Sie sich gut hier in der Küche aus?«

»Klar, ich wohne doch hier.«

»Wo haben Sie Ihre Backutensilien?«

»Da drüben, in der Schublade.« Die junge Frau wies auf eine antik aussehende Anrichte.

»Zeigen Sie mir die mal?«

»Gerne.« Die Frau stand auf und ging mit Lena zur Anrichte. Sie öffnete eine Schublade. »Hier sind die größeren Sachen drin, da, eine Gummizunge, Aufsätze für den Handrührer und so weiter.«

»Fehlt da etwas?«

Die Frau sah Lena überrascht an. »Wie meinen Sie das?«

»Schauen Sie doch mal. Fällt Ihnen auf, dass da etwas fehlt?«

Anke wagte nicht aufzustehen, so angespannt war sie.

Die Frau wühlte in der Schublade.

»Tatsache«, sagte die junge Frau schließlich. »Da war immer dieses Ding, na, wie nennt man das? So ein Draht für Kuchen. Mit Holz an den Enden.«

Bingo!

»Ein Tortenbodenschneider«, half Lena.

Die Frau zuckte die Achseln. »Kann sein. Auf jeden Fall ist das Ding nicht mehr da.«

Als sie gerade dabei waren, das Haus wieder zu verlassen, machte Lena auf dem Absatz kehrt und lief die Treppe wieder hinauf.

»Warte mal kurz unten, ich bin gleich wieder da«, rief sie über die Schulter.

Anke wollte ihrer Kollegin etwas hinterherrufen, als ihr Handy klingelte. Es war Mark.

»Ja?«

»Verdammt, Anke, ihr müsst schnell zurückkommen!« Mark atmete schwer. »Die Bohm, jemand hat sie gekidnappt. Sie ist … oh Gott, oh Gott!«

»Wie bitte? Was meinst du mit ›gekidnappt‹?«

»Ich schick dir ein Foto.«

»Bitte bleib ruhig, wenn du so aufgeregt bist –«

Doch Mark hatte bereits aufgelegt.

Verdammt, was hatte das jetzt zu bedeuten? Und was machte Lena eigentlich jetzt wieder da oben in der Wohnung?

Schon piepte ihr Smartphone und zeigte an, dass es ein Foto

empfangen hatte. Anke klickte auf das kleine Bild, und es füllte den Bildschirm.

Zu sehen war Frauke Bohm. Ihr Gesichtsausdruck schien sich zwischen Angst und Schmerzen zu bewegen. Um ihren nackten Hals lagen mehrere Schnüre oder Drähte, deren Enden außerhalb des Bildausschnitts lagen.

Das Bild verschwand, als Mark erneut anrief.

»Mark«, wies Anke ihn an, bevor er etwas sagen konnte. »Woher stammt dieses Foto?«

»Von meinem privaten Notebook. Das ist auf Skype.«

»Weiß man, woher der Anruf kommt?«

»Keine Ahnung. Übers Internet.«

»Sehr witzig. Wie der Anruf zustande gekommen ist, will ich wissen.«

»Der Anrufer hat dich am Telefon verlangt, man hat ihn an mich weitergeleitet, weil du nicht ans Handy gegangen bist, und dann hat er mir die Skype-Adresse gegeben, und jetzt sitze ich hier und sehe in Frauke Bohms Gesicht.«

»Und was soll das Ganze?«

»Der Anrufer hat aus dem Off gesagt, ich soll dich holen, er würde mit dir sprechen wollen.«

»Gibt es Forderungen?«

»Nein, nur dass du herkommst.«

»Gut. Hast du die Stimme erkannt?«

»Nein.«

»Wir machen uns gleich auf den Weg. Sag ihm, dass wir in vierzig Minuten da sind, eine halbe Stunde, wenn es schnell geht. Dann rufst du die Technik an, die soll schnell herausfinden, wo der Skyper sitzt. Das sollte für die kein Problem sein.«

»Okay.«

»Aber achte darauf, dass dich der Mensch nicht dabei hört. Am besten gehst du in mein Büro.«

Anke suchte im Telefon nach Lenas Kontakt, da öffnete sich die Haustür, und Lena erschien, wie aufs Stichwort. In der Hand hatte sie eine Plastiktüte, die sie wie eine Trophäe vor sich her schwenkte.

»Das sind doch nicht etwa …?«

»Ganz genau!« Lena grinste. »Dennis' Sandalen, frisch aus seinem Kleiderschrank. Und jetzt halt mir bitte keinen Vortrag von wegen richterlicher Beschluss.«

»Dafür ist jetzt eh keine Zeit.« Anke ging mit schnellen Schritten in Richtung Auto.

»Wieso hast du es denn so eilig?«

»Erzähl ich dir im Wagen. Aber ich glaube, die Sandalen können wir gleich sehr gut gebrauchen.«

# 42

»Sie sollen nur zuhören, Frau Langenbrück.« Mehr Forderungen hatte der Mann, der sich mit Frauke Bohm im Raum befand, nicht. Er verstellte seine Stimme und klang heiser. Dennoch war Anke sich sicher, dass die Stimme niemand anderem als Dennis Siggendiek gehörte.

Anke, Lena und Mark saßen vor Marks Rechner und sahen in Frauke Bohms verzweifeltes Gesicht. Die Drähte schnitten in ihren Hals, an einer Stelle blutete sie leicht.

Eine physische Adresse hatte die technische Abteilung noch nicht ermitteln können. Die Skype-Verbindung bestand wahrscheinlich zu einem Laptop mit mobilem Internetstick und australischer IP-Adresse.

Dass Frauke Bohm nach Australien verschleppt worden war, war in der kurzen Zeit natürlich nicht möglich, also musste ein Verschlüsselungsprogramm installiert sein. Was den Technikern zufolge nicht weiter schwierig war – ein IT-Spezialist musste man dafür nicht sein.

Anke versuchte, im Raum hinter Frauke Bohm etwas zu erkennen, aber der Hintergrund war komplett dunkel. Was sich ihnen dafür im Vordergrund bot, war geradezu surreal. Anke musste an die Filmaufnahmen von Amerikanern denken, die vor laufender Kamera von islamistischen Terroristen getötet wurden, nachdem sie einen Text hatten vorlesen müssen, der erklärte, warum ihr Leben nichts wert war und in welcher Weise ihr Tod ein Zeichen setzte.

Und als Frauke Bohm endlich zu reden begann, zeigte sich, dass der Täter hier genauso vorging.

»Ich, Frauke Bohm, bin mitschuldig am Tod von Antonia Siggendiek.«

Sie las ganz offensichtlich ab, was sie sagte. Und das war eigentlich gar nicht so unklug. Denn nur wenn Frauke Bohm etwas ablas und nicht frei redete, konnte der Täter sicher sein, dass sie dem Zuschauer keinen Hinweis darauf gab, wo sie sich befand oder wer sie festhielt.

»Ich habe Hans-Werner Siggendiek dabei geholfen, Antonia zu misshandeln, nachdem sie in die Psychiatrie eingewiesen worden war. Ich habe sie begleitet, wenn sie Ausgang hatte, und ich habe sie nach Hause zu ihrem Vater gefahren. Dort habe ich die beiden allein gelassen und Antonia danach wieder in die Klinik gebracht.«

Würde Dennis die Frau am Ende umbringen? Die Möglichkeit bestand, und sie konnten es nur verhindern, wenn sie eingriffen. Sie mussten wissen, wo sich der Raum befand, in dem Frau Bohm gefangen gehalten wurde.

Ankes Erfahrung hatte sie gelehrt, dass die einfachste Lösung meist die richtige war. Wo sollte sich das Ganze abspielen, wenn nicht bei Frauke Bohm zu Hause? Es war für Dennis auf jeden Fall die einfachere Lösung, sie daheim zu überfallen, als sie irgendwohin zu verschleppen. Trotzdem, bevor Anke ein Einsatzkommando zu Frauke Bohms Adresse schickte, musste sie sichergehen, dass sie recht hatte.

Da kam ihr eine Idee.

Sie holte ihr Smartphone heraus und klickte unter der Tischplatte in ihren Kontakten.

Tatsächlich, sie hatte Frauke Bohms Festnetznummer gespeichert. Sie drückte auf *Anrufen*.

Zwei Sekunden später hörten sie, wie im Raum, in dem sich Frauke Bohm befand, ein Telefon klingelte. Anke legte schnell wieder auf. Das Klingeln erstarb.

Frauke Bohm las unbeirrt weiter. »Das habe ich getan, bis Antonia sich in der Klinik das Leben genommen hat.« Sie musste kurz schluchzen und hörte auf zu lesen.

Anke suchte in ihren Handykontakten nach der Einsatzleitung. Sie rief an, drehte sich um und gab den Kollegen so leise wie möglich die Anweisung, Frauke Bohm in ihrer Wohnung zu befreien.

»Weiter«, hörte man aus dem Off, und dieses Mal verstellte Dennis seine Stimme nicht.

Doch Frauke Bohm sprach nicht weiter, sie konnte nicht aufhören zu weinen und schluchzte: »Ich habe das alles nicht gewollt. Ich habe Hansi doch geliebt!«

»Sie wussten genau, was er mit Toni macht!«, schrie Dennis. »Und Sie haben mitgemacht!«

»Du hast ja keine Ahnung!«, rief Frauke Bohm. Tränen rannen über ihre Wangen. »Du weißt nicht, wie es ist, wenn man jemanden so sehr liebt, dass man alles für ihn tut. Alles! Und sie hatte es verdient, das kleine Flittchen. Sie hat ihren Vater –« Sie verstummte, als sich der Draht an ihrem Hals bewegte. Er wurde offenbar weiter zugezogen. Ein röchelndes Geräusch entfuhr ihrer Kehle, und sofort blutete es stärker.

Anke beugte sich vor. »Dennis Siggendiek, lassen Sie Frau Bohm in Frieden«, sagte Anke laut und deutlich in das Mikrofon. »Wir wissen, dass Sie da sind. Und Sie wollen doch nicht noch einen Menschen auf dem Gewissen haben.«

Es war nur eine winzige Veränderung, aber doch deutlich genug: Frauke Bohm schloss kurz die Augen und nickte leicht.

Das reichte Anke als Bestätigung: Vor oder neben Frau Bohm, außerhalb des Bildausschnitts, stand tatsächlich niemand anderes als Dennis Siggendiek.

Sie beschloss, alles auf eine Karte zu setzen. »Dennis Siggendiek, Sie sind ins Ferienhaus Ihres Vaters eingedrungen und haben ihn mit einem Draht aus der Küchenschublade Ihrer WG erdrosselt. Die DNA Ihrer Mitbewohner klebt daran. Und wir haben einen Abdruck einer Sandale am Tatort gefunden, und genau diese Sandale haben wir in Ihrem Kleiderschrank entdeckt.« Anke zog die Schuhe aus der Plastiktüte und hielt sie in die Kamera. »Die Kriminaltechnik kann beweisen, dass es sich um Ihre Schuhe handelt und dass Ihre Füße darin steckten. Sie sind überführt. Bitte machen Sie keine Schwierigkeiten und lassen Sie Frau Bohm gehen. Den Rest regeln wir dann schon zusammen.«

Sie blickten noch immer in Frauke Bohms schmerzverzerrtes Gesicht. Eine halbe Minute saßen alle reglos da.

Anke wurde ungeduldig. Wie lange brauchte das SEK denn, um die verdammte Wohnung zu stürmen?

Dann hörte man über die Laptoplautsprecher ein dumpfes Klappen, und sofort sagte Frauke Bohm: »Er ist weg! Bitte helfen Sie mir!«

»Bleiben Sie ganz ruhig, Frau Bohm.«

Im nächsten Moment gab es einen lauten Knall. Die Wohnungstür war jetzt sicherlich dahin. Das Licht wurde eingeschaltet, und sie sahen, wie ein Kollege vom Einsatzkommando Frauke Bohm aus ihrer Lage befreite.

»Frau Langenbrück?«, sagte der Mann in die Kamera. »Wir haben einen jungen Mann geschnappt, der gerade diese Wohnung verlassen hat. Den bringen wir gleich mit.«

Allgemeines Aufatmen.

Als der Raum leer war, schaltete Mark das Notebook aus. »Sag mal, Anke, stimmt das? Kann man beweisen, dass das seine Sandalen waren? Ich meine, die Marke tragen doch bestimmt noch mehr Leute.«

»Das ist kein Problem. Selbst mit nagelneuen Schuhen musst du nur eine Viertelstunde draußen rumlaufen, dann weist die Sohle so viele charakteristische Merkmale auf, dass man ein Paar unter hunderttausenden identifizieren kann.«

Mark nickte. »Spannend. Und woher habt ihr die Schuhe jetzt auf einmal?«

»Aus Dennis' Kleiderschrank.«

»Und wie hat die KTU die denn schon untersuchen können, wenn ihr die gerade erst mitgebracht habt?«

»Gar nicht.« Lena lachte. »Gratuliere, Anke, das war ein genialer Bluff. Genau wie die Mitbewohner-DNA.«

Anke runzelte die Stirn. Nach Lachen war ihr im Moment überhaupt nicht zumute.

## 43

Es dauerte ein paar Tage, aber am Ende hatten sie das gewünschte Ergebnis. Dennis Siggendiek gestand die Tat erst, nachdem sie mit Hilfe der dänischen Kollegen einen Zeugen aufgetrieben hatten, der ihn anhand eines Fotos identifizierte und bestätigen konnte, dass Dennis sich am 24. Oktober in Henne Strand aufgehalten hatte. Der Zeuge war Mikkel, das »Mädchen für alles« der Ferienhausvermietung Poulsen.

Jetzt saß Dennis vor Anke und Lena am Tisch im Vernehmungsraum. Er schien beinahe froh, dass nun alles herausgekommen war – vor allem aber die Wahrheit über seinen Vater. Das falsche Alibi habe Tanja ihm aus heiterem Himmel angeboten, sie habe wohl schon geahnt, dass sie in die Schusslinie kommen würde. Natürlich hatte er es dankbar angenommen.

»Eines weiß ich aber immer noch nicht.« Anke sah Dennis ernst an. »Woher wussten Sie denn überhaupt, dass das mit Ihrem Vater und Antonia immer noch weiterging?«

Es dauerte eine Weile, bis Dennis antwortete. »Ich hatte Ihnen doch erzählt, dass ich die Bohm und meinen Vater einmal erwischt habe.«

Anke nickte.

»Das war nicht beim Sex. Ich habe gesehen, wie er Toni geschlagen hat. Mit seinem Gürtel! Und die Bohm hat zugesehen. Bei uns im Wohnzimmer.«

»War das der Moment, wo Sie wussten, dass Sie Ihren Vater umbringen würden?«

Dennis schüttelte den Kopf. »Das wollte ich doch gar nicht. Ich wollte ihn in Henne Strand doch nur zur Rede stellen. Erst als ich sah, wie er da dick und zufrieden in der Wanne lag … Da bin ich durchgedreht.«

Das nahm Anke ihm nicht ab. Er hatte einen Schutzanzug dabeigehabt, er hatte ein Mordwerkzeug dabeigehabt. Das war keine Tat im Affekt, das war ein geplanter Mord. Aber sie sparte sich einen Kommentar. Das zu bewerten war Sache der Staatsanwaltschaft und des Richters. Sie lieferte nur Fakten.

Sie waren fast fertig, nur eine Frage war für Anke noch offen. »Warum haben Sie Ihren Vater nicht einfach angezeigt?«

Dennis antwortete nicht. Er starrte an einen Punkt neben Anke an der Wand.

Sicherlich gab es auch keine befriedigende Antwort auf diese Frage. Es war eine Frage, die sich der Junge selbst hundertmal gestellt haben musste.

Schweigedynamik, das war der Begriff, der Anke wieder dazu einfiel. Eine Familie, in der schlimme Dinge passieren, in der ein Mensch gequält wird. Und das Resultat: Die Tochter bringt sich um, der Sohn flüchtet in eine andere Stadt, die Mutter säuft sich tot. Weil keiner etwas sagen kann, weil alle schweigen, weil die Wahrheit zu schmerzhaft wäre. Die Wahrheit der Gewalt, aber auch die Wahrheit des eigenen Versagens.

War das, was Dennis getan hatte, nicht irgendwo auch gerechtfertigt? War es nicht letztendlich die Rache für zwei zerstörte Leben? Für zwei Tote, die mittelbar auf Hans-Werner Siggendieks Konto gingen? Hätte man Siggendiek sonst zur Rechenschaft gezogen? Hätten sie ihm nachweisen können, was er getan hatte?

Frauke Bohm war mittlerweile wieder auf freiem Fuß, sie hatte alles widerrufen, was sie vorgelesen hatte, und gesagt, es seien alles Lügen gewesen. Dennis habe sie gezwungen, vorzulesen, was er selbst geschrieben hatte. Das stimmte natürlich auch. Und der Staatsanwalt hatte bereits durchblicken lassen, dass er nicht genug Veranlassung für eine Anklage wegen Mittäterschaft sah. Es gab keine Beweise, und letzten Endes hatte Antonia sich ja selbst das Leben genommen.

War das alles gerecht? Anke beschloss, nicht so viel darüber nachzudenken. Es half ja ohnehin nichts. Jetzt nicht mehr.

Am Nachmittag war der letzte Bericht getippt, die Akte geschlossen. Anke betrachtete ihre Computertastatur. Gleich war endlich Feierabend. Vorhin hatte Stephan eine SMS geschrieben, er war aus dem Krankenhaus entlassen worden und wollte wissen, ob sie Lust hätte, mit ihm zu Abend zu essen, im Restaurant im obersten Stock des Wikingturms.

Sie beschloss, nicht darauf zu reagieren. Stephan musste seine Probleme selbst lösen. Er hatte einfach zu viel kaputt gemacht. Fehlte noch, dass er sie anpumpte.

Es klopfte an den Türrahmen. Mark stand in der Tür.

»Gibt's was Neues?«

Er ließ sich erst in einen Stuhl fallen, bevor er antwortete. »Ich war doch noch mal bei diesem Schwertfeger, um zu erfahren, ob es neue Entwicklungen bei der Njördwind gibt.«

»Und?«

»Keiner da. Beziehungsweise, der ist komplett weg. Im Vorgarten von seinem Haus steht ein Schild von so einem Makler, ›Zu verkaufen‹, und ich hab ins Fenster geschaut, also in mehrere Fenster, und alles ist leer, da sind nur leere Räume, keine Möbel, kein nix. Und dann hab ich gedacht, ist der umgezogen? Komisch, das erzählt man doch vielleicht, und dann hab ich nachgefragt beim Amt, umgemeldet hat er sich zumindest bis jetzt noch nicht.«

Anke zuckte müde die Schultern. »Kann man nix machen. Da werden wir wohl einfach mal abwarten müssen, was aus der Firma wird.«

»Aber komisch ist das schon«, sagte Mark. »Und genauso komisch ist, dass das Geld nicht aufgetaucht ist, die Millionen. Ich meine, irgendwo müssen die doch sein?«

## Epilog

*»Of course, would you be so kind as to wait right here, Sir?«*

Die junge Frau ließ ihn allein im Warteraum zurück. Er wischte sich den Schweiß von der Stirn. Konnten die sich in dieser verdammten Bank nicht mal eine Klimaanlage leisten? Nur ein schäbiger Deckenventilator quirlte die heiße, feuchte Luft durch.

Nassau war ein Moloch, genau wie die Bahamas überhaupt. Heiß, stickig, dreckig. Das hatte er sich ganz anders vorgestellt. Hier würde er nicht bleiben. Es gab wesentlich schönere Ecken auf der Welt, um sich mit sechseinhalb Millionen Euro einen schönen Lebensabend zu machen. Die Seychellen vielleicht? Oder Südsee? Erst einmal würde er in den nächsten Tagen neue Papiere bekommen, das war alles schon geregelt, und sich dann ein wenig in der Welt umsehen. Vielleicht würde er ja auch nach Europa zurückkehren.

Doch dazu brauchte Schwertfeger ein neues Konto, Bank of Scotland vielleicht, das war solide. Und dann musste er sich selbst unter seinem jetzigen Namen eine Vollmacht für das Nassauer Konto ausstellen, um das Geld auf das Konto, das unter seinem neuen Namen lief, zu überweisen.

Dass sie es bis hierhin geschafft hatten, dass es Willy Damm gelungen war, das Geld erst in die Schweiz zu bringen und dann hierher nach Nassau zu transferieren, ohne Spuren zu hinterlassen, das war ein kleines Meisterstück gewesen. Nur gut, dass Hans-Werner ihn aus dem Weg geräumt hatte. Er hatte genug gekostet, genau wie die anderen Finanzspezialisten, die Bestechungsgelder, der Passfälscher – alles nicht abrechenbare Kosten. Wenigstens ging jetzt nicht auch noch ein Teil der Beute an ihn.

Hans-Werners Tod hatte natürlich nicht zum Plan gehört. Und wenn Schwertfeger ehrlich war, tat es ihm sogar ein bisschen leid, auch wenn es ihm selbst eine noch sorgenfreiere Zukunft bescherte. Er würde demnächst mal wieder auf *ndr.de* gehen müssen, um nachzuschauen, ob der Mord inzwischen aufgeklärt war.

Er sah aus dem Fenster, am Yachthafen ragten unzählige Masten in den bewölkten Himmel. Es sah nach Regen aus, ein paar Palmen standen dort, die sich im Wind bereits leicht bogen. Ein großer Vogel segelte vorbei. Ein Pelikan? Egal, weg war er.

Eine dunkle Männerstimme schreckte Schwertfeger auf. *»Doctor … Swertfegger?«*

*»Yes?«*

*»Would you come with me please?«*

Er folgte dem stämmigen Mann mit Glatze und khakifarbenem Kurzarmhemd in ein Büro, sie nahmen an den zwei Seiten eines Schreibtischs Platz, auf dem diverse Papiere ausgebreitet waren und ein altmodischer Computerbildschirm stand. In diesem Raum kam es Schwertfeger noch heißer vor. Sein Hemd klebte komplett am Rücken. Sofort, wenn er wieder im Hotel war, würde er sich in den Swimmingpool legen. Und sich ein paar bunte Drinks genehmigen, bis er losmusste.

Der Mann ihm gegenüber lächelte und fragte ihn, ob er tatsächlich das gesamte Geld vom Konto abheben wollte. Schwertfeger bejahte. Er wies auf den Rimowa-Rollkoffer neben sich, damit werde er es transportieren.

Der Bankangestellte hob die Augenbrauen, beugte sich über den Tisch, sah den Koffer und grinste breit. *»I see.«* In wenigen Sätzen erklärte er Schwertfeger, einen solchen Betrag könne er ihm schlecht auf der Stelle in bar auszahlen. *»Seven point seven nine Million Dollars, you can imagine that we must order the money first.«*

Daran hatte Schwertfeger nicht gedacht, auch wenn es eigentlich logisch war. So viel hatten die hier nicht in ihrem Tresor. Aber dass es bis zu zwei Tage dauern konnte, erstaunte ihn dann doch ein wenig. Egal, Hauptsache, er konnte seine Hotelrechnung bezahlen, wenn er abreiste. Immerhin durfte er den Koffer dalassen.

Als Schwertfeger auf der Straße stand, setzte er sich wieder seine Sonnenbrille auf.

Wann kam Oleksandra eigentlich an? Er sah auf die Uhr. Ein paar Stunden noch, dann musste er sie am Flughafen abholen. Dass er in seinem Alter noch mal so ein hübsches Ding kennenlernen würde, hätte er sich auch nicht träumen lassen. Ein wenig tat es ihm um Stephan Langenbrück leid, aber andererseits war sie eindeutig zu hübsch für den Sparkassenleiter. Für ihn selbst natürlich auch, wäre er nicht ab sofort Multimillionär.

Beziehungsweise ab übermorgen. Spätestens.

CORNELIUS HARTZ
Brook unter Räubern
KRIMINALROMAN
emons: